DESEO

AF274920

SUSAN CROSBY

UNA ESPOSA TEMPORAL

Editado por Harlequin Ibérica.
Una división de HarperCollins Ibérica, S.A.
Avenida de Burgos, 8B - Planta 18
28036 Madrid

© 2024 Harlequin Ibérica, una división de HarperCollins Ibérica, S.A.
N.º 537 - 25.4.24

© 2003 Susan Bova Crosby
Una esposa temporal
Título original: Christmas Bonus, Strings Attached

© 2004 Susan Bova Crosby
Solo una indiscreción
Título original: Private Indiscretions

© 2004 Susan Bova Crosby
Unión apasionada
Título original: Hot Contact
Publicadas originalmente por Harlequin Enterprises, Ltd.
Estos títulos fueron publicados originalmente en español en 2004, 2005 y 2005

I.S.B.N.: 978-84-1062-826-7
Depósito legal: M-4854-2024
Impreso en España por: BLACK PRINT
Fecha impresión para Argentina: 22.10.24
Distribuidor exclusivo para España: LOGISTA
Distribuidor para México: Distibuidora Intermex, S.A. de C.V.
Distribuidores para Argentina: Interior, DGP, S.A. Alvarado 2118.
Cap. Fed./Buenos Aires y Gran Buenos Aires, VACCARO HNOS.

Capítulo Uno

Lyndsey McCord pensó que podría pasarse el día escuchándolo. Incluso recitando el listín telefónico habría resultado fascinante.

–Habrá que hacer un seguimiento dentro de dos semanas –susurró la voz junto a su oído–. Fin de la grabación.

Lyndsey suspiró. Aquella voz era tan decadente como una tentación de mil calorías. Nate Caldwell era un auténtico postre, y ella siempre se guardaba el postre para el final.

–Tienes que hacerlo –la voz perdió volumen de forma inesperada y Lyndsey apenas pudo escucharla–. Te necesito.

Era su voz, pero no procedía de la grabación.

Se quitó los cascos. Tal vez estaba llevando sus fantasías demasiado lejos. Podía admitir que estaba colada por un hombre al que no conocía, pero jamás había llegado al punto de imaginar que le estaba hablando.

–Ya sabes lo que siento respecto a los casos de divorcio, Ar.

Era él. Nate Caldwell. En persona. Debía haber entrado en el edificio por la puerta trasera. Lyndsey no sabía qué hacer. Nadie había entrado nunca en las oficinas después de medianoche.

–Lo haría si pudiera, Nate, pero es imposible

–una voz femenina aumentó de volumen según se acercaba–. Ya tengo tres casos entre manos y me he hecho cargo de dos de los tuyos...

El sonido de una puerta al cerrarse silenció la conversación entre Nate Caldwell y Arianna Alvarado, dos de los dueños de la agencia de seguridad e investigaciones ARC, y los jefes de Lyndsey desde hacía tres meses. Debían haber entrado en el despacho de Nate, que estaba muy cerca del cubículo de Lyndsey.

Se había acostumbrado al silencio que la acompañaba mientras trabajaba a solas de noche, y el hecho de que alguien hubiera entrado en el edificio desestabilizó su rutina. ¿Qué debía hacer? ¿Imprimir el último archivo que tenía entre manos y marcharse sin que la vieran?

Pero antes tenía que dejar los informes en los escritorios de los diversos investigadores de la agencia... incluyendo el de Nate Caldwell.

Se acercó a la entrada y escuchó, pero a pesar de que se oían las voces no se podía distinguir lo que decían. Era obvio que Nate Caldwell estaba disgustado por algo, pues el tono de su voz solía ser mucho más suave cuando transcribía sus dictados. Y, juzgando por lo que solía decir y cómo lo expresaba, debía ser un tipo listo. Según su amiga Julie, que era quien la había recomendado para el trabajo, tenía treinta y dos años, era un tipo encantador, atractivo, amable, considerado, y con una sonrisa demoledora. En otras palabras, era el hombre perfecto.

¡Cielo santo! Ella tenía veintiséis años y estaba encaprichada de un hombre al que nunca había conocido. Era una fantasía a la que recurría cuando

su vida se volvía demasiado aburrida. Pero no podía llamar a su puerta y presentarse ante él con el informe que había trascrito. No era conveniente andar jugueteando con las fantasías...

La impresora terminó de imprimir el documento. Ahora o nunca, pensó Lyndsey, pero se entretuvo distribuyendo todos los informes menos aquél. ¿Debía interrumpir la conversación? Apenas se oía nada y se acercó a la puerta.

¿Por qué no se habría puesto aquella mañana algo más elegante que unos vaqueros y un jersey negro? ¿Por qué no se habría tomado la molestia de maquillarse un poco?

¿Por qué no podía perder seis kilos en cinco segundos?

Más le valía escabullirse y dejar el informe en el escritorio de Arianna con una nota antes de irse.

Pasó de puntillas junto a la puerta, entró en el despacho de Arianna, escribió la nota y salió. Cuando se volvió tras cerrar sigilosamente la puerta estuvo a punto de darse de bruces con el propio Nate Caldwell, que la miró con el ceño fruncido.

–¿Quién eres? –preguntó con aspereza.

Lyndsey se llevó una mano al corazón.

–Soy... Lyndsey McCord.

Nate miró la puerta de Arianna y luego a ella.

–¿Qué hacías ahí dentro?

–Trabajar –Lyndsey trató de mostrarse calmada–. Me ocupo de transcribir los informes de los investigadores y de distribuirlos por sus escritorios.

Nate la miró de arriba abajo de forma tan descarada que Lyndsey no supo si sentirse halagada o acosada, hasta que giró sobre sí mismo y se alejó sin decir palabra.

Lyndsey se quedó anonadada. De manera que aquél era el hombre perfecto. Era posible que hubiera engañado a Julie, pero no a ella...

Pero en realidad era lógico que la hubiera interrogado al encontrarla a aquellas horas intempestivas en la agencia.

Decepcionada, volvió a su cubículo. Otra fantasía que mordía el polvo, lo que resultaba realmente frustrante, ya que normalmente una buena fantasía solía servirle para superar veinte ásperas realidades.

Apagó las luces de navidad que adornaban su zona de trabajo y luego firmó la hoja de horarios.

—¿Cómo has dicho que te llamas?

Lyndsey se volvió con el corazón en la boca. Al parecer, aquel hombre disfrutaba invadiendo el espacio de otras personas.

—¿Tienes por costumbre vigilar a la gente a hurtadillas? —preguntó antes de poder controlarse. Después de todo, aquel hombre era su jefe.

—No te estaba vigilando, te estaba siguiendo.

—Pues no te he oído.

—Sólo te he preguntado tu nombre.

Aquélla era la historia de su vida, pensó Lyndsey. Era una de esas personas que se difuminaban con el fondo del paisaje. Pero en aquella ocasión, comprobarlo le dolió más de lo habitual. Aquel hombre no sólo era su jefe; en sus fantasías la había llevado a lugares exóticos y le había leído poesía en alto. Pero la cruda realidad era que Nate Caldwell no había sido capaz de retener su nombre ni quince segundos.

–Lyndsey McCord –dijo finalmente, resignada.

–¿Sabes cocinar?

Lyndsey trató de no mostrarse demasiado desconcertada. No podía permitirse perder el trabajo por ponerse insolente con su jefe. Necesitaba conservarlo al menos otros dos meses.

–Claro que sé cocinar.

–¿Y sabes hacerlo bien?

–Trabajé para un servicio de catering durante un par de años.

–Ven a mi despacho –dijo Nate en tono imperativo a la vez que se volvía.

–Por favor –dijo Arianna desde su despacho.

Nate se volvió a mirar a Lyndsey.

–Por favor –repitió.

–Ya he fichado –dijo Lyndsey, que trató de no fijarse en lo intensos y azules que eran los ojos de su jefe, ni en su fuerte mandíbula, ni en el hoyuelo de su barbilla...

–Tengo una proposición para ti, Lyndsey –dijo él a la vez que entraba en su despacho. Obviamente, esperaba que ella lo siguiera.

«Necesitas el trabajo», se recordó Lyndsey. «Lo necesitas de verdad».

–Pasa y siéntate –dijo Arianna con una sonrisa a la vez que palmeaba a su lado en el sofá de Nate.

–Te necesito –dijo él.

Lyndsey sintió que se ruborizaba. Su mejor fantasía volvió a revivir.

–¿Disculpa?

–Necesito una esposa. Tú servirás.

–Para el fin de semana –añadió Arianna tras reprender a Nate con la mirada, algo que Lyndsey agradeció–. Tú y Nate simularéis estar casados. Se trata de un caso de infidelidad conyugal. Sé que esto te pilla por sorpresa, pero te necesitamos. Ya habrás comprobado que esta semana estamos hasta arriba de trabajo.

Lyndsey admiraba a Arianna, pero después de lo grosero que había sido Nate, no tenía ninguna intención de trabajar con él.

—Estoy ocupada el fin de semana.

—¿Haciendo qué? —preguntó Nate.

—No creo que entre mis obligaciones esté compartir mi vida personal. Además, se supone que voy a trabajar el viernes por la noche, es decir, mañana.

—Mi secretaria puede sustituirte —dijo Arianna.

—¿Por qué yo? —preguntó Lyndsey, suspicaz.

—Porque encajas.

—¿Qué quiere decir eso?

—Se cobran trescientos dólares al día —añadió Nate, que hizo caso omiso de su pregunta—. ¿Supone eso suficiente incentivo?

Desde luego que lo suponía, pero Lyndsey sabía que jugaba con ventaja. Nate Caldwell la necesitaba. Decidió hacerse notar.

—Gano treinta dólares la hora.

—Ganas eso porque trabajas de noche.

—Ése es mi precio. Suponen setecientos dólares por día completo.

—¿Esperas cobrar por dormir?

—¿Voy a tener que estar disponible las veinticuatro horas?

—En teoría.

—En ese caso, no me interesa.

—Quinientos —murmuró Nate, que se cruzó de brazos—. Eso es lo que gano yo.

–¿Has rebajado tus honorarios? –preguntó Arianna sin ocultar su sorpresa.

Nate la miró con gesto inexpresivo.

Lyndsey contuvo su excitación. En un fin de semana podía ganar suficiente dinero para que su hermana pudiera comprar un billete de avión para ir a casa en navidad. Habrían sido las primeras que pasaban separadas. ¿Qué más daba que no le gustara Nate Caldwell? Además, en realidad no lo conocía, y había oído hablar bien de él. Podría soportarlo un fin de semana si ello suponía que Julia y ella iban a estar juntas.

–¿Qué tendría que hacer? –preguntó.

–Cocinar y limpiar para un marido mujeriego y su querida...

–«Supuestamente» mujeriego –corrigió Arianna–. Tu misión consistiría en observar e informar. Aún no estamos seguros de todos los detalles.

–No parece un trabajo para dos personas.

–Tienes razón –dijo Arianna, que a continuación sonrió con dulzura a Nate–. Si Nate supiera hacer algo más que recalentar pizzas, tú no serías necesaria.

Lyndsey no entendía por qué un investigador del prestigio de Nate Caldwell aceptaba un caso de divorcio, un tema al que no solía dedicarse aquella prestigiosa agencia.

–¿Y bien? –dijo Nate, impaciente.

Lyndsey estuvo a punto de decir que no sólo para irritarlo, pero decidió no tentar su suerte.

–De acuerdo. Lo haré.

–Te recogeré a las ocho de la mañana –sin añadir nada más, Nate giró sobre sus talones y salió del despacho.

–Sí, señor –dijo Lyndsey a la vez que saludaba militarmente. Entonces recordó dónde estaba. –Lo siento –dijo a Arianna–. Eso ha sido muy poco profesional. –Nate ha sido bastante grosero, algo nada típico en él –dijo Arianna mientras se levantaba–. No voy a disculparme por él, pero puedo decirte que tiene buenos motivos para no querer aceptar este trabajo. Te agradezco que hayas aceptado colaborar. Estábamos en un buen lío.

–¿Ha sido idea tuya pedirme que colaborara?

–No. Ha sido idea de Nate. Y ahora, acompáñame a mi despacho para elegir un anillo de casada.

–Sé que no es asunto mío, pero, ¿por qué os habéis reunido aquí a estas horas de la noche?

–La oficina nos quedaba a medio camino y tenía que verlo en persona para convencerlo. De hecho, mi cita me está esperando en el coche –Arianna sonrió–. Me encantan los hombres pacientes –añadió mientras abría un cajón del que sacó una pequeña caja negra y alargada con varios anillos de boda y de compromiso–. Elige uno.

Cinco minutos después Lyndsey entraba en su coche. Tenía que hacer el equipaje, dormir un par de horas, ducharse y entrar en internet para buscar un billete para Jess de Nueva York a Los Ángeles. Tal vez incluso le quedaría dinero para dar un buen repaso al coche y para cambiarle las ruedas.

«Encajas», había dicho Nate. Le habría gustado saber a qué se había referido. Hacía siete años que sentía que no encajaba en nada, desde que había dejado en suspenso su vida y sus sueños para ocuparse de su hermana. No había contado con tener que hacer de mamá además de hermana mayor, pero su madre tampoco había contado con morir a los treinta y ocho años.

Probablemente, Nate se había referido a que parecía que se le daba bien cuidar de la gente. Y probablemente tenía razón, porque no había hecho otra cosa desde hacía tiempo.

Pero no encajaba con él, aunque tal vez podría divertirse. Después de todo, se suponía que debían parecer casados. Imaginó cómo reaccionaría cuando lo llamara «cariño». La idea la hizo reír. De pronto, Nate había dejado de ser una fantasía para convertirse en un hombre. En una persona. En otro ser humano.

Se detuvo ante un semáforo en rojo y miró su mano izquierda y los anillos que había elegido. Llevaba el suyo en el anular y el de Nate en el pulgar.

Trató de imaginar lo que iba a tener que hacer, pero apenas sabía en qué consistía el trabajo. No pensaba dedicarse a adularlo, pero sí podía simular una intimidad con Nate que parecería genuina a los demás, como hacían los actores.

Nate Caldwell no sabía lo que le había caído encima.

En cuanto Nate detuvo el coche ante la casa de Lyndsey, ésta salió con su equipaje.

Agradeció que ya estuviera lista y no lo entretuviera con maquillajes de última hora y preguntas sobre cómo le quedaba la ropa que se había puesto. La novedad resultaba refrescante.

Salió para encontrarse con ella a medio camino. Tras guardar sus cosas en el maletero entraron en el coche.

—¿No tienes alarma antirrobo en la casa? —preguntó Nate tras buscar con la mirada algún cartel.

—Tengo la mejor alarma, que consiste en unos buenos vecinos —replicó Lyndsey.

Nate la observó mientras se ponía el cinturón de seguridad del coche que había elegido, uno de los varios que tenía la agencia para aquella clase de trabajos. Parecía descansada y, sin embargo, apenas había tenido unas horas para dormir, como él.

A Nate le gustaban las mujeres y, normalmente, él les gustaba a ellas. Pero, al parecer, aquél no era el caso de Lyndsey. Lo notó en su forma de evitar mirarlo y en las escuetas respuestas que fue dándole mientras la informaba de su misión. Para que ésta tuviera éxito, debían parecer una pareja bien avenida.

—Te pido disculpas por lo de anoche —dijo—. Todo iba de mal en peor.

—De acuerdo —contestó ella, sin mirarlo. Tras unos segundos, preguntó—. ¿A dónde vamos?

Nate se preguntó si aquel «de acuerdo» significaría que había aceptado sus disculpas.

—Primero a la casa del cliente en Bel Air y luego a San Diego para la misión en sí. A Del Mar.

—Un lugar realmente caro.

—Sí. El dinero no es el objetivo.

—El dinero es siempre el objetivo.

Nate sonrió, pero Lyndsey no pareció notarlo. La miró un momento. Tenía un aspecto muy profesional con los pantalones azules y la camisa blanca que se había puesto. Su pequeña melena castaña no estaba tan rizada como la noche anterior, pero aún se enredaba con sus modernas gafas de montura verde que iban a juego con sus ojos. Sus curvas eran... curvilíneas. Tentadoramente femeninas. Y no parecía seguir dietas para morirse de hambre. Parecía sentirse cómoda en su propio cuerpo.

Notó lo tensa que estaba, como la noche anterior.

–¿Eligió Arianna los anillos? –preguntó al fijarse en su mano izquierda.

–Lo había olvidado –Lyndsey se quitó el anillo del pulgar y se lo entregó–. Los elegí yo. Pensé que encajaban con nosotros... como pareja de trabajo.

Nate ignoró los fragmentos de recuerdos que surgieron de pronto en su mente y se puso el anillo. Habría preferido guardárselo en el bolsillo, pero tenía un trabajo que hacer, un papel que interpretar.

–Habías empezado a hablarme de la misión –dijo Lyndsey.

–Es bastante rutinaria. Una esposa ha descubierto que su poderoso marido planea pasar unos días en su casa de Del Mar con su secretaria. Según parece, tiene un espía en las oficinas. Ella fue anteriormente la secretaria de su marido, que se divorció de su primera mujer para casarse con ella. Llevan casi diez años casados. La secretaria tiene treinta y cinco años y él cincuenta y tres. Tienen una cláusula de rescate de diez años en su acuerdo prenupcial. El marido ha estado comportándose de un modo extraño últimamente y ella sospecha que está a punto de dejarla por su nueva secretaria antes de soltar unos cuantos millones más. Necesita una prueba de su infidelidad para asegurar su posición financiera.

—De manera que el dinero es el objetivo.

—Como habías dicho. No estoy seguro de cómo ha organizado la mujer lo de la ayuda doméstica, pero lo habló con Charlie Black, el investigador al que vamos a sustituir. Yo quiero conocer a la cliente antes de empezar —Nate dedicó una rápida mirada a Lyndsey—. ¿Habías hecho alguna vez algo parecido?

Ella se encogió de hombros.

—Actué un poco cuando estaba en el instituto. Supongo que será parecido.

Nate no la corrigió, aunque en aquella ocasión no habría guión que seguir. Aquella clase de trabajos obligaba a improvisar y, por lo que había visto la noche anterior, Lyndsey tenía una mente rápida y despierta. Lo había demostrado al hablar de su salario.

Cuando llegaron a la mansión en Bel Air fueron conducidos a una sala de estar muy femenina en la que un momento después apareció su clienta. Se trataba de una mujer morena y bajita de expresión vulnerable y actitud cautelosa. Se presentó como la señora Marbury.

—Son muy jóvenes —dijo tras fijarse en ellos.

—Somos competentes —replicó Nate.

La mujer se sentó e hizo una seña para que ellos hicieran lo mismo.

—No pretendía... —se calló un momento—. Sólo quiero asegurarme de conseguir la prueba que necesito. ¿Serán discretos? —preguntó, mirando directamente a Lyndsey.

–Totalmente –contestó ella.

–Necesitaré fotos.

–Nos ocuparemos de ello –dijo Nate.

La señora Marbury sacó un sobre de un cajón y se lo entregó.

–He anotado toda la información que pueden necesitar. No hace falta decir que Michael no ha contratado a nuestra cocinera habitual, de manera que no esperará que sepan dónde está todo. Pero sí ha solicitado ciertos menús que he anotado. Las recetas están en un cajón junto al horno. Tendrán que hacer la compra antes de que llegue.

–¿Cuándo llegará?

–A la hora de comer, más o menos.

–¿Piensa que hemos sido contratados por una agencia?

–No. Su vicepresidente, mi amigo, habló maravillas sobre un cocinero que había utilizado recientemente cuando llevó a su novia a pasar unos días en nuestra casa. Fue parte de una prueba que mi marido falló al pedir el teléfono del cocinero. El señor Black, el otro investigador privado, se ocupó de todo a partir de ese momento.

–Entonces, ¿su marido espera a un hombre en lugar de a una pareja?

–No. El señor Black se ocupó de eso. Encontrarán el dinero para la compra en el sobre –la señora Marbury se levantó–. Espero que se pongan en contacto conmigo una vez al día para mantenerme informada.

–De acuerdo.

La señora Marbury miró a Lyndsey.

–Mi marido piensa que las mujeres deben estar en lo que él considera su lugar, que no es precisamente el dominio de los hombres. Es prácticamente incapaz de imaginar que una mujer pueda ser investigador privado. Cuanto más femenina y distraída se muestre, menos sospechará de usted. Y ahora, si me disculpan, tengo que dejarlos.

—Por supuesto. Buenos días.

Ninguno de los dos habló hasta que se alejaron del vecindario.

—¿Qué opinas de nuestra cliente? —preguntó finalmente Nate.

—Que se le está rompiendo el corazón.

Nate estuvo a punto de gemir. Aquél era precisamente el motivo por el que le habría gustado trabajar en aquel caso con Arianna. Era la mujer menos sentimental que había conocido.

—No me digas que eres una romántica empedernida. Este trabajo requiere objetividad.

—Soy objetiva. Y nadie me ha acusado nunca de ser empedernida ni romántica.

Algo en el tono de Lyndsey llamó la atención de Nate. ¿Se había puesto a la defensiva? ¿Por orgullo? ¿Tendría algún problema con su ego?

—¿Por qué piensas que está tan enamorada de él?

—Las mujeres de su posición suelen tener un aspecto impecable. Es parte de su trabajo. Sin embargo, me ha dado la impresión de que ni siquiera se ha cepillado el pelo. Está tan deprimida y disgustada que apenas puede controlarse.

—Le preocupa perder el dinero.

Lyndsey miró a Nate de reojo.

—Veo que eres muy negativo. ¿Quién te quemó?

«Todo el mundo que me importaba», pensó Nate, pero en lugar de ello dijo:

–Ya he visto todo el proceso antes.

–¿Tienen hijos?

–Charlie no lo ha dicho –Nate no se sentía preparado para aquel trabajo, cosa que le fastidiaba. Siempre le gustaba hacer sus deberes antes. No tener toda la información suponía una seria desventaja. Además, despreciaba los casos de divorcio–. ¿Por qué no abres el sobre para ver lo que hay dentro?

Lyndsey hizo lo que le decía.

–Comen bien, sin duda. Hay quinientos dólares para comida.

–Probablemente haya que comprar también vino y champán.

Lyndsey repasó la lista.

–No incluye alcohol.

–Imagino que tendrán de sobra en la casa. ¿Qué más dice?

–Él va a utilizar un alias... Michael Martin. Debe ser famoso si utiliza un alias, pero nunca había oído hablar de él.

–Es el dueño de las industrias Mar–Cal. Y pertenece a la junta de varias corporaciones y fundaciones de caridad.

–Supongo que no me muevo en los mismos círculos –dijo Lyndsey, sonriente–. Al parecer, nuestro señor Marbury, alias Martin, es alérgico al marisco y a las fresas. Le gusta que le lleven el café y el periódico a la cama por las mañanas. No duerme demasiado bien y no le gusta ocuparse de sí mismo, de manera que nos despertará a cualquier hora de la noche para que le preparemos algo –se volvió a mirar a Nate–. ¿Lo ves? Es un trabajo de veinticuatro horas.

Nate contuvo una sonrisa.

–Vas a ser generosamente compensada, Lyndsey. ¿Algo más?

–También hay un plano de la casa. Es grande pero no tiene demasiadas habitaciones. Un dormitorio, un despacho, un cuarto de estar. La cocina es grande pero no enorme y da a la habitación de servicio, que... –Lyndsey guardó el papel en el sobre y dejó éste en el salpicadero.

–¿Qué pasa con la habitación de servicio? –preguntó Nate al ver que no continuaba.

–Voy a tener que recibir una paga extra.

–¿Por qué?

–Porque, según el plano, vamos a tener que dormir juntos.

Capítulo Dos

Nate se detuvo con el equipaje en la mano tras asomarse a la habitación de servicio. La cama que había en ella era de matrimonio, pero no era lo suficientemente grande. Lyndsey no era precisamente pequeña, y él tampoco.

–Es más bien pequeña –murmuró ella a sus espaldas.

–Ya buscaremos alguna solución –dijo Nate, aunque estaba decidido a no dormir en el suelo. No lo había hecho desde sus días en el ejército.

Deshicieron las maletas y luego Lyndsey entró en el baño.

–Dejaré que te ocupes de elaborar un plan –dijo cuando salió–. Mientras, voy a ir preparando la comida.

Cuando pasó junto a él, Nate pudo aspirar su delicado aroma. Al entrar en el baño se detuvo en seco al ver el gran espacio reservado para la ducha acristalada. Casi parecía mayor que la cama. De hecho, dos personas cabrían dentro a la perfección.

El comentario que había hecho Lyndsey sobre compartir la cama había despertado su imaginación. Su blusa abrochada hasta el cuello debería haberle producido el efecto contrario, pero no había sido así. Normalmente, cuando conocía a una mujer como Lyndsey salía corriendo, pues, a pesar de enarbolar la bandera de la independencia, parecía destinada a la casa y el hogar, al matrimonio y la maternidad. Pero, dado que iba a trabajar con ella durante cuarenta y ocho horas, no podía darle la espalda.

A pesar de todo, sentía curiosidad. Normalmente se sentía atraído por mujeres sin exigencias emocionales y sexualmente experimentadas. Con ellas sabía a qué atenerse y raras veces se llevaba sorpresas.

Aquello era una excepción.

Miró su reloj y calculó que faltaban unas dos horas antes de que el señor Marbury llegara. Tomó su cámara digital y fue a la cocina.

—Deja de trabajar un momento y ven a echar un vistazo a la casa conmigo —dijo. Ver a Lyndsey con el delantal reafirmó la imagen hogareña que se había hecho de ella. Dejó la cámara en un rincón de la cocina, que daba directamente al cuarto de estar y comedor. Desde los grandes ventanales de éste se divisaba el océano Pacífico, al igual que desde el dormitorio principal.

—¿De verdad esperas sacarles fotos... haciéndolo? —preguntó Lyndsey cuando salieron a una terraza que ocupaba toda la parte delantera de la casa.

¿Haciéndolo? Nate estuvo a punto de sonreír.

—No en la cama, si es a lo que te refieres. Pero desde la cocina hay una buena panorámica del cuarto de estar y de la terraza.

—¿Crees que se dedicarán a andar... jugueteando delante de nosotros?

El horror que reflejó el tono de Lyndsey hizo que Nate sonriera finalmente.

–La gente acostumbrada al servicio no suele fijarse en ellos. No nos harán preguntas personales. De hecho, probablemente nos ignorarán excepto para darnos instrucciones relacionadas con la comida y alguna otra cosa. Si les hacemos notar nuestra presencia más allá de eso es que no habremos hecho un buen trabajo.

–¿No vas a instalar equipo de vigilancia? ¿Nada de cámaras y micrófonos?

–No es mi estilo. Ya es bastante malo tener que fotografiar lo que puedo ver por mí mismo.

–No te gustan nada los casos de divorcio, ¿verdad? Te oí comentárselo a Arianna anoche.

–Hace años que dejé de ocuparme de ellos. La agencia los acepta, pero yo no.

–¿Por algún motivo en particular?

–He visto lo suficiente. ¿Qué tal es la cocina?

Lyndsey se quedó ligeramente desconcertada ante el repentino cambio de tema, pero no dijo nada.

–Está bien equipada. Pero si yo me dedico a cocinar, ¿de qué vas a ocuparte tú?

–De lo demás, especialmente de conseguir información. Casi van a suponer unas vacaciones para ti.

–Unas vacaciones –repitió Lyndsey con nostalgia, como si aquél fuera un concepto extraño a ella. Se volvió hacia el océano–. Me encanta el mar. Mi madre solía llevarnos a menudo a mi hermana y a mí. Es una forma de diversión barata y nos lo pasábamos en grande –se volvió de nuevo hacia Nate–. ¿Has pensado ya cómo vamos a dormir?

–Tú debajo de las sábanas y yo encima.

–¿Te gusta el lado derecho o el izquierdo?

21

–Me da igual. Me adaptaré.

Lyndsey se apartó de la barandilla, se acercó a él y apoyó un dedo contra su pecho.

–Hay que adaptarse a muchas cosas en el matrimonio, ¿verdad, cariño? –dijo a la vez que batía las pestañas.

Nate pensó en los privilegios del matrimonio... en la gran ducha... en la cama pequeña...

Después pensó en la necesidad de llevar adelante su trabajo mientras simulaba estar casado con ella. Tenía la sensación de que no iba a ponérselo fácil.

Su reto tácito le hizo sonreír.

Desde la cocina, Lyndsey oyó que Nate daba la bienvenida a Michael Marbury y a su secretaria, Tricia.

«Puedes hacerlo», se dijo a la vez que respiraba profundamente. «Puedes hacerlo».

Cuando salió estuvo a punto de darse de bruces con el señor Marbury.

–Ésta es Lyndsey, mi esposa –dijo Nate–. Voy a salir a por el equipaje.

Mientras el señor Marbury se volvía a disfrutar de las vistas del mar, Lyndsey notó que Tricia seguía a Nate con la mirada. Pero ella ya tenía un hombre...

Frenó en seco sus pensamientos. ¿Cómo era posible que se sintiera posesiva respecto a un hombre al que apenas conocía, excepto en sus fantasías? Pero no podía culpar a la otra mujer. Los anchos hombros de Nate llenaban a la perfección su polo verde; su cintura estrecha y sus piernas largas se marcaban por los pantalones caqui que llevaba puestos. Era toda una visión. Su visión... al menos durante aquel fin de semana.

Dejó a un lado sus problemas de celos mientras pensaba si debía dirigirse a él o a ella. ¿Quién mandaba allí? ¿El elegante caballero de cincuenta y tres años de pelo cano y con aire autoritario, o la belleza morena de veinticinco y de aspecto aún más autoritario? Ya que él ni siquiera la había mirado, se dirigió a su secretaria.

—¿Quieren que les prepare algo de beber?

Tricia parpadeó y la miró.

—Antes vamos a deshacer el equipaje —dijo a la vez que tiraba del señor Marbury hacia el dormitorio. Él la siguió como una marioneta—. ¿Está lista ya la comida? —preguntó por encima del hombro.

Lyndsey hizo un repaso mental. Sólo le faltaba echar el aguacate en la ensalada, cocer los espárragos y preparar el salmón.

—Estará lista en veinte o treinta minutos, o puedo esperar un poco más.

—No. Cuanto antes mejor —dijo Tricia—. Pero antes me gustaría un poco de agua muy fría. De hecho, necesito una cubitera con hielo en el dormitorio en todo momento, así que asegúrese de que haya hielo. Yo me ocuparé de llenar la cubitera cuando se vacíe —a continuación entró con el señor Marbury en el dormitorio y cerró la puerta.

Lyndsey acababa de preparar una bandeja con el hielo, el agua y lo vasos cuando Nate volvió a la cocina.

—Yo me ocuparé de llevar la bandeja. ¿Estás nerviosa?

—Un poco. Son tan... distantes. Incluso entre sí.

Esperaba que estuvieran acaramelados como dos tortolitos.

—En ese caso el trabajo sería demasiado fácil —dijo Nate con un guiño.

Lyndsey se relajó al ver su actitud. Debía disfrutar de aquella aventura y no preocuparse por el resultado.

Veinticinco minutos después sirvió la comida en cuatro platos. Nate llamó a la puerta del dormitorio y anunció que la comida estaba lista. Lyndsey cerró la puerta de la cocina y Nate y ella comieron en la cocina mientras la otra pareja se lo tomaba con más calma.

Tricia entró inesperadamente cuando casi habían terminado. Su expresión parecía un poco más amistosa que al principio.

—No necesitamos nada —dijo—. Sólo quería darles las gracias por la comida. Estaba deliciosa.

—De nada —dijo Lyndsey.

—¿A qué huele tan bien?

Lyndsey miró el horno.

—Estoy preparando unas galletas de chocolate. No estaban en el menú, pero...

—Es una idea magnífica. Serán un refrigerio perfecto para la medianoche.

—Sí.

—Michael y yo nos hemos sorprendido al saber que una pareja iba a sustituir al señor Black, que había venido muy bien recomendado. No parecen necesarias dos personas para el trabajo.

—Estamos recién casados y no nos gusta separarnos —dijo Lyndsey a la vez que se volvía hacia Nate.

Éste la miró con una fascinante mezcla de ternura y pasión.

—¿Cuánto tiempo llevan casados?

—El domingo hará tres meses —contestó Nate mientras pasaba un brazo por los hombros de Lyndsey.

Tricia se apoyó contra el quicio de la puerta y se cruzó de brazos.

—¿Cómo se conocieron?

—En una cita a ciegas —contestó Nate sin dudarlo.

—Nos odiamos desde el principio —añadió Lyndsey. Al sentir que Nate le presionaba el hombro no supo si era una señal de aprobación o una indicación para que no se dejara llevar por su fantasía.

—¿En serio? ¿Se odiaban?

—Yo pensé que era un hombre muy arrogante y él que yo era una excéntrica, ¿verdad, cariño?

—Es cierto.

—¿Y qué pasó?

—No se puede ignorar la química —dijo Nate.

Lyndsey palmeó su mano y él enlazó sus dedos con los de ella.

La expresión amistosa de Tricia se esfumó.

—El señor Martin quiere que se retiren en cuanto la cocina esté recogida. No necesitaremos nada más y queremos conservar la intimidad hasta mañana.

Lyndsey ocultó su sorpresa. La esposa del señor Marbury había dicho que su marido pediría que le prepararan algo durante la noche.

—Por supuesto, señora. ¿Querrán que les llevemos café al dormitorio antes del desayuno?

—Puede dejar preparada la cafetera esta noche. Yo la encenderé por la mañana cuando me levante, probablemente hacia las seis y media. Desayunaremos a las ocho.

—Les dejaré algunas galletas en una bandeja.

Tricia se despidió de ellos con un gesto de la mano.

Nate se llevó un dedo a los labios antes de que Lyndsey pudiera decir nada. Recogieron la cocina en silencio y, tras sacar las galletas del horno, Lyndsey sirvió dos vasos de leche y le pidió a Nate que los llevara a su dormitorio.

Su dormitorio...

Eran las ocho, el comienzo de una larga noche.

Nate encendió el televisor del dormitorio y subió lo suficiente el volumen como para que apagara el sonido de sus voces.

De inmediato, Lyndsey se volvió hacia él con las manos en las caderas.

—Dijiste que no iban a hacer preguntas personales.

Nate estaba tan sorprendido como ella, aunque no debería estarlo. Aquel caso no seguía unos patrones predecibles.

—Has improvisado bien —dijo, y fue recompensado con la sonrisa que iluminó los ojos de Lyndsey incluso tras los cristales de sus gafas.

—Pero es cierto que pensé que eras una arrogante cuando te conocí —dijo ella a la vez que se quitaba las gafas y las dejaba en la mesa antes de sentarse.

—¿Y ahora no lo piensas?

Lyndsey tomó una galleta y pareció observarla atentamente.

—Puede que tengas un exceso de confianza en ti mismo. Y tú... ¿de verdad pensaste que era una excéntrica?

–Eso lo has dicho tú, no yo. Pero lo cierto es que no supe qué pensar de ti. Estabas husmeando por los despachos a hurtadillas y...

–No quería interrumpiros. Pero supongo que ya sabías que trabajaba en la agencia, ¿no?

–Sabía que alguien acudía por las noches para transcribir los informes. Incluso había visto el coche que había en el aparcamiento. Pero estaba tan enfadado que no me fijé. Me disculpo por no haber ido antes a tu despacho para saludarte y presentarme como es debido. Arianna se ocupó de recordármelo –Nate tomó una galleta, la probó e hizo una señal de brindis con ella. Hacía mucho que no comía una galleta preparada en casa.

–Yo he escuchado tanto tu voz que sentía que ya te conocía.

–Supongo que conocerás bien la voz de todos en la agencia.

–Sí, claro. La voz y las rarezas. Por ejemplo, tú apenas dudas cuando hablas y casi nunca cambias de opinión y añades algo al final. Sam y Arianna también hacen buenos informes. Sois todos muy eficientes.

–¿Has conocido a Sam? –Sam Remington era el tercer socio de la agencia. Él, Arianna y Nate se conocieron en el ejército y hacía seis años que habían abierto su agencia tras planearlo durante años.

–Lo he visto varias veces. Es muy reservado. Hay algo en él que te hace desear dar un paso atrás. Es... no sé qué adjetivo utilizar. ¿Temible, tal vez?

–Intenso.

–Sí. Pero una vez que lo conoces resulta fácil hablar con él, y es muy atento.

–¿En qué sentido?

Lyndsey tardó unos momentos en contestar.

–Probablemente te parecerá una tontería, pero ya sabes lo bien que se le dan los números y que tiene uno de esos cubos Rubik –Nate asintió y ella continuó–. Cuando está en la ciudad lo deja en mi escritorio. Se supone que debo manipularlo durante cinco minutos antes de volver a dejarlo en su escritorio. Al día siguiente lo resuelve y lo deja de nuevo en mi escritorio junto con una nota en la que dice lo que ha tardado en hacerlo. Su marca está en un minuto treinta y tres segundos.

–¿Y en qué sentido lo convierte eso en atento?

–Hace que sienta que formo parte de la agencia, cuando en realidad podría sentirme fácilmente invisible. Cuando está fuera de la ciudad lo echo de menos.

–¿Y qué te parece Arianna?

–Muy competente. Es capaz de mantener la calma en cualquier circunstancia. Conectamos bien desde el momento en que me entrevistó. Me cae bien y suele llamarme un par de veces por semana para ver qué tal me va.

–Creo que acabo de recibir una crítica.

–En absoluto. Contigo me bastaba con... –Lyndsey se interrumpió, tosió y tomó un sorbo de su vaso de leche–. Me bastaba con transcribir tus informes –se levantó y dejó el vaso en la mesa–. Voy a lavarme los dientes.

Nate centró la mirada en el televisor mientras ella sacaba unos pantalones de chándal y una camiseta y entraba en el baño. Después se levantó, fue a dejar los vasos en la cocina y permaneció unos momentos quieto tratando de escuchar algo. El único sonido que llegó a sus oídos fue el del televisor.

Para cuando regresó, Lyndsey ya estaba en la cama, de espaldas a él. Tomó su móvil, entró en el baño y llamó a Charlie Black y luego a la señora Marbury para informarla.

Salió unos minutos después vestido como Lyndsey, con una camiseta y unos pantalones de deporte. La única otra mujer con la que había pasado una noche de celibato había sido con Arianna. Cuando la conoció se sintió atraído por ella, desde luego. Pero cuando se fueron conociendo llegó a apreciar realmente su inteligencia, aparte de que Arianna sabía cómo poner a un hombre en su sitio con una sola mirada. No era precisamente una mujer objeto, y él se alegraba de haberlo averiguado antes de estropear lo que había llegado a convertirse en una sólida relación de amistad.

Pero la intimidad que iba a compartir con Lyndsey era distinta. Se sentía desnudo.

Una vez acostado comenzó a hacerse más y más consciente de su cercanía. Se preguntó cuál de los dos cedería en primer lugar al agotamiento y se quedaría dormido. Deslizó las manos bajo la cabeza y contempló el techo.

—¿Estabas llamando a tu novia? —preguntó Lyndsey de pronto.

—No. He llamado a la cliente.

—Ah. ¿Y qué le has dicho?

—Que han llegado, que no han dado muestras de ninguna intimidad ante nosotros y que se han retirado a dormir.

—¿Cómo se lo ha tomado?

—Sin ninguna emoción. ¿Qué piensas de tu primera misión secreta?

—Me encanta. Es divertido.

–¿Divertido?

–No debería serlo. Nada está saliendo como estaba previsto, y eso hace que resulte excitante.

–Parece que se te da muy bien.

–Sí, ¿verdad?

–Sí. Pero no te dejes llevar por tu papel. Es fácil meter la pata –le dijo Nate.

–¿Te refieres a las cosas que le he dicho a Tricia?

–Un poco más habría sido exagerar.

–Comprendo –Lyndsey giró sobre sí misma para poder mirar a Nate–. Pero parece habérselo creído.

–Eso creo.

–Estaba celosa.

–¿Celosa? –repitió Nate, desconcertado.

–No dejaba de mirarte.

–No es cierto.

–Sí lo es. Le gustas.

Nate rió.

–Es cierto –insistió Lyndsey.

–No lo es. Se nota que adora a su jefe. Está atenta a cada uno de sus movimientos. Creo que incluso le cortaría el filete en trozos si la dejara.

–¿Y qué le pasa a él? Se supone que es un súper ejecutivo agresivo, pero deja que ella tome todas las decisiones. No le he oído pronunciar ni dos palabras seguidas.

–Tampoco han hablado delante de mí. Pero una de las cajas que he metido en la casa estaba llena de papeles.

–Puede que hayan venido a trabajar, no por placer. Puede que todo sea un malentendido –sugirió él como posibilidad.

–Si ése es el caso, ¿por qué no ha informado a su mujer de lo que iba a hacer?

–Eso es cierto.

–Con el tiempo he aprendido a fiarme de la intuición de las esposas. Sus sospechas suelen estar justificadas –aseguró Lyndsey.

–Pero has comentado que en este caso nada estaba saliendo como era de esperar. ¿No te parece posible que la señora Marbury esté equivocada?

–Veamos el asunto desde su punto de vista. Conoce a su marido mejor que nadie. Éste empieza a actuar de forma extraña. Averigua que va a pasar el fin de semana con su secretaria y él no se lo dice. Sabe que la infidelidad no es algo nuevo para él; a fin de cuentas, ella también era su secretaria antes de convertirse en su segunda esposa. No sólo sabe que es capaz de engañar, sino que sabe cómo lo hace.

Lyndsey permaneció en silencio y Nate casi pudo escuchar cómo pensaba mientras sentía cómo se iban relajando sus músculos y su cuerpo se volvía más pesado.

–¿Y por qué no se han limitado a encargar que les traigan la comida de algún restaurante? –preguntó ella de repente–. Nosotros somos testigos potenciales.

«Porque están acostumbrados a ser constantemente atendidos», pensó Nate, pero no dijo nada. Necesitaba dormir. Y Lyndsey también.

Giró para quedar tumbado de espaldas a ella y oyó que suspiraba.

–Le gustas –susurró Lyndsey.

Él sonrió.

Capítulo Tres

Lyndsey se movió hacia atrás hasta que notó que se topaba con algo cálido y fuerte. Mucho mejor, pensó, adormecida. Un instante después abrió los ojos de par en par al recordar de qué se trataba: un cuerpo masculino.

¿Pero cómo era posible? Nate estaba encima de las sábanas y se suponía que ella estaba debajo...

Pero no estaba debajo. Lo que sentía en los pies era claramente la textura de la manta. Había violado el espacio de Nate. ¿Pero cómo? De pronto recordó que se había levantado en medio de la noche y había ido al baño a quitarse el sujetador que se había dejado puesto como una especie de armadura. Al volver debía haberse tumbado sobre la sábana.

Estaba a punto de apartarse cuando sintió que Nate apoyaba una mano en su cadera. Unos segundos después la rodeó con el brazo y la sujetó contra sí. Si movía los dedos unos centímetros hacia arriba, le tocaría los pechos.

Lyndsey apenas pudo respirar mientras sentía que sus pechos se henchían y sus pezones se endurecían. Sabía que debería moverse, pero no pudo evitar dar la bienvenida al deseo que se agitó en su interior sin ninguna disculpa. Miró su reloj. Eran casi las cinco y cuarto. ¿Cuánto tiempo más podría disfrutar de Nate antes de que despertara? En todas sus fantasías, jamás había imaginado aquella realidad, aquella química.

Fue consciente del momento en que despertó. Su respiración cambió y su cuerpo se tensó. Sintió que apoyaba la mano sobre su estómago a la vez que presionaba con un pulgar contra uno de sus pechos.

—¿Lyndsey?

—Lo siento —dijo ella a la vez que se apartaba a toda velocidad—. No sé cómo he acabado encima de las sábanas. No lo he hecho a propósito. Te lo prometo. No...

—Olvídalo. No pasa nada.

Lyndsey se sentó en el borde de la cama, de espaldas a él.

—Pero he violado tu espacio. Yo...

Nate hizo un sonido que no supo interpretar y se volvió a mirarlo. Se había sentado contra el cabecero de la cama.

—No pasa nada —repitió.

Tal vez no, pensó Lyndsey, irritada por su actitud indiferente. Probablemente Nate despertaba junto a alguna mujer al menos una vez a la semana. Ella nunca había despertado junto a un hombre. No carecía de experiencia, pero nunca había querido dar mal ejemplo a su hermana dejando que un hombre durmiera en su casa. Había tenido varias relaciones a lo largo de los años, pero los hombres solían renunciar a ella cuando comprendían lo ocupada que estaba y el poco tiempo que iba a poder dedicarles. Probablemente, su independencia les hacía pensar que no necesitaba nada. Pero sí lo necesitaba. Simplemente no sabía cómo pedirlo.

Y, probablemente, Nate tendría novia. Aquel pensamiento la deprimió. Claro que tendría novia. ¿Cómo no iba a tenerla?

—Hola —dijo él.

—¿Qué? —preguntó Lyndsey con un tono más beligerante del que pretendía.

—No le des vueltas.

—De acuerdo.

Nate salió de la cama.

—Voy a correr un rato. Traeré el periódico.

En cuanto Nate salió, Lyndsey fue a darse una larga ducha, aunque no se molestó demasiado con su pelo, pues se rizaría de todos modos en aquel ambiente tan húmedo.

Para cuando entró en la cocina se sentía de mejor humor. Acababa de poner la mesa para el desayuno cuando Tricia salió del dormitorio y cerró la puerta cuidadosamente a sus espaldas. Llevaba la cubitera en la mano.

—Buenos días —saludó Lyndsey—. El café ya está listo. ¿Quiere que le prepare una bandeja?

—Sí, gracias. Con leche y azúcar, por favor —Tricia siguió a Lyndsey a la cocina y fue a la nevera para rellenar la cubitera—. Es una casa preciosa, ¿verdad?

—Sí. Me encantan las vistas que tiene.

Tricia dejó la cubitera en la encimera y se apoyó en ésta.

—Nunca había estado aquí.

Lyndsey se limitó a sonreír. No quería decir nada que no debiera.

—¿Qué tal la vida de casada? —preguntó Tricia.

—También me encanta —dijo Lyndsey mientras sacaba las tazas.

–Tampoco está mal las vistas que tiene, ¿no?

Lyndsey rió como si le hubiera hecho gracia la broma, aunque no había sido así.

–Nate ha salido a correr y a por el periódico. Estará de vuelta enseguida.

–Bien. A Michael le gusta tener el periódico a primera hora. ¿Es a esto a lo que se dedican para vivir?

–No exclusivamente. Sólo aceptamos trabajos de fin de semana. Yo sigo estudiando en la Universidad y mi marido trabaja en la construcción, aunque ahora no hay demasiado trabajo –aquello explicaría la musculatura, el tono bronceado de Nate y el color irregularmente rubio de su pelo.

–¿Cuánto tiempo salió con él antes de casarse?

–El necesario para saber que él era mi hombre.

–¿Y cómo llega a saberse eso?

–Supongo que es algo intuitivo.

–¿No le parece que todo el mundo siente lo mismo cuando se casa?

–Sólo puedo hablar por mí misma.

–¿Cree que le será fiel?

¿Qué estaba pasando? Lyndsey se centró en preparar la bandeja. ¿Se suponía que debía seguir adelante con aquella conversación? ¿Podría averiguar algo que pudiera utilizarse contra el señor Marbury.

–Eso espero. ¿No lo esperaría también usted?

–Supongo que sí.

En aquel momento se oyó la puerta trasera y Nate apareció en la cocina un segundo después.

–Justo a tiempo –dijo Lyndsey, aliviada–. Puedes añadir el periódico a la bandeja.

–Buenos días –saludó Nate.

—Buenos días —contestó Tricia a la vez que lo miraba de arriba abajo.

«¿Lo ves?» , preguntó Lyndsey con la mirada. La mirada de Nate adquirió un brillo travieso.

—Voy a ducharme —dijo—. A menos que me necesites para algo.

«Necesito que me beses. Me da lo mismo que estés sudoroso y tengas que afeitarte. Estás para comerte».

—No te necesito —Lyndsey logró sonreír y él le dedicó un guiño.

—Antes lleve la bandeja al dormitorio —dijo Tricia a Nate. Luego tomó el cubo de hielo y lo precedió para abrir la puerta del dormitorio.

Cuando volvió a salir, Nate se detuvo en la cocina el tiempo suficiente para desabrochar el lazo del mandil de Lyndsey. Ella sonrió mientras volvía a abrochárselo y luego agradeció que el destino le hubiera hecho quedarse en la agencia más tiempo del habitual hacía dos noches.

Horas más tarde Lyndsey estaba en la cocina mientras Nate recogía la mesa del comedor después del almuerzo.

El señor Marbury se animó a hablar finalmente y lo hizo con la autoridad que uno habría esperado de él.

—Su esposa le ha dicho a Tricia que trabaja en la construcción —dijo a Nate—. Tengo un trabajo para usted.

Lyndsey se llevó una mano a la boca al oír aquello. ¡Había olvidado comentarle a Nate lo sucedido!

–Hace falta sustituir el pasamanos de madera del balcón de arriba –continuó el señor Marbury–. Enviaron el material necesario la semana pasada y se encuentra en el garaje. Le pagaré extra si hace el trabajo hoy mismo.

A pesar de sus palabras, era evidente que no esperaba un no por respuesta.

–Sí, señor –contestó Nate.

Unos segundos después entró en la cocina con la vajilla, dedicó una fría mirada a Lyndsey y se puso a rellenar el lavavajillas mientras ella seguía preparando el pollo que iban a cenar.

Pasaron varios minutos antes de que se acercara a ella por detrás y apoyara ambas manos en la encimera rodeándola.

–¿Has olvidado mencionarme algo más? –le dijo al oído.

Estaba enfadado. Lyndsey sintió una excitación inmediata al notar su aliento en el cuello.

–Lo siento –susurró.

–Supongo que no sabes cómo sustituir un pasamanos, ¿no?

Lyndsey negó con la cabeza.

–Date la vuelta, por favor.

Lyndsey tragó saliva e hizo lo que le pedía. Nate no se movió. Estaban a escasos centímetros de distancia.

–¿Se te ocurre algún modo de librarnos de esto? –preguntó él.

–Podría simular un ataque de apendicitis –dijo Lyndsey, sin aliento. Aquel hombre le gustaba demasiado. Debía buscarle defectos rápidamente, o de lo contrario temía que fuera a romperle el corazón. De pronto se le ocurrió cómo podían li-

brarse del problema–. Sé cómo usar un taladro
–dijo a la vez que apoyaba ambas manos en su pecho. También sé clavar un clavo sin que se tuerza.
Puedo hacerlo yo. Tú sólo tendrías que simular
que estás al cargo.

Nate sonrió. Luego echó atrás la cabeza y rió.

–¿De qué te ríes?

–De ti. Eres tan sincera... –aún parecía enfadado, pero no dejó de sonreír–. Yo también sé un
par de cosas relacionadas con la construcción.

–¿Estabas jugando conmigo? ¿Me has asustado
sólo por diversión?

–A la mayoría de las mujeres les gusta que jue-
guen con ellas de vez en cuando.

–Yo no soy la mayoría de las mujeres –replicó
Lyndsey, molesta.

–No, no lo eres. Tú eres...

La puerta de la cocina se abrió en aquel momento. Lyndsey se sobresaltó, pero Nate se limitó
a volver la cabeza. Debía parecer que se estaban
besando.

–Lo siento –dijo Tricia.

Nate se apartó pero pasó un brazo por la cintura de Lyndsey.

–¿Qué desea, señorita?

–Michael dice que encontrará las herramientas
en el armario que hay junto a la lavadora, en el garaje.

–Gracias –Nate introdujo un dedo en la cinturi-
lla del pantalón de Lyndsey, que contuvo el
aliento–. Me ocuparé de ello enseguida.

Tricia se fue sin hacer ningún comentario.

–Si hubiera sabido que mi tapadera iba a ser
que trabajo en la construcción, habría traído mi

furgoneta –dijo Nate en cuanto se quedaron a solas.

Era evidente que aún estaba enfadado, aunque intentaba que no se le notara. Y aún no había retirado la mano de la cintura de Lyndsey.

–¿Tienes una furgoneta? –preguntó ella sin ocultar su sorpresa a la vez que se apartaba.

–Sí. ¿Qué esperabas que tuviera?

–Algo más deportivo como un descapotable. Y rojo.

–También tengo un coche de esos. Un Corvette. Diferentes coches para diferentes propósitos.

–¿Tienes algún otro?

–Un Lexus. De vez en cuando hace falta un coche con cuatro asientos.

–¿Sales a menudo con tu novia y otra pareja?

Nate se limitó a sonreír.

–Este trabajo está suponiendo una sorpresa tras otra –dijo, enigmáticamente–. Vamos a comprobar qué tal se nos da la carpintería.

–Estoy deseando verte con el cinturón de las herramientas, cariño –dijo Lyndsey a la vez que batía las pestañas con la esperanza de que se le pasara por completo el enfado.

Nate alzó las cejas.

–¿Estás jugando conmigo?

–Si eres como la mayoría de los hombres, seguro que te gusta.

–Me temo que acabas de colocarme entre la espada y la pared. No creo ser como la mayoría de los hombres, pero he de reconocer que me gusta que juegues conmigo.

Lyndsey se preguntó cómo iban a superar otra

noche en el dormitorio después de todo aquel flirteo y toqueteo. El sentimiento de anticipación la hizo sentirse más viva que en mucho tiempo. Más femenina. Más deseada.

Si aquélla era una oportunidad única, ¿debía huir de ella o debía alentarla? ¿Debía tentar, o esperar a ser tentada? ¿Sería mejor satisfacer sus necesidades y arrepentirse luego, o no satisfacerlas... y arrepentirse también? Había llegado a creer que llevar a la realidad una fantasía como aquélla no podía ser bueno, pero tal vez estaba equivocada.

Tenía toda la tarde para pensar en ello. Sin duda, Nate iba a suponer el mayor desengaño de su vida.

Su oportunidad de enmendar el error cometido surgió aquella misma tarde. El pasamanos había sido sustituido y había quedado perfecto, pero estaban sudando a causa del trabajo y Nate fue el primero en ducharse. Luego entró ella en el baño. Apenas llevaba quince segundos bajo el agua cuando oyó su voz.

–¿Eres aficionada a la ironía? Quieren que vaya a alquilar la película *Mentiras Verdaderas.*

Sorprendida, Lyndsey se cubrió los pechos con los brazos. A través de la mampara acristalada de la ducha vio que Nate sólo había entreabierto la puerta.

–De acuerdo –dijo. ¿Qué más podía añadir?

En lugar de irse, Nate entró en el baño y se acercó a ella a la vez que se cubría los ojos con una mano. Lyndsey se quedó petrificada en el sitio.

–Ven aquí –dijo él en voz baja.

Lyndsey dio un paso hacia él.

—Están descansando en el balcón —continuó Nate—. Sal a la cocina en cuanto puedas. Tal vez puedas sacar unas fotos mientras estoy fuera, si piensan que sigues aquí.

—De acuerdo —aunque Nate se había cubierto discretamente los ojos, saberse desnuda ante él hizo que Lyndsey se sintiera intensamente consciente de sí misma.

—Recuerdas cómo usar la cámara, ¿no?

—Por supuesto.

—Bien. Volveré en cuanto pueda —tras una pausa, Nate añadió—: No imaginaba que fueras la clase de mujer que se pinta las uñas de los pies de rojo.

Lyndsey bajó la mirada. Cuando volvió a alzarla Nate se había ido. No tuvo ni un segundo para pensar en ello. Se secó y vistió a toda prisa y, tras recoger la cámara, salió a la cocina de puntillas.

El señor Marbury y Tricia estaban enmarcados por la puerta de cristal en una viñeta perfecta. Tras ellos, el sol poniente cubría el cielo de tonos rosados. Tricia estaba sentada con la cabeza echada hacia delante, con su larga melena cayendo sobre sus pechos. El señor Marbury estaba de pie tras ella, dándole un masaje en los hombros.

Lyndsey sacó varias fotos. Luego, él se inclinó y acercó los labios al oído de Tricia. Ésta se volvió hacia él, sonriente. Sus rostros quedaron separados apenas unos milímetros. Lyndsey siguió sacando fotos hasta que el señor Marbury se irguió y se volvió a mirar en su dirección.

Afortunadamente, la cámara era pequeña.

Lyndsey la ocultó tras la palma de la mano, simuló estar apartando un mechón de pelo de su frente y la dejó caer en el bolsillo. Estaba lavándose las manos cuando el señor Marbury apareció ante la barra que separaba la cocina del resto.

—¿Qué estaba haciendo?

—¿Cuándo? —Lyndsey rogó para que no la abandonara la sangre fría.

—Ahora mismo. Nos estaba mirando.

—No, señor. Estaba admirando la puesta de sol en el mar. No suelo tener muchas oportunidades de verla. ¿No le ha parecido maravillosa?

El señor Marbury se volvió a contemplar un momento el cielo. Tricia esperaba sin apartar la mirada de ellos.

—Si le parece bien, voy a ponerme a preparar la cena. Me llevará más o menos una hora.

El señor Marbury parecía desconcertado.

—De acuerdo.

—¿Quiere que prepare algo de picar mientras esperan?

—No, gracias.

El señor Marbury volvió al balcón. Tras hablar un momento con Tricia, ambos entraron en el dormitorio.

Lyndsey se apoyó contra la encimera, sin aliento. Afortunadamente, lo había conseguido.

En cuanto Nate regresó le entregó la cámara. Éste entró en el dormitorio para ver las fotos y salió unos minutos después.

—¿Han salido bien? —preguntó ella, ansiosa.

—Son muy claras. ¿Crees que a la clienta le bastarán? —susurró.

—No se han besado. Me han visto antes de tener

oportunidad de hacerlo. Pero si yo estuviera casada con el señor Marbury me dolería verlo tocando y mirando a otra mujer de ese modo.

—¿Crees que esas fotos podrían suponer la evidencia legal que necesita su esposa?

—Yo diría que no.

—Y tendrías razón.

—¿Y ahora qué? —preguntó Lyndsey, decepcionada—. Ni siquiera los he visto tomarse de la mano.

—Yo tampoco. Me he levantado varias veces a lo largo de la noche y he pegado la oreja a su puerta, pero no he escuchado nada. Esperaba acabar con la investigación este mismo fin de semana.

Lyndsey captó la resignación del tono de Nate.

—¿Qué tiene de importante este trabajo para que lo aceptaras a pesar de que era obvio que no querías hacerlo?

—Charlie Black.

—¿El investigador que tenía este caso?

—Solíamos trabajar para Charlie cuando empezamos, pero no tardamos en obtener nuestras licencias. El negocio creció demasiado rápido para su gusto y se alegró cuando decidimos abrir nuestra propia agencia y pudo volver a trabajar por su cuenta. Desde entonces nos ha pasado varios casos que le venían demasiado grandes. Esta vez el problema ha sido que su mujer ha sufrido un infarto y no ha podido seguir adelante con el caso.

—Oh, qué lástima. ¿Y cómo está?

—Puede que tengan que hacerle un bypass —Nate apoyó un codo en la encimera—. Eres una buena persona, Lyndsey. Hoy en día, casi nadie se preocupa por personas a las que no conoce.

—Creo que la mayoría de la gente es buena.

–Si sigues en este negocio el tiempo suficiente acabarás por cambiar de opinión.

–Siento que hayas perdido la fe en la gente –dijo Lyndsey.

–Tú estás consiguiendo que la recupere en parte –murmuró Nate sin apartar la mirada de ella.

Lyndsey tuvo que esperar unos segundos para volver a tener un pensamiento coherente.

–Entiendo que te haya frustrado tener que aceptar este caso, pero me pareció que estabas disgustado por algo más.

Nate se encogió de hombros.

–Llevaba años sin tener unas vacaciones. Se suponía que me iba hoy mismo.

–¿Adónde?

–A Australia.

Australia. La palabra casi parecía mágica. Lyndsey ni siquiera había ido más allá de San Francisco.

–¿Has podido posponerlas? Supongo que podrás ir más adelante, ¿no?

–Eso espero. Tendré que organizar de nuevo las cosas. Además, pensaba pasar allí las navidades.

–¿Solo? –preguntó Lyndsey sin pensárselo dos veces.

–Sí.

–¿Y cómo vas a celebrar las navidades solo?

–No quiero celebrarlas.

–¿No te gustan las navidades?

–A ti sí, ¿verdad? He notado que tu cubículo en la agencia es el único con adornos navideños.

Lyndsey no supo qué responder. Le entristecía que alguien pudiera permanecer ajeno al espíritu navideño.

–¿Sabes por qué acepté este trabajo? –preguntó.

–¿Porque te presioné para que lo hicieras?

–En parte. Pero sobre todo porque el dinero me permitiría pagar el billete para que mi hermana venga a pasar las navidades conmigo. De lo contrario habría sido la primera vez que pasamos las navidades por separado.

–¿Dónde está?

–Estudia arquitectura en Cornell.

–¿Y cómo sobrevive una chica de Carolina del Sur a los duros inviernos de Ithaca?

–Sorprendentemente bien.

Lyndsey siguió hablando y contó a Nate que su madre murió cuando su hermana Jess tenía once años y ella diecinueve. Ella acababa de terminar su primer año de estudios en UCLA y tuvo que trasladarse para ocuparse de su hermana. Luego habló de su padre, que dejó a su madre antes de que ella naciera, lo mismo que hizo el padre de Jess cuando ésta sólo tenía seis meses.

–Me temo que mamá tenía dificultades para elegir un hombre con capacidad de compromiso –concluyó–. Pero era una madre estupenda. Divertida y liberal. Cada día era una aventura con ella.

–¿Tuviste que renunciar definitivamente a la Universidad? –preguntó Nate mientras se ocupaba de aliñar la ensalada.

–No, pero tardé más en acabar. Hace tan sólo un mes que hice mi examen final de contabilidad. Tendré los resultados en febrero.

–No te imagino de contable.

–¿Qué tiene de malo? –preguntó Lyndsey, a la defensiva–. Es un trabajo seguro y bien pagado. Y se me da bien.

–No pretendía insultarte. Estoy seguro de que se te da bien, pero conozco a varios contables y no parecen personas especialmente centradas. Tú sí. Y también eres observadora.

–Me fijo en los detalles. Es una buena cualidad para un contable.

–Y para un investigador privado. Entonces, ¿nos dejarás cuando superes tu examen?

–Cuando encuentre un trabajo. No es ningún secreto. Arianna lo sabe. Se lo dije cuando me contrató.

–Claro que se lo dijiste.

–¿Qué quieres insinuar con eso?

–¿Has oído decir alguna vez que alguien tiene cara de honrado? Podrían utilizar un póster tuyo para representarlo.

–He estado mintiendo a... –Lyndsey señaló con la cabeza en dirección a la puerta.

–Has estado actuando. Hay una diferencia.

Nate se apartó de la encimera al escuchar un ruidito tras la puerta. Estaban hablando en voz muy baja, de manera que no le preocupaba que los hubieran oído, pero le irritó que el señor Marbury, o más probablemente Tricia, los estuviera espiando.

Cuando abrió la puerta encontró a Tricia tras ésta con la mano alzada como si fuera a llamar.

–Me... me preguntaba cómo iba la cena.

–Estará lista dentro de diez minutos –dijo Lyndsey.

Nate comprendió que Lyndsey no se había dejado llevar por la imaginación. Tricia lo estaba mirando como si fuera un auténtico trozo de carne fresca, pero no estaba seguro de que se debiera a

46

la pasión que despertaba en ella. Su expresión parecía más bien desdeñosa.

–Gracias –dijo ella y se alejó con la barbilla ligeramente alzada.

Nate esperó a que se cerrara la puerta del dormitorio antes de cerrar la de la cocina.

–Tenías razón –dijo cuando volvía junto a Lyndsey–. Me desea.

–¿Qué ha hecho?

–Desvestirme con la mirada –Nate pensó que era tan fácil burlarse cariñosamente de Lyndsey que casi se sintió culpable.

Ella comenzó a remover la pasta con más fuerza.

–Te lo había dicho. Pero ella ya tiene a su hombre. Debería dejar al mío en paz –tras un intenso silencio, añadió–: Me refiero a... Ya sabes a qué me refiero. Tricia piensa que eres un hombre casado.

Nate sintió una inesperada oleada de ternura. ¿Cómo podía sobrevivir alguien tan inocente en un mundo tan duro?

–Ya está con un hombre casado, Lyndsey.

–Sí, pero es viejo.

Nate aún estaba sonriendo cuando sirvió el primer plato.

Una vez más fueron enviados a su dormitorio después de la cena, aunque en aquella ocasión no estaban agotados, como el día anterior.

Lyndsey se preguntó cómo iba a pasar al menos dos horas despierta en aquel diminuto cuarto junto al hombre que había colmado su fantasía durante meses. De pronto, Lyndsey «la normalucha» se había visto envuelta en el mundo del espionaje y se había convertido en Lyndsey «la extraordinaria». Nate «el magnífico» se enamora locamente de ella. Ella juega con él. Lo vuelve loco. Él le ruega que se acueste a su lado...

Sonrió al imaginar la escena. Le gustaba lo del ruego...

–¿Qué es tan divertido? –preguntó Nate, que estaba sentado en la cama de espaldas a ella.

Lyndsey se ruborizó.

–¿Tienes ojos en la espalda?

Nate señaló el espejo que había en la pared opuesta al tocador.

–No me estaba riendo de ti –dijo Lyndsey.

–No he dicho que te estuvieras riendo de mí.

–Pero tu tono lo supone.

–Estás leyendo entre líneas –dijo Nate, que de pronto añadió–: ¿Qué te parece si vamos a dar un paseo por la playa?

–¿Y si el señor Marbury o Tricia deciden de pronto que necesitan algo?

–Tendrán que esperar.

–¿Y si hacen algo que deberíamos ver?

–Vámonos –Nate tomó a Lyndsey de la mano y le hizo ponerse de pie.

–Eres muy mandón –dijo ella, aunque no opuso resistencia.

–Soy tu jefe.

Lyndsey comprendió que no dejaba de olvidar aquel detalle.

Capítulo Cuatro

No había nada como un paseo por la playa de noche, pensó Nate mientras caminaban en silencio.

–Probablemente deberíamos volver –dijo. Sintió la tentación de pasar un brazo por la cintura de Lyndsey, pero se contuvo.

Mientras Lindsey pensaba en todas las responsabilidades que tuvo que asumir cuando aún era prácticamente una adolescente.

–¿Cómo murió tu madre? –preguntó de pronto Nate como si estuviera leyendo su pensamiento.

–Sufrió un aneurisma. Jess la encontró en la cama.

–Además de tener que superar el sufrimiento por la muerte de tu madre tuviste que convertirte en una especie de segunda madre para tu hermana. ¿Lo has lamentado alguna vez?

–No a menudo. Afortunadamente, la casa en la que vivíamos ya estaba pagada, aunque mi madre apenas tenía ahorros.

–Pero tuviste que ponerte a trabajar mientras estudiabas y cuidabas de tu hermana, ¿no? ¿Jess también trabajó cuando tuvo edad para hacerlo –le preguntó él?

–No. Es difícil trabajar y sacar adelante una carrera. Yo lo hice porque no me quedó más remedio, pero no quería que mi hermana dejara de vivir una vida normal. Ya había tenido bastante con quedarse sin madre en una edad crucial.

—¿Siempre quisiste ser contable?

—No. Empecé estudiando arte dramático.

Nate esperaba algo diferente, pero no aquello.

—¿Por qué cambiaste?

—¿Es una pregunta retórica? Mírame. ¿De verdad crees que habría tenido alguna oportunidad de convertirme en actriz?

—Estoy mirando —dijo Nate. «Y me gusta lo que veo», pensó. ¿Por qué iba a haber tenido menos probabilidades de triunfar en Hollywood que cualquier otra mujer?—. Y no entiendo a qué te refieres.

Lyndsey lo miró como si no lo creyera.

—Necesitaba unos ingresos seguros —dijo, cambiando de tema—. Todo salió bien. Voy a poder pagar la Universidad de Jess.

Nate comprendió que no quería hablar de por qué pensaba que no habría triunfado en Hollywood.

—¿No ha conseguido alguna beca?

—Sí, porque saca muy buenas notas, pero no bastan.

—¿Está trabajando ahora?

—Todavía no. Ya cuesta bastante adaptarse a la vida universitaria, sobre todo cuando estás a cuatro mil kilómetros de casa —Lyndsey redujo la marcha—. ¿A qué viene este tercer grado al que me estás sometiendo?

—Sólo estaba matando el tiempo.

—No es justo. Estás averiguándolo todo sobre mí y yo no sé nada de ti.

–Hacer preguntas es mi trabajo –se justificó él.

–Pues yo tengo una para ti –lo miró a los ojos.

–Dispara.

–¿Qué quisiste decir la otra noche en la oficina cuando dijiste que encajaba?

–Simplemente eso. Que encajabas. Conmigo. Podríamos ser una pareja –de pronto, Nate dejó de caminar–. Espera. Están en el balcón.

Lyndsey miró hacia la casa, donde divisó dos siluetas en el balcón.

–Vamos a acercarnos –dijo Nate a la vez que la tomaba de la mano.

–¿No nos verán?

–Tal vez –Nate se detuvo–. Están mirando hacia aquí. Arrímate a mí.

Tomó a Lyndsey entre sus brazos y se situó de manera que pudieran mirar hacia la casa. Tras unos segundos, ella dejó escapar el aliento y se relajó contra él. Nate la ciñó con más fuerza y ella hizo lo mismo. Le encantaba sentir su cuerpo, el apoyo de su abrazo. Cerró los ojos.

–¿Siguen ahí? –preguntó, con la esperanza de que Nate pensara que estaba pensando en su trabajo en lugar de disfrutando del momento.

–Sí –dijo él a la vez que inclinaba la cabeza hacia ella.

Iba a besarla.

Lyndsey aguardó, asombrada y expectante. Entonces vio que tenía la mirada fija en la casa. Era una treta. Pero...

Su cuerpo estaba reaccionando a la cercanía del de ella.

–Lo siento –susurró Nate, y ella lo encontró divertido.

Empezó a reír. Nate se estaba disculpando por halagarla.

—Se supone que estamos pasando un momento romántico —añadió él.

Lyndsey rió aún más fuerte. Qué idiota había sido al pensar que se sentía realmente atraído por ella. Tan sólo había sido una reacción automática.

—¿Lyndsey? —el tono de Nate denotó que temía que hubiera perdido la cordura.

Y así había sido. Junto con el sentido común. Lamentó que Nate fuera el hombre más fascinante que había conocido. Aunque lo cierto era que no había conocido a muchos. Sin un padre cerca, no había tenido una experiencia directa respecto al modo de pensar de los hombres. Sólo había podido surtirse de los comentarios de su madre sobre la retorcida lógica de éstos, sobre su egoísmo y falta de responsabilidad, sobre todo en el caso de los más encantadores. Y, por lo visto, tanto su padre como el de Jess habían sido dos tipos encantadores. Pero Lyndsey pensaba que no era justo encasillar a todos los hombres en aquella categoría.

Nate era un hombre lógico y responsable. Y no le parecía especialmente egoísta.

Pero no podía negar lo obvio: era encantador. También era sofisticado, atractivo, tenía éxito en su profesión y probablemente salía con mujeres maravillosas e igualmente sofisticadas. Por otro lado, ella era una mujer hogareña que olvidaba frecuentemente maquillarse, cuyo pelo rizado estaba pasado de moda, que apenas hacía ejercicio y que tenía que hacer malabarismos para llegar a fin de mes. Además, trabajaba para él.

Sin embargo, le había dicho que encajaba. Que podían tener aspecto de ser pareja. Y había llegado a aquella conclusión en un momento en que ella tenía el pelo hecho un asco, no se había maquillado y llevaba su viejo jersey negro y unos vaqueros.

—Han entrado —dijo Nate a la vez que se apartaba de ella.

—¿Podemos sentarnos un momento?

Nate dudó un momento.

—Claro. ¿Por qué no?

Lyndsey dejó de pensar en todo aquello y se limitó a disfrutar del sonido de las olas rompiendo sobre la arena. Hasta sus oídos llegaron sonidos de voces y risas, indicándole que no estaban solos. Cerró los ojos y aspiró profundamente el aire del mar. Imaginó a Nate en una playa en Australia. Allí estaban en verano. Envidió aquella oportunidad de viajar. Ella también pensaba hacerlo alguna vez.

Había pensado mucho en su futuro y en lo que quería. Viajar era una de sus metas. Pero sus metas profesionales parecían estar cambiando. Antes nunca se le habría ocurrido pensar en ser investigador privado, pero la idea parecía haberse asentado en su mente después de los comentarios de Nate. Era cierto que se fijaba en los detalles y que le encantaban los rompecabezas. Y era muy meticulosa. Por eso nunca había errores en los informes que pasaba a máquina.

—No puedo comprenderlos —dijo Nate, interrumpiendo sus pensamientos.

Lyndsey estuvo a punto de suspirar.

—No se comportan como amantes, desde luego.

–No sé. Capto cierta intimidad entre ellos.

–¿A qué clase de intimidad te refieres? Porque puede haber muchos niveles. Mi hermana y yo podemos sentarnos juntas con nuestros brazos tocándose. No hay nada sexual en ello, pero hay intimidad.

–Si fuerais un hombre y una mujer supondría una intimidad sexual.

–¿Siempre? –preguntó Lyndsey.

–El noventa y nueve por ciento de las veces –afirmó él.

–Tal vez por parte del hombre. Para las mujeres, la intimidad se produce cuando se sienten cómodas, sea con un hombre o una mujer.

Nate la miró con escepticismo.

–¿Tienes amigos hombres?

–Bueno... no, supongo que no. Al menos, no amigos cercanos en los que confíe plenamente.

–¿Por qué?

–¿Acaso tratas de demostrarme que tienes razón? Soy sólo una mujer. Tendrías que sondear a unas cuantas más.

–Me interesa tu respuesta. ¿Por qué no tienes amigos hombres?

«Porque he descubierto que una de las cosas que me dijo mi madre es cierta: los hombres no tienen aguante. Toman lo que quieren y luego se largan», pensó Lyndsey. Pero lo cierto era que aún no había conocido a ningún hombre que le hubiera inspirado el deseo de pasar la vida con él.

–No sé. Supongo que no he conocido hombres que me atraigan lo suficiente como para querer ser amiga suya.

–Tenemos que irnos.

Lyndsey suspiró y se levantó. No iba a olvidar fácilmente aquella noche en la playa con el hombre de sus sueños. Se estremeció al pensarlo.

–¿Tienes frío?

–Un poco –dijo ella.

Nate pasó un brazo por sus hombros y la atrajo hacia sí. Lyndsey fue a protestar pero, en lugar de ello, pasó un brazo por su cintura y se dejó envolver por el calor de su cuerpo.

Media hora después estaban recostados en la cama, viendo un viejo episodio del *Show de Bill Cosby.*

–He estado pensando en tu hermana –dijo Nate cuando llegó la primera tanda de anuncios–. ¿Te importa que te diga lo que pienso?

Lyndsey asintió con cautela.

–Sé que no la conozco, de manera que mi opinión se basa exclusivamente en lo que me has dicho –continuó Nate–. Según he comprobado en numerosas ocasiones, los niños cuyos padres les dan todo lo que quieren son los que peor acaban.

–No es el caso de mi hermana –replicó Lyndsey de inmediato–. Ella lo perdió todo. Jamás conoció a su padre y nuestra madre murió cuando ella tenía once años.

–Entonces tuviste que intervenir e hiciste un trabajo admirable. Pero tu hermana ya es una persona adulta, y no creo que la estés ayudando a madurar ocupándote de resolver sus problemas. Tú saliste adelante por tu cuenta, incluso con la presión extra que supuso responsabilizarte de ella. Jess debería hacer lo mismo. No sólo apreciaría

55

más el dinero que ganara, sino que aprendería a defenderse por sí misma. Eso es importante.

—No comprendes —dijo ella.

—Puede que no, ya que nunca me he visto en tu situación. Pero sé que llega un momento en que permitir que alguien se defienda por su cuenta es el mejor regalo que puedes hacerle, incluso aunque ese alguien no lo crea así.

Lyndsey había pensado mucho en aquello, e incluso había llegado a la misma conclusión. Pero le resultaba muy dura la idea de dejar que Jess se defendiera por su cuenta, de permitir que cometiera sus propios errores. No podría soportar que su hermana llegara a odiarla.

No le gustó la expresión compasiva que vio en la mirada de Nate.

—Tienes razón. No conoces a mi hermana. No sabes lo maravillosa que es. Yo no la he malcriado. Sólo he intentado que su vida sea un poco mejor, y pienso seguir haciéndolo. Porque la quiero. Y porque es todo lo que tengo —concluyó con voz temblorosa.

—No llores —dijo Nate rápidamente, casi con pánico.

Lyndsey no habría llorado ni aunque él no hubiera reaccionado así. Hacía años que había dejado de llorar. Era mejor tragarse el dolor y seguir adelante.

—Lo siento —añadió Nate.

Lyndsey no quería sus disculpas. Quería que siguiera presionándola hasta hacerle aceptar su ayuda, porque aquello significaría que le importaba. Pero no la estaba presionando. Se estaba disculpando, y aquello la enfureció.

–No tienes derecho a decirme cómo debo vivir mi vida.

–Tienes razón. No lo tengo.

Lyndsey se cruzó de brazos.

–Me las he arreglado muy bien durante estos siete años.

–De acuerdo –Nate intentó acabar con aquella conversación.

–¿Qué se supone que quiere decir eso?

–Que estoy de acuerdo contigo.

–No necesito ayuda.

–Todo el mundo necesita ayuda de vez en cuando.

–Yo no.

–Incluso tú –Nate se acercó un poco a ella. Sabía que estaba tan acostumbrada a arreglárselas sola que no sabía cómo compartir su carga. Pero él quería hacer algo por ella, algo maravilloso, inesperado, algo que la hiciera sonreír.

–No –dijo Lyndsey.

–¿No qué?

–Lo que sea que estés planeando. Lo he visto en tus ojos.

Nate apoyó una mano en su brazo.

–Me gustaría ayudarte.

–¿Cómo?

Nate tuvo que contener una sonrisa al ver el gesto beligerante de Lyndsey.

–¿Qué haría que te sintieras mejor?

–Nada.

–Entonces, ¿vas a limitarte a seguir enfadada conmigo?

–Eso es –dijo Lyndsey sin mucha convicción.

–¿Estamos teniendo nuestra primera discusión conyugal?

Lyndsey ladeó la cabeza.

—Me temo que la luna de miel ha acabado.

—Tal vez no. Tal vez podríamos besarnos para hacer las paces —dijo Nate, y de inmediato se preguntó por qué lo había hecho.

Lyndsey lo miró unos segundos, indecisa. Nate esperó a que dijera que no, que se burlara un poco de él. En lugar de ello, parecía seria y pensativa.

Recordó la instantánea reacción de su cuerpo cuando la había abrazado en la playa. Quería terminar lo que habían empezado. «Di que no, Lyndsey».

Ella asintió. Nate se preguntó cómo podía echarse atrás sin herir sus sentimientos.

—¿Estás segura?

Lyndsey volvió a asentir.

—¿Aceptarás mi beso como una disculpa?

—Oh, vamos. Deja de hacer preguntas y hazlo.

Nate sonrió ante la impaciencia de Lyndsey. Le quitó las gafas cuidadosamente y las dejó en la mesilla. Necesitaba ganar tiempo porque, cuando Lyndsey lo miraba así, con aquella necesidad en sus ojos, quería ir deprisa. Muy deprisa.

—Tienes unos ojos maravillosamente expresivos Lyndsey. Siempre están diciendo algo.

—No se nota con mis gafas.

—¿Por eso las llevas? ¿Para ocultarte?

—Para ver.

—Podrías utilizar lentillas.

—Mira, si no quieres hacerlo... —afirmó Lyndsey con impaciencia.

—¿Qué prisa hay?

—Se supone que no debemos acostarnos enfadados —dijo Lyndsey en tono retador.

–Esa teoría siempre me ha parecido defectuosa –Nate deslizó un dedo por la mejilla de Lyndsey hasta sus labios–. Es mejor acostarse enfadado que decir algo de lo que uno pueda arrepentirse luego.

–¿Te callas alguna vez?

A Nate le encantaba que Lyndsey estuviera irritada. Le encantaba alterar su equilibrio. Porque no había duda de que ella estaba alterando el suyo.

Pensaba darle un beso ligero. Lo justo para cumplir con el reto. Pero cuando sus labios se tocaron ella gimió como si llevara esperándolo toda la vida. Sus labios eran suaves, su lengua cálida, su aliento muy dulce... Quería devorarla...

«Frena. Contente...»

Haciendo caso omiso de sus propias advertencias, la rodeó con sus brazos para tumbarla de espaldas y se colocó sobre ella. El pelo enmarcó su rostro. Tenía los ojos entrecerrados. Su boca, su increíble boca, estaba ligeramente entreabierta. Su respiración era irregular.

Inclinó la cabeza y rozó su boca tiernamente con los labios. Ella susurró su nombre, anhelante. Nate se situó más cómodamente entre sus piernas. Ella gimió y alzó las rodillas para facilitarle el acceso. Nate no pretendía que las cosas llegaran tan lejos, pero no era capaz de detenerse. Enterró el rostro en su cuello, la besó en la oreja, movió las caderas rítmicamente contra ella. Lyndsey alzó su pelvis, aceptándolo.

Entonces Nate dejó de pensar. Ella no dejaba de moverse. Temió estallar en cualquier momento. Un largo y profundo gemido escapó de la garganta de Lyndsey. Nate bloqueó el resto de los sonidos con un fiero beso. El clímax de Lyndsey continuó y continuó, hasta que él empezó a sudar a causa del esfuerzo por contenerse.

Quería enterrarse en ella...

–¿Has traído protección? –preguntó ella, tensa.

Nate se quedó paralizado al oírla. ¿Qué había hecho? ¿Qué diablos había hecho?

Se apartó de ella y se tumbó de costado.

–Lyndsey, yo... no, no he traído protección –cosa que era mentira. Llevaba una caja de preservativos en su bolsa de viaje, como siempre, pero aquél no era el momento ni el lugar adecuado para utilizarlos.

Lyndsey pareció hacerse repentinamente consciente de la situación y se apartó de él, intensamente ruborizada.

–Oh, Cielo Santo –murmuró–. No... no sé de dónde ha salido eso –salió de la cama a toda prisa y corrió a encerrarse en el baño.

«Lo has fastidiado todo», se dijo Nate. Sólo pretendía disculparse por haberse metido en su vida privada. ¿Cómo era posible que las cosas hubieran evolucionado tan rápidamente?

Apenas se conocían. Él era su jefe. Y aunque sólo tuviera seis años más que ella, había vivido mucho más.

Debería haberlo visto venir. Nadie lo había mirado con tanta adoración desde... desde su ex esposa. Y desde entonces se había asegurado de buscar mujeres que no lo hicieran.

Miró la puerta cerrada del baño y se preguntó cuánto tardaría en salir Lyndsey. Para facilitarle las cosas, salió al cuarto de estar. No podía salir al balcón, ya que daba al dormitorio principal, de manera que permaneció ante los ventanales, contemplando la noche.

Se abrió una puerta. Tricia salió del dormitorio con una bata larga y negra.

–¿Qué hace aquí? –preguntó secamente.

–He oído un ruido y he salido a comprobar de qué se trataba –intentó parecer tranquilo.

Tricia avanzó hacia él. Nate se dio cuenta de que era su tipo habitual de mujer. Alta, esbelta, con el pelo largo y liso. «Sus Barbies», solía llamarlas Arianna. Su recompensa por el éxito, solía replicar él.

–¿Ve algo? –Tricia se acercó tanto que Nate pudo oler su perfume.

–No.

–He salido a por unas galletas –dijo ella, pero no se movió.

Nate evitó mirarla. El generoso escote de la bata dejaba ver la curva de sus pechos. Lyndsey resultaba diez veces más sexy con sus gafas, su camiseta y su pantalón de chándal.

–¿Necesita algo, señorita?

Ella le tocó un brazo.

–¿Algún consejo?

–Tan sólo soy un empleado doméstico –con delicadeza, Nate dio un paso atrás para librarse de su mano–. Si me disculpa...

–Su esposa dice que cuenta con su fidelidad. ¿Cree que tal cosa es posible en un matrimonio?

Debido a su propia experiencia, Nate no creía que fuera posible; pero sí creía que Lyndsey lo creía. Y ya que estaba casado con ella, al menos para aquella misión, él también lo creía.

61

–Por supuesto que lo creo –replicó con firmeza.

–Creo que están a punto de hacerme una proposición. No estoy segura de cómo responder.

–En eso no puedo ayudarla.

Tricia suspiró.

–Es una situación complicada. Él viene con mucho equipaje –suspiró Tricia.

–Me temo que eso nos sucede a todos. Buenas noches, señorita.

Nate se retiró rápidamente. Cuando entró en el dormitorio encontró la luz y la televisión apagadas. Se acercó a la cama y se metió bajo la manta. Lyndsey estaba de espaldas a él, aunque dudaba que estuviera dormida.

–Nos hemos dejado llevar por el momento –murmuró Nate–. No dejemos que esto estropee nuestra relación.

–De acuerdo. Buenas noches.

«De acuerdo». Aquellas palabras podían significarlo todo... o nada.

Capítulo Cinco

A la mañana siguiente, Lyndsey esperó a que Nate saliera a correr para abrir los ojos. Estaba terriblemente avergonzada. Además de haber asumido erróneamente que Nate pretendía hacerle el amor, él debía haber llegado a la conclusión de que era una mujer fácil.

Se llevó las manos al rostro y reprimió un gemido. Llevaba meses predispuesta a colarse por él, pero todo había sucedido con más rapidez de la que habría podido imaginar.

Nate no debería haberle ofrecido su compasión y su hombro para llorar. Había pasado demasiado tiempo sin contar con ninguna de aquellas cosas. ¿Y cómo iban a simular ser una pareja feliz después de lo sucedido?

La puerta del dormitorio se abrió, sorprendiéndola. Nate pasó al interior y fue a sentarse directamente en la cama.

—Creía que ibas a correr —dijo Lyndsey, desconcertada.

—Y voy a hacerlo. He supuesto que estarías dándole vueltas a lo sucedido y quería despejar el ambiente.

—Bien.

Nate tomó una mano de Lyndsey.

—Me gustas.

–Tú también me gustas a mí.

–No sólo ha sido divertido trabajar contigo; has actuado como una profesional. Teniendo en cuenta tu falta de experiencia, has hecho un trabajo magnífico.

–Lo único que he hecho ha sido mantener la boca cerrada... al menos casi todo el tiempo –confesó Lyndsey.

–Ésa es una habilidad que no todo el mundo tiene. Tú lo has hecho bien desde el principio.

–Gracias –Lyndsey se alegró del cumplido, sobre todo porque estaba pensando en cambiar de profesión. Pero hablaría con él de ello más tarde.

–No creas que eso te da derecho a una paga extra –dijo Nate, sonriente.

Lyndsey le devolvió la sonrisa, más relajada. Ya había obtenido su paga extra la noche anterior, en aquella cama.

–¿Estamos bien?

–Desde luego –dijo ella.

–Bien. Estaré de vuelta dentro de una hora.

Cuando regresó, Nate llevaba consigo el periódico del domingo, que añadió a la bandeja del desayuno antes de ir a ducharse. Mientras, Lyndsey preparó el desayuno, canturreando alegremente. Tenía tomada su decisión. Había encontrado su vocación. Utilizaría sus habilidades convirtiéndose en investigadora privada. Sus estudios de contabilidad le resultarían útiles, lo mismo que su experiencia como actriz. Además, para dedicarse a aquel trabajo había que ser capaz de obtener toda la información posible sobre cada caso, algo que se le daba muy bien.

Cuando Nate la llevara de vuelta a su casa aquella noche, hablaría con él sobre sus planes.

¿Debían hablar sobre lo que había sucedido en la cama? Sintió que se ruborizaba. Había perdido el control, algo que suponía una novedad en ella. ¿Qué habría pensado Nate?

—Lyndsey —dijo Tricia a sus espaldas.

Lyndsey se volvió, sonriente.

—Buenos días. Hace un día estupendo, ¿verdad?

Tricia miró con escepticismo por la ventana.

—Eso parece.

—Su bandeja está lista. Deje que le sirva el café.

—¿Está preparando la ensalada para el almuerzo?

—Eso dicen las instrucciones. ¿Hay algún problema?

—No. Michael quiere que la prepare después del desayuno y la meta en la nevera. Su marido y usted pueden irse luego.

Lyndsey permaneció unos momentos en silencio, desconcertada.

—¿Y no tenemos que recoger la casa?

—De eso se ocupa un servicio de limpiezas. Ustedes han venido para cocinar y ocuparse de los recados que hubiera. Pensaba que lo sabía.

—Claro que lo sabíamos —dijo Nate mientras entraba en la cocina—. Simplemente supone una sorpresa que quieran que nos vayamos tan pronto.

—Hemos supuesto que les gustaría estar juntos, y aquí queda poco por hacer. Feliz aniversario de tres meses. Yo misma me ocuparé de llevar la bandeja.

Lyndsey miró a Nate mientras Tricia salía. Él le guiñó un ojo.

–Voy a hacer el equipaje.

Lyndsey no pudo evitar preocuparse. ¿Habrían hecho algo mal? Pensó en su conversación con Tricia. Nada. Probablemente querían quedarse a solas. Aún no entendía por qué no se habían limitado a pedir que les llevaran la comida de algún restaurante. Habría resultado más barato y habrían tenido toda la intimidad que hubieran querido.

Nunca llegaría a entender a los ricos.

Nate tuvo que contenerse para no pisar el acelerador a fondo cuando se marcharon. Nunca había hecho un trabajo en el que hubiera conseguido tan poco.

–No lo entiendo –dijo Lyndsey al cabo de un minuto.

–¿Qué hay que entender? No querían tenernos cerca más tiempo.

–¿Y por qué no nos quedamos por los alrededores? ¿En la playa, por ejemplo? Podríamos llevar la cámara.

–Las posibilidades de que suceda algo que merezca la pena fotografiar son muy escasas como para que nos molestemos. Al menos así sabemos que tenemos tiempo antes de que el señor Marbury vuelva a su casa. Podemos ir a ver a nuestra cliente, enseñarle lo que tenemos y hablar con ella sobre lo que quiere que hagamos.

–¿Cómo justificas tu factura cuando no obtienes resultados?

–El trabajo se hace de todos modos. El resultado no depende del investigador –contestó Nate, frustrado.

—¿Crees que seguirás con el caso?

—Si la señora Marbury quiere, sí. Raramente se obtienen resultados en una sola ocasión. A veces hay que trabajar meses para conseguir algo.

—¿Y si no hay nada que descubrir?

—Hay que analizar lo poco que tenemos. Tricia actuaba como si estuviera a cargo de todo. La mayoría de los hombres en la posición del señor Marbury no permitiría que una mujer que no fuera su amante hablara por ellos. También la vi salir del dormitorio en bata.

—Pero no tenemos evidencia de que hayan dormido juntos. Hay una cama plegable en el despacho —argumentó Lyndsey.

—Veo que estás haciendo de abogado del diablo.

—Es una posibilidad. Tricia no me dejó entrar en el dormitorio a hacer la cama.

—Yo he podido asomarme un par de veces. La cama no estaba hecha en ninguna de ellas —Nate tamborileó con el dedo en el volante, pensativo—. Él le dio un masaje y hubo ese momento en que acercó su rostro al de ella. Demasiado como para que su relación sea de mera amistad.

—Lo sé —Lyndsey suspiró—. Todo es muy confuso. Pero, si te interesa mi opinión, creo que no son amantes.

—Claro que me interesa.

—Pero piensas que estoy equivocada.

—No he dicho eso. Pero lo cierto es que va a costar más trabajo averiguar la verdad. Me gustaría dejar de hablar del tema un rato. La cliente no va a tardar en interrogarnos al respecto.

—Por supuesto.

Nate agradeció el silencio de Lyndsey. No era

una persona que hablara sin motivo. Respondía a las preguntas y mantenía una conversación cuando era necesario, pero no hablaba sólo para llenar el silencio.

Además, agradecía que no hubiera sacado a colación lo sucedido la noche anterior. Otra metedura de pata suya. Pero debía pensar en algo que decir al respecto, y no tardando demasiado.

Llamó a la señora Marbury cuando se hallaban a escasos minutos de su casa. Los recibió con aspecto de no haber dormido desde la última vez que la habían visto.

—¿Por qué han vuelto tan pronto? —preguntó.

—No lo sabemos —contestó Nate—. Apenas nos quedaba nada por hacer.

—¿Han sospechado de ustedes?

—Se han mostrado muy cautos —Nate miró a Lyndsey—. Ambos hemos sentido que había algo más de lo que mostraban en su relación, pero han sido muy discretos.

—Me dijo por teléfono que tenía una foto.

—Sí —Nate abrió su ordenador y lo encendió para mostrarle las fotos—. Como verá, no hay evidencia real.

La señora Marbury pareció encogerse un poco con cada foto que pasaba.

—¿Qué quiere que hagamos? —preguntó Nate.

—¿Qué opciones tengo? —dijo la señora Marbury.

—Podemos seguir vigilando a su marido cada vez que salga de su despacho. ¿Vuelve a casa por las noches?

—Sí, pero tarde. Muy tarde.

—¿Dice que viene de trabajar?

–No dice nada –la señora Marbury tenía un tono preocupado.

–¿Suele llamarlo al despacho?

–Muy poco. No le gusta que lo haga. La única posibilidad es que usted consiga una prueba. Yo no puedo.

–En ese caso, ¿quiere que continuemos?

La puerta se abrió en aquel momento, dando paso al señor Marbury. Nate se levantó de inmediato para acercarse a Lyndsey, que se había quedado anonadada. Parecía a punto de saltar de la silla.

–Ah, los amorosos recién casados. Y mi adorable esposa.

–Se suponía que ibas a venir más tarde, querido –dijo la señora Marbury en tono aburrido.

Nate se quedó asombrado ante su capacidad de autocontrol.

–He venido siguiéndolos –el señor Marbury se volvió hacia Nate–. Tricia lo reconoció porque ya lo había visto en una fiesta a la que asistió el año pasado. Estaba trabajando como guardaespaldas personal de Alexis Wells.

La famosa actriz había recibido diversas amenazas de muerte y necesitaba protección. A pesar de ser el socio más conocido de ARC y de saber que corría el riesgo de ser reconocido, Nate hizo el trabajo personalmente porque era para Charlie y éste se empeñó en que fuera él. Y metió la pata como no lo habría hecho ningún otro.

–Yo los contraté –dijo la señora Marbury mientras su marido se acercaba a ver las fotos del ordenador.

–Obviamente –murmuró él a la vez que apretaba los puños. Luego deslizó un dedo por la pantalla antes de cerrarla–. Dudo que esa inocente foto vaya a servir para tus propósitos, querida mía. No puede decirse que nos hayan pillado en flagrante delito, ¿no, señor Caldwell? –preguntó con tono irónico.

Nate no dijo nada y el señor Marbury miró de nuevo a su esposa.

–La pérdida de confianza es un problema irreparable –dijo, y a continuación salió de la habitación. Unos instantes después se oyó el sonido de la puerta principal al cerrarse.

–De manera que en ningún momento ha habido oportunidad de averiguar la verdad. Estábamos derrotados antes de empezar –dijo la señora Marbury–. Nos ha tomado bien el pelo.

Lyndsey se levantó y se acercó a ella.

–Lo siento –murmuró a la vez que la tomaba de la mano–. Si le sirve de consuelo, no creo que...

Nate se acercó rápidamente a ella para interrumpirla. Sus opiniones sólo eran eso.

–Vámonos –dijo a la vez que la tomaba del codo para que se levantara. Luego se dirigió a la señora Marbury–. Uno de los riesgos de este trabajo es ser reconocido. Nunca me había pasado, y puede que no vuelva a sucederme. Siento que haya sido en esta ocasión. Si podemos serle útil de alguna otra forma, díganoslo.

Tras recoger rápidamente su ordenador, salió con Lyndsey de la casa.

–Nate... –dijo ella cuando ya estaban en el coche.

–Ahora no –interrumpió Nate.

«Inútil». ¿Cuántas veces le había llamado aquello su padre? «Nunca llegarás a nada». Aunque había algo de cierto en aquellas palabras cuando era un adolescente, había madurado y no necesitaba demostrar nada a nadie. Había llegado a algo. Era considerado uno de los mejores en su profesión y era respetado por clientes y colegas. Y ahora sucedía aquello. Aquella metedura de pata.

Y Lyndsey había sido testigo de ella.

Cuando Nate insistió en llevarle la bolsa de viaje Lyndsey no protestó, pues quería hablar con él sobre su futuro. Así tendría que entrar en su casa.

Estaba orgullosa de su pequeño hogar. A pesar de que sólo contaba con dos habitaciones, era acogedor, el mobiliario no era excesivamente femenino y había adornado las paredes con los atrevidos y vigorosos cuadros de su madre.

–¿Te apetece algo de beber?

–No, gracias. ¿Dónde quieres que deje la bolsa?

–En el sofá, por favor.

Nate miró a su alrededor y se fijó en las cajas que había amontonadas sobre una mesa.

–Son mis adornos de navidad –explicó Lyndsey–. Eso planeaba hacer el fin de semana.

Por la expresión de Nate dedujo que no sólo no le gustaban las navidades, sino que le traían amargos recuerdos. Y dolorosos. Su mandíbula pareció volverse de granito mientras miraba las cajas.

Obviamente, aquél no era el momento ideal para hablarle de sus planes.

Tras dejar la bolsa en el sofá, Nate se volvió hacia ella.

–Ha sido divertido trabajar contigo –dijo Lyndsey a la vez que le ofrecía su mano, aunque en realidad habría preferido abrazarlo.

Nate aceptó automáticamente su mano.

«¿Qué te hace sufrir tanto?», habría querido preguntar Lyndsey. «¿Cómo puedo ayudarte?»

–Has estado magnífica –dijo Nate–. Hasta pronto.

Aquello fue todo. Un momento después se había ido. Desconcertada, Lyndsey fue al baño y se miró al espejo esperando ver algo diferente, pues se sentía diferente. Más segura de sí misma. Más fuerte. Más bonita.

¿Cómo era posible? Era una mujer normal y corriente, sin nada que la hiciera sobresalir. Pero en aquellos momentos parecía bonita.

Tras achacarlo al hecho de que, para variar, aquella mañana se había maquillado, tomó su equipaje y fue al dormitorio. No había mensajes en el contestador. Jess no había llamado, de manera que tendría que esperar a hablar con ella para poder tomar alguna decisión respecto a su billete.

Cuando abrió la bolsa de viaje encontró encima de todo lo demás sus braguitas rojas de encaje y su sujetador a juego, cuidadosamente doblado.

Nate se había ocupado de hacer el equipaje. No se le había ocurrido pensar que...

Se dejó caer en la cama con las prendas en la mano. Sentía el rostro totalmente acalorado. Nate había encajado una copa en otra, como ella solía hacer.

Se quitó las gafas y las dejó en la mesilla de noche. El misterio había terminado antes de empezar. Nate ya sabía que no llevaba ropa interior de algodón blanca, sino de colores y encaje. Se preguntó qué habría pensado mientras se la metía en la bolsa.

El teléfono sonó y lo descolgó.

—¿Hola?

—Quería decirte algo —dijo Nate—. De compañero a compañera, de amigo a amiga. Antes de que vuelva a convertirme en tu jefe.

Lyndsey esperaba que la llamara fuera de Jess, de manera que la sorprendió oír a Nate, especialmente después de lo malhumorado que se había ido.

—¿De qué se trata? —preguntó.

—Si te invitan a una fiesta de navidad, debes llevar la ropa interior roja.

Nate colgó mientras Lyndsey sentía cómo se le acaloraban las mejillas. Se dejó caer de espaldas y miró el techo. Una sonrisa curvó sus labios.

De manera que Nate se la estaba imaginando en ropa interior, pensó, complacida.

Capítulo Seis

–¿Qué quieres decir con que no puedes venir a casa en navidad? –exclamó Lyndsey–. ¡Jess! Eso no va a hacer que me endeude más. He ganado algo de dinero extra.

–Lo siento, Lynnie. ¡No habíamos planeado que fuera! Sabes que todo el mundo tiene que dejar los dormitorios durante las vacaciones de invierno. He subarrendado un apartamento para el mes. Ya te dije que iba a hacerlo.

–Es cierto –Lyndsey se frotó la frente–. Pero ahora puedes venir a casa.

–No puedo. Me he apuntado a las clases de recuperación.

–¿Por qué?

–Porque necesito refuerzo en una asignatura.

–Ya organizamos tus cursos de manera que no tuvieras que recibir clases durante las vacaciones. Son muy caras –Lyndsey miró a su alrededor sin ver nada. Acababa de llegar al trabajo cuando el teléfono había sonado.

–No es sólo eso.

–Entonces, ¿de qué se trata? Sabes que puedes decirme cualquier cosa.

–He suspendido una asignatura. Necesito aprobar ahora o no podré pasar al siguiente nivel –confesó por fin Jess.

–Aún no has hecho los exámenes finales. ¿Cómo puedes saber que has suspendido?

–Porque lo sé.

–No lo entiendo. Ni siquiera sueles tener que esforzarte para aprobar.

–Esto no es el instituto.

–Ya lo sé. Sé que es distinto. Pero también sé que puedes hacerlo. ¿Qué sucede? ¿Estás saliendo demasiado de fiesta?

–Salgo, como todo el mundo –replicó Jess en tono beligerante–. Sé que tengo un trabajo que hacer aquí. Ya te has encargado de recalcármelo.

–¿Y por qué no lo haces?

–Lo estoy haciendo. Pero es duro. No creas que no quiero ir a casa, Lynnie. Te echo de menos.

Lyndsey hizo un esfuerzo por mantenerse en el papel de figura paternal en lugar de en el de hermana solitaria.

–¿Y cómo llevas el resto de las asignaturas?

–No de maravilla, pero al menos las apruebo.

–¿Vas a clase?

–Sí –el tono indeciso de Jess fue seguido por un prolongado suspiro.

–¿A todas?

–Casi.

–¿Estás segura de que las clases durante las vacaciones resolverán el problema?

–Sí. Lo siento de veras, Lynnie. Iré a casa en mayo, como habíamos planeado.

–¿No te sentirás sola? –preguntó Lyndsey con esfuerzo.

–Muchos compañeros se quedan a pasar aquí las navidades. Estaré bien. Voy a necesitar dinero para pagar las clases. Es una suerte que hayas ganado algo extra, ¿verdad?

Lyndsey dijo adiós a la reparación de su coche. Las clases extra costaban un ojo de la cara.

—Esto no puede volver a pasar, Jess. No tengo dinero de sobra. Tienes que ceñirte al programa que establecimos y aprobar los cursos. Tienes capacidad de sobra para hacerlo.

—Lo sé. Prometo mejorar.

—¿Has tenido suerte buscando trabajo para las navidades?

—Todavía no. Supongo que lo solicité demasiado tarde.

El plan que se habían trazado incluía que Jess trabajara la jornada completa durante el mes de vacaciones de invierno. Lyndsey casi lamentó haber ganado aquel dinero extra, pues había alimentado demasiado sus esperanzas.

—Necesitas encontrar un trabajo, Jess.

—Lo haré. Ahora tengo que irme, ¿de acuerdo? Te quiero.

—Y yo te quiero a ti.

Tras colgar, Lyndsey anotó su hora de llegada, deshizo el cubo Rubik para Sam y luego se sentó ante su ordenador, pero apenas pudo concentrarse.

Horas más tarde había terminado de transcribir los informes, aunque comprobó con sorpresa que no había ninguno de Nate. Sin duda, tendría que escribir uno.

¿Pero a quién trataba de engañar? Le daba lo mismo el informe. Lo que quería era escuchar su voz. Se había pasado el día esperando que la llamara. Otra decepción. Pero, después de cómo se había comportado con él en la cama, no era de extrañar.

–Eres un desastre–dijo en voz alta.

–¿Soy un desastre?

Al reconocer la voz de Nate, Lyndsey no supo si avergonzarse o dar saltos de alegría.

–Yo soy un desastre, no tú. Aunque tal vez te habría incluido si hubiera sabido que estabas aquí –dijo ella con una sonrisa.

Nate sonrió.

–¿Y por qué eres un desastre?

–Ya estamos otra vez con las preguntas.

–Pura deformación profesional. ¿Qué sucede?

–No has hecho tu informe.

–¿Y por eso eres tú un desastre?

–Estaba cambiando de tema.

Nate tomó una silla y se sentó frente a ella.

–Estoy trabajando en el informe. Pero hoy tenía algo más que hacer.

–¿Asistir a unas clases de cocina?

–Muy graciosa –Nate sacó un sobre de un bolsillo y se lo entregó–. He hablado con Arianna y Sam y todos estamos de acuerdo en que mereces recibir tu paga de navidad ahora.

–No sabía que hubiera una paga de navidad. ¿Qué son? ¿Cupones para el sorteo de un pavo?

–Ábrelo.

Lyndsey se quedó pálida cuando vio el contenido.

–Es un billete de avión.

–Es una reserva para que elijas el vuelo que te interesa. Sólo tienes que llamar a la compañía. Feliz navidad –dijo Nate, preocupado al ver que Lyndsey no sonreía, como esperaba.

–Gracias. Es un regalo magnífico, pero puedes quedártelo. Mi hermana no puede venir.

–¿Por qué?

Lyndsey notó que algo le atenazaba la garganta. «No llores», se ordenó.

–Tiene que asistir a unas clases durante las vacaciones.

–Pues utiliza el billete para ir a verla tú.

–¿Qué?

Nate la tomó de las manos, sorprendido al ver que no se le había ocurrido aquella posibilidad.

–Los aviones van y vienen, querida.

–Nunca he volado –dijo Lyndsey al cabo de un momento.

–¿Nunca?

–No –de pronto, Lyndsey se lanzó sobre Nate y le rodeó el cuello con los brazos–. Gracias. ¡Muchas gracias! Ni siquiera voy a decirte que es demasiado para una empleada que lleva aquí sólo tres meses.

–De nada –cuando Lyndsey se apartó, Nate la tomó por la barbilla para mirarla. Ella sonrió. Aquello era todo lo que necesitaba ver. La besó con delicadeza en los labios. Su cama le había parecido enorme sin ella la noche pasada.

–Te he echado de menos –dijo ella contra su boca–. No debería decirlo, pero así ha sido.

Nate pasó un brazo en torno a su cintura y el beso comenzó a volverse más apasionado. Deslizó una mano hacia arriba y sintió que Lyndsey se quedaba muy quieta cuando la apoyó sobre uno de sus pechos. De pronto escuchó ruido de pasos y se apartó justo antes de que su socio Sam Remington apareciera ante ellos. Lyndsey tomó de inmediato un bolígrafo y un cuaderno en el que anotó algo.

–¿Qué haces por aquí a estas horas? –preguntó Sam, sorprendido.

–Aún no he redactado el informe sobre el caso Marbury.

Sam no dijo nada. Se limitó a mirar de uno a otro con expresión seria

–¿Cómo estás, Lyndsey? –preguntó.

–Bien –contestó ella a la vez que le lanzaba el cubo–. Y gracias por el billete de avión. No sabes cuánto os lo agradezco.

Sam estaba concentrado en el cubo, recolocándolo con rapidez y seguridad. La miró brevemente.

–De nada. Espero que lo pases bien.

–Eh, seguro que sí. Voy a ver a mi hermana en Nueva York. Estudia en Cornell.

–Lo recuerdo. ¿Qué te ha parecido el trabajo del fin de semana?

–Me ha encantado.

«Hora de irse», pensó Nate.

–¿Tienes un minuto, Sam? –preguntó.

–Claro. Espera un momento –unos segundos después entregó de nuevo el cubo a Lyndsey–. ¿Has terminado ya tu trabajo?

–Sólo me falta distribuir los informes –Lyndsey miró a Nate–. A no ser que quieras que me quede para pasar a máquina tu informe.

–Puede esperar a mañana. Dame los que ya tienes. Yo los distribuiré.

–Gracias –Lyndsey tomó su jersey y su bolso del perchero y se encaminó hacia la puerta–. Buenas noches.

Sam se apartó de la puerta para dejarla pasar y

Nate le tocó un instante el hombro. Ella redujo por un momento la marcha y luego salió.

Nate fue hasta la ventana que daba al aparcamiento y Sam lo siguió.

–¿Qué haces aquí? –preguntó Nate.

–He estado trabajando en la fiesta Hastings y he decidido pasar por aquí a por unos archivos para trabajar mañana desde casa.

Observaron a Lyndsey, que estaba utilizando un paño para quitar la humedad del parabrisas de su coche. Nate sintió que Sam lo miraba.

–Creo que nunca había visto una mirada más culpable –dijo con suavidad.

–Seguro que sí.

–No me refería a ti. Tú eres ya un auténtico maestro del disimulo. Me refiero a la señorita McCord. ¿Qué has hecho? ¿Besarla? –al ver que Nate no decía nada, Sam maldijo entre dientes–. No es buena idea, Nathan.

–Lo sé.

–¿No puedes evitarlo?

Nate negó lentamente con la cabeza.

–Tenía que pasar antes o después –dijo Sam.

–¿A qué te refieres?

–Ya lo sabes. Llevas demasiado tiempo protegiendo tu corazón.

–Mi corazón está intacto.

–En ese caso, más vale que pienses bien en lo que vas a hacer a continuación –dijo Sam al cabo de un momento–. En primer lugar, no puedes jugar con una empleada. Has investigado suficientes casos de acoso como para saberlo. En segundo lugar, Lyndsey no se recuperaría como las otras. Si piensas que ella también perderá el interés y la paciencia, estás equivocado –señaló el aparcamiento–. Mírala. Limpia las ventanas de su coche y lo saca marcha atrás a pesar de que tiene el sitio de delante libre y podría salir por ahí –movió la cabeza–. Sigue las reglas y esperará que tú también las sigas. Las que ella ha creado para sí misma respecto a los hombres y a la vida.

Nate quería decirle que pensaba acabar con aquello, pero las palabras se negaban a salir.

–Sé que estás quemado, Nate. Sé que no crees en los finales felices. Pero ella sí. Recuérdalo.

–No eres el más adecuado para hablar al respecto.

–Yo no voy volando de mujer en mujer.

–No, simplemente llevas años colgado de la misma. He oído que por fin está disponible. ¿Por qué no vas tras ella?

–Eso es asunto mío.

–Exacto. Y Lyndsey mío.

Sam respiró profundamente y apoyó un brazo en el hombro de Nate.

–Así que le hemos regalado un billete de avión, ¿no?

«Querida». La había llamado querida.

Lyndsey sintió que un delicioso calor irradiaba desde su corazón hacia el resto de su cuerpo... cosa que le vino muy bien, pues la calefacción de su coche no funcionaba.

Iba a ir a Nueva York en avión a ver a su hermana Jess. Se llevaría el álbum de fotos familiares y alguno de los adornos que habían utilizado siempre en las navidades.

Pensó en lo poco que le gustaban a Nate aquellas fiestas y se preguntó por qué. Tenía que haber algún motivo.

La había besado. En el despacho. Más de una vez. Y también la había tocado... un poco. Si Sam no hubiera aparecido... probablemente la cosa no habría ido más allá.

Pensó que tal vez sería mejor no comentarle su intención de convertirse en investigadora privada. Dada su ambigua relación, podría suponer ponerlo en un compromiso, de manera que, ¿por qué complicar las cosas?

Una vez en casa fue a encender directamente el ordenador para consultar los horarios de vuelo. Estaba a punto de sentarse cuando sonó el teléfono.

—Espero que no estuvieras ya en la cama —dijo Nate.

—No. Estaba a punto de comprobar los vuelos.

—Por eso te llamo. Ya que nunca has volado, si quieres yo puedo ocuparme de los arreglos.

—Te lo agradezco. Y acepto, por supuesto. Estaba pensando en volar el sábado por la mañana y regresar el lunes por la mañana.

—¿Y por qué vas a estar tan poco tiempo?

—No estoy de vacaciones... y no se te ocurra decirme que me tome unos días libres. Eso supondría que alguien tendría que ocuparse de mi trabajo, y ya hay suficiente lío en la agencia.

—Pero...

—Lo digo en serio, Nate. Ya has hecho suficiente.

—¿No has visto la nota que dice que tampoco trabajamos el martes?

Lyndsey estaba segura de que si la hubiera visto la habría recordado.

–No. Entiendo por qué tenemos el lunes libre, ya que el domingo es navidad, ¿pero por qué el martes?

–Porque la nochebuena cae en sábado. Lo que significa que puedes volver el miércoles sin perder ningún día de trabajo.

Cuatro días.

–¡Es maravilloso! Por cierto, tenía intención de preguntarte por la mujer de tu amigo Charlie Black. ¿Cómo está?

–Le han hecho un bypass cuádruple esta misma mañana, pero la operación ha ido bien. He pasado el día con Charlie, que está hecho un manojo de nervios. Ése es el verdadero motivo por el que no he tenido tiempo de redactar el informe sobre el caso Marbury.

–¿Le has hablado del caso?

–Oh, sí. Ha sido la única vez que se ha reído en todo el día.

El tono de Nate no sonó precisamente divertido. Probablemente no estaba acostumbrado a que las cosas no le salieran bien.

–Me alegra que esté mejor.

–Yo también.

Lyndsey no quería colgar. Quería tumbarse en la cama y seguir hablando con Nate durante horas. Le habría gustado saber por qué odiaba las navidades, y confesarle que en realidad sentía algunos celos de la libertad de su hermana, ya que ella nunca había podido disfrutar de ella.

Y que se estaba enamorando de él.

–No cierres el plan de vuelo hasta que haya hablado con Jess, ¿de acuerdo? Ojalá pudiera darle una sorpresa, pero no me atrevo.

—Dejaré la reserva en suspenso durante veinticuatro horas. Avísame después de que hables con tu hermana. Tienes el teléfono de mi móvil, ¿no?

—Sí.

—Me gustaría que te tomaras más tiempo para...

—No, gracias.

—Eres muy testaruda.

—Ésa no es una mala cualidad.

—¿Hasta qué hora sueles dormir? —le preguntó Nate.

—Cuando trabajo de noche suelo levantarme a las once, como muy tarde. Llego a la oficina a las siete. Suele costar un poco que mi hermana conteste mis mensajes. Ha desarrollado una vena independiente que resulta difícil de superar.

—Recuerdo ese sentimiento. Pero yo me rebelé alistándome en el ejército. Para fastidiar a mi padre, que era marine, me alisté en otro cuerpo.

—¿Lo lamentaste luego?

—No. Allí conocí a Sam y a Arianna, y llevo una buena vida gracias a ello.

—¿No llegaste a ir a la Universidad?

—También solía culpar a mi padre por ello. Ahora sólo lamento que no reconociera mi éxito.

—No parece que haya supuesto un freno para ti el no haber asistido a la Universidad. De hecho, dudo que la agencia pudiera asimilar más trabajo.

—Tal vez. Pero me habría gustado hacer algunas cosas de otro modo. Te admiro por haber sido capaz de ocuparte de tu hermana a la vez que estudiabas —Nate lo dijo con un punto de admiración.

—Hacemos lo que necesitamos hacer.

—Debería dejar que te acostaras.

—De acuerdo —Lyndsey oyó que Nate reía al otro lado de la línea—. ¿Qué te hace tanta gracia?

—Simplemente disfruto hablando contigo. Buenas noches, Lyndsey.

—Buenas noches.

Lyndsey colgó pensando en las palabras de Nate. Disfrutaba hablando con ella. Se sentía atraído por ella. Probablemente no debía darle más importancia de la que tenía. Se habían acercado debido a las circunstancias. Probablemente, Nate se había acostado con un montón de mujeres a las que luego había dejado.

Pero ningún razonamiento lograba contener los latidos de su corazón cuando pensaba en él... o cuando deseaba en secreto que se enamorara de ella tan perdidamente como ella se había enamorado de él.

Capítulo Siete

El móvil de Nate sonó mientras corría por la playa. Se detuvo, miró la pantalla y vio que era Lyndsey.

—Buenos días, señorita McCord —saludó.

—Hola.

—¿Qué sucede? —preguntó Nate al notar su tono tenso.

—Espero que puedas cancelar el billete sin perder dinero.

—Claro. ¿Por qué?

—Porque mi hermana me ha mentido —dijo Lyndsey, dolida—. No quiere que vaya a verla. Y tampoco pensaba venir a casa. Se va a Vermont, a esquiar. Con su novio. ¡Ni siquiera sabía que tuviera novio!

—Enseguida voy.

—No. Voy a salir a comprar un árbol de navidad —dijo Lyndsey precipitadamente.

—Enseguida voy —insistió Nate.

—No hace falta que... —Lyndsey se calló al comprobar que la línea se había cortado.

Nate empezaba a entender a Lyndsey y su independencia. Haría cualquier cosa para demostrarle que no lo necesitaba. Lo cierto era que él tampoco estaba seguro de por qué iba a verla, pero no quería detenerse a pensar en ello.

Media hora después llamaba a su puerta.

–Estoy bien –dijo Lyndsey sin preámbulos cuando le abrió–. En serio.

–Seguro que también le has dicho a tu hermana que estás bien –replicó Nate mientras pasaba.

–Me alegra que hayas venido, pero no quiero hablar de mi hermana.

–¿Ni de tu decepción?

–De eso tampoco.

–¿Puedo hacerte una pregunta?

–¿Otra vez con la deformación profesional? De acuerdo. Dispara –lo desafió ella.

–¿Es cierto que tu hermana se ha apuntado a las clases de recuperación?

–Sí. Pero tiene unos días libres entre los exámenes y el comienzo del trimestre. Podría haber venido a casa.

–En su defensa habría que decir que hasta ayer no sabía que contaba con esa posibilidad, de manera que lo único que ha hecho ha sido cuidar de sí misma. Eso está bien, ¿no te parece?

Lyndsey frunció el ceño y luego sus labios se curvaron en una reacia sonrisa.

–Ah, deja de ser tan racional.

Nate pasó un brazo por sus hombros.

–¿Habrías preferido que se hubiera quedado sola y lamentándose?

–Como yo. A eso te refieres, ¿no?

–Yo no he dicho eso.

Lyndsey se encogió de hombros.

–¿Te apetece beber algo?

–Pensaba que íbamos a comprar un árbol.

–Yo sí. Pero no creía que fueras a estar interesado.

–He traído mi todoterreno.

Lyndsey no necesitaba un todoterreno para el árbol que pensaba comprar, pero no pensaba decirle que no la acompañara.

–Muy buena idea. Y gracias.

–No hace falta que me des las gracias.

La ternura con que la miró Nate hizo que todas las dudas de Lyndsey desaparecieran.

–Y en lugar de las gracias, ¿qué te parece esto? –lo rodeó con los brazos por el cuello y lo atrajo hacia sí.

–Me parece muy bien –dijo Nate a la vez que la rodeaba con los brazos por la cintura.

–Es peligroso –murmuró ella.

–Pareces lo suficientemente temeraria.

–Deja de hablar de una vez, por favor.

El beso de Nate colmó los sueños de Lyndsey y le prometió aún más, pasando de ser delicado y tentador a intenso y exigente. Deslizó las manos por sus costados y rozó los lados de sus pechos, despertándolos, excitándolos. Cuando apartó la cabeza Lyndsey estuvo a punto de gemir. «Todavía no. No pares todavía». Él pareció leer su pensamiento y volvió a besarla. Ella dejó de pensar cuando sus lenguas se encontraron. Lo sentía contra su abdomen, duro y halagadoramente excitado. El dormitorio estaba tan cerca...

–Sabes a canela –dijo Nate.

–Acabo de preparar unas galletas –replicó Lyndsey con voz ronca–. ¿Te apetece una?

–¿Sabes lo sexy que eres?

Lyndsey logró evitar mirarlo con expresión incrédula.

–Eso se debe a que me he puesto un poco de canela tras las orejas. Dicen que eso vuelve locos a los hombres.

Nate se inclinó a olfatearla.

–¿En serio?

–No, pero se supone que la teoría es cierta –Lyndsey no quería parar, pero sintió cierta reticencia por parte de Nate, y no quería volver a cometer el mismo error que el fin de semana–. Envolveré unas galletas para llevárnoslas –dijo mientras se encaminaba a la cocina.

–Que sean por lo menos una docena. No he tenido tiempo de desayunar.

–Me encantaría prepararte el desayuno.

–¿En serio? –Nate no se sorprendió cuando Lyndsey le dio un pequeño empujón. Tomó sus manos y se las apoyó contra el pecho–. Eres una persona encantadora, señorita McCord. A cambio...

–No quiero nada a cambio. Sólo quiero prepararte el desayuno. Me gusta tu compañía. Y más vale que aclaremos algo antes de salir: no me vas a comprar el árbol.

–Sólo iba a decirte que, a cambio de que me prepares el desayuno, prometo comérmelo –dijo Nate con expresión inocente.

–No es cierto.

–Ésa es mi historia y prometo ceñirme a ella.

Lyndsey no supo qué contestar, de manera que dijo lo que estaba pensando.

–Gracias por estar aquí, Nate –sonrió–. Ya estoy bien. He aceptado que la vida cambia más rápido de lo que solía cambiar.

–Bien hecho.

–Y ahora, ¿cómo te gustan los huevos? –le preguntó Lyndsey

–Cocinados.

–Ah. Justo lo que sospechaba. Eres fácil de complacer.

–No puedes decorar un árbol sin acompañarte de un tazón de chocolate caliente. Es una tradición –dijo Lyndsey mientras rebuscaba en la caja de adornos.

–Estamos a treinta grados –replicó Nate mientras se esforzaba en desenredar las luces.

–No hace falta que me ayudes a decorarlo.

–¿Temes que no vaya a hacer un buen trabajo? Lyndsey sonrió con dulzura.

–Siempre puedo rehacerlo luego.

Nate gruñó.

–Sigo sin entender por qué se esfuerza tanto la gente por celebrar las navidades.

–Porque es la época más alegre del año. La gente es feliz –dijo ella con una sonrisa.

–A mí me parece que todo el mundo está estresado.

–En ese caso es que no la saben celebrar bien.

–¿Cuáles han sido las mejores navidades que has tenido?

–El año que cumplí los ocho. Mamá tuvo a Jess una semana después del Día de Acción de Gracias. Era una niña encantadora. Casi nunca lloraba y me encantaba tenerla en brazos.

–¿Tienes instintos maternales fuertes? –preguntó Nate, que había logrado desenredar parte de las luces.

—Me gustaban las cosas de niñas. Las muñecas y todo eso. Jess era mi muñeca viviente. Además, el padre de Jess aún vivía en casa aquel año. Fue la única época en que saboreé lo que era una familia de verdad. Nos hizo un montón de regalos. Yo lo adoraba. Era como un niño grande y mi madre no paraba de reír.

—¿Y se fue así como así?

—Sí. Recuerdo que iba a llevarnos de *picnic*. Dijo que iba a por unos refrescos y no volvió. Mamá encontró una nota suya bajo la almohada cuando se acostó aquella noche.

—Un hombre de honor, sin duda —dijo Nate con desprecio.

—Todo el mundo tiene sus cargas. Supongo que tú también.

—Los ocho años también fueron una edad crucial para mí —dijo Nate.

—¿En qué sentido?

—*La Guerra de las Galaxias* y Elvis.

—Suena como una mala canción country.

Nate sonrió.

—Mi perro no murió ese mismo año, o de lo contrario podría haberlo sido. Y no te metas con la música country. Es mejor que la ópera.

—¿Qué pasó?

—Mi padre estaba de permiso en junio. Era... y sigue siendo marine. Me llevó a ver la *Guerra de las Galaxias*.

—Y la película te gustó.

—Ah, sí. Pero, sobre todo, aquello cambió la relación que tenía con mi padre. Finalmente teníamos algo en común. Normalmente, apenas venía a casa. Mi madre se negaba a seguirlo de base en base, de manera que teníamos una casa en Baton Rouge y él venía cuando quería. Mi hermano Greg y yo no estábamos acostumbrados a ninguna clase de disciplina con nuestra madre y cuando venía mi padre solíamos andarnos con mucho cuidado, pues era un auténtico dictador. Entonces murió Elvis. Mi madre, cuyo estado mental siempre fue frágil, se lo tomó a la tremenda y se pasaba los días llorando. Aquel año, cuando volvió a casa por navidad, mi padre le gritó tanto que acabó sufriendo un colapso nervioso. Hizo que la ingresaran, vendió la casa y nos llevó a mi hermano y a mí a su base en California.

De manera que asociaba las navidades con el hecho de que se llevaran a su madre, pensó Lyndsey, pero no dijo nada.

—Nunca perdoné a mi padre por hacernos salir de nuestra casa y por apartarnos de mi madre.

—¿No volviste a verla?

—Le dieron el alta seis meses después y regresó con nosotros. Pero nunca volvió a ser la misma. Mi padre se divorció de ella cuando yo acabé el instituto y luego me alisté en el ejército. En casa no parábamos de gritar y yo odiaba a mi padre. Según él, no era capaz de hacer nada bien.

—¿Sigues viendo a tus padres?

—Muy de vez en cuando. Mi padre volvió a casarse y mamá regresó a Louisiana. Lucha contra su depresión todo el tiempo pero parece relativamente contenta.

Nate terminó de colgar una de las tiras de luces y tomó otra.

—Deja que te ayude —dijo Lyndsey, y tomó uno de los extremos de la tira.

—Podías haberme enseñado desde el principio —Nate se alegró de poder dejar de hablar de su pasado. No entendía por qué había confiado todo aquello a Lyndsey, porque normalmente no hablaba de aquello con nadie.

Por fin el árbol estaba adornado y apagaron las luces para encenderlo y ver el efecto que producía. Mientras lo contemplaban, Nate pasó un brazo por los hombros de Lyndsey y ella suspiró, satisfecha.

—¿Tienes hambre? —preguntó—. Tengo tiempo de preparar algo antes de irme a trabajar.

—Deja que te invite a comer fuera, en algún sitio cómodo y cercano.

—Me parece buena idea. Dame diez minutos para ducharme y cambiarme.

Nate estaba recogiendo las cajas vacías de los adornos cuando sonó el teléfono.

—¿Te importa contestar? —gritó Lyndsey desde el baño.

Nate descolgó, reacio.

—¿Diga?

—¿Nate? —preguntó Arianna desde el otro lado de la línea—. ¿Qué haces en casa de Lyndsey?

Nate maldijo entre dientes.

—Le estoy ayudando a decorar el árbol de navidad —contestó con todo el desenfado que pudo—. ¿Cómo me has encontrado?

—Tienes el móvil apagado. Te he localizado con el GPS.

Sam, Arianna y Nate tenían aquel sistema de localización instalado en sus coches.

—¿Qué sucede?

—Yo podría hacerte la misma pregunta. Tú nunca apagas tu móvil. Nunca.

—Estoy de vacaciones.

—Es una empleada, Nate —dijo Arianna tras una pausa.

—Me cae bien y necesitaba un amigo. ¿Qué pasa?

—Alguien ha disparado a Alexis Wells.

—¿Se encuentra bien? —preguntó Nate, tenso.

—Está muy asustada, pero no ha sufrido ningún daño.

—Hace un año que recibió la última amenaza. Nos hemos relajado demasiado. Maldita sea... ¿Dónde está?

—En su casa. Pero ha alquilado un avión para que la lleve a su residencia en Maui.

—De acuerdo —Nate miró su reloj—. Dile que me reuniré con ella en una hora en el aeropuerto. Averigua qué detective está llevando el caso. Te llamaré desde el avión antes de despegar —colgó sin dar tiempo a que Arianna dijera nada más.

—¿Sucede algo malo?

Nate se volvió y vio a Lyndsey en el umbral con un albornoz blanco y el ceño fruncido. Parecía cubierta de rocío y fresca... e irresistible. Se acercó a ella.

—Tengo que irme de la ciudad.

—¿Durante cuánto tiempo?

—No sé. Depende de la rapidez con que la policía haga su trabajo —Nate alzó una mano y la apoyó bajo la barbilla de Lyndsey—. Siento tener que suspender la comida.

—¿Es una misión peligrosa?

—No lo sé con certeza.

—¿Quién es el cliente?

—No puedo decírtelo. Ni siquiera podrás transcribir el informe de este caso. Algunos clientes exigen confidencialidad completa. Esos informes los hacemos personalmente y se archivan de otra forma. Te llamaré en cuanto pueda.

–¿Lo prometes?

–Sí.

Lyndsey lo rodeó con los brazos por el cuello.

–Gracias por este día tan bonito. Lo he disfrutado mucho.

–Yo también –Nate miró la boca de Lyndsey, inclinó la cabeza y la besó casi con urgencia.

Un volcán de deseo recorrió al instante las venas de Lyndsey. Sentía que necesitaba a aquel hombre y a la vez le asustaba un poco. La combinación de ambas sensaciones provocó un incendio en su corazón. ¿Cómo era posible que después de tan poco tiempo la afectara tanto?

–Tengo que irme –dijo Nate finalmente.

–Ten mucho cuidado.

–Lo tendré.

–Y quiero que me prometas que vas a tratar de disfrutar de la navidad para variar. Mira a tu alrededor, comprueba que en el mundo también puede haber felicidad –suplicó Lyndsey mientras lo miraba a los ojos.

–Lo intentaré, cariño.

Aquella última palabra hizo que Lyndsey tuviera la sensación de estar levitando mientras Nate salía.

Cuando llegó al trabajo, Lyndsey se sorprendió al ver que había varias personas en la agencia. Normalmente siempre se quedaban un par de investigadores trabajando, pero nunca tantos.

Tras dejar sus cosas, tomó el cubo de Sam y lo desordenó para llevarlo a su escritorio.

—¿Lyndsey? —llamó Arianna desde su despacho al verla pasar—. ¿Te importa pasar un momento? Cierra la puerta y siéntate, por favor —esperó a que Lyndsey estuviera sentada para continuar—. Nate me ha puesto al tanto sobre el caso Marbury. ¿Qué opinas al respecto?

—Creo que me gustaría trabajar como detective —Lyndsey sonrió al ver la expresión asombrada de Arianna—. Te he pillado por sorpresa, ¿no?

—Lo cierto es que sí.

—No sabes cuánto disfruté de la misión —dijo Lyndsey con entusiasmo—. Fue increíble.

—Supuso una novedad para ti.

—Totalmente. Pero se me da bien... creo.

—Eso opina Nate. Sin embargo, hay una diferencia entre seguir instrucciones y darlas.

—¿Crees que no podría hacerlo?

—Yo no he dicho eso —Arianna jugueteó con el bolígrafo que sostenía en la mano—. Pero parece una decisión un poco precipitada.

—Sí y no. Saqué mi título de contable para conseguir un trabajo estable. Necesitaba saber que podía mantenernos a mi hermana y a mí. Pero no siento ninguna pasión por esa profesión. Sin embargo, el trabajo de investigador me ha apasionado, aunque las cosas no fueran precisamente fáciles, o tal vez por eso. Además, mis conocimientos de contabilidad pueden resultar muy útiles. Sé que la agencia también se ocupa de casos de fraude y malversación de fondos.

—¿Sabes lo que hace falta para obtener la licencia?

–Lo he mirado en internet. Tres años de experiencia, dos mil horas cada año bajo la supervisión de un investigador titulado.

Arianna miró a Lyndsey con expresión pensativa.

–¿Has hablado con Nate sobre esto?

–No, y no quiero que lo sepa.

–¿Por qué?

–Porque no quiero que influya en ningún sentido. Se trata de mi carrera, de mi vida. La decisión tiene que ser totalmente mía.

–Hoy ha ido a comprar un árbol de navidad contigo –Arianna ladeó la cabeza–. Y tú estás resplandeciente.

Lyndsey dudó. ¿Qué debía decir?

–Nuestra relación ha crecido durante el fin de semana, como es lógico. Hemos pasado tanto tiempo juntos que nuestra... amistad se ha reforzado.

–¿Estás segura de saber lo que estás haciendo?

–No. Me estoy dejando llevar, algo que no había hecho nunca hasta ahora. Todo está sucediendo a la vez, así que no me estoy fiando por completo de mis emociones. Pero estoy segura de una cosa: me encanta este trabajo. Quiero seguir haciéndolo y quiero hacerlo bien.

–¿Estás segura de que ese cambio en tu orientación profesional no tiene nada que ver con Nate? No debería ser así. Nate no... –Arianna se calló como si hubiera hablado demasiado.

«¿No es alguien de quien te puedas fiar emocionalmente?», concluyó Arianna para sí. Pero tal vez ella podría hacer que las cosas cambiaran.

–Quiero dedicarme a esta profesión, Arianna

–contestó evasivamente–. Hacía tiempo que no me sentía tan excitada por algo.

–De acuerdo –Arianna cerró los ojos un momento–. De acuerdo. Esto es lo que vamos a hacer. Trabajaré contigo un par de semanas. Estudiarás los archivos de algunos casos y luego hablaremos de ellos. Hay que probar tus instintos, algo especialmente importante para una mujer, pues todo el mundo estará esperando que falles. La mayoría de la gente se siente más segura con un hombre protegiéndola. Ya sabes que además de investigar nos dedicamos a la seguridad.

–¿Lo hacen todos los investigadores? No sé qué tal se me daría eso.

–Todo el mundo lo hace en nuestra agencia y tenemos que mantener nuestra reputación. Tendrás que practicar las artes marciales y aprender a manejar armas. ¿Estás segura de querer seguir adelante?

Lyndsey asintió. Para alguien que nunca hacía ejercicio aquello parecía la definición del infierno, pero podía hacerlo.

–También se te asignará parte del trabajo más aburrido que puedas imaginar. Hay que releer y releer los informes para buscar alguna clave. También te verás en situaciones en que tendrás que arreglártelas completamente sola. A veces se pasa miedo, y ocasionalmente se corre peligro de muerte.

–Soy una dura trabajadora.

–No lo dudo. Estoy segura de que se te dará bien. Y supongo que quieres trabajar con nosotros.

—Quiero trabajar con los mejores —dijo Lyndsey, esperanzada.

—No puedo garantizarte ahora mismo un puesto. Esa decisión la tenemos que tomar entre los tres socios, y normalmente sólo contratamos investigadores con experiencia y que ya poseen su licencia.

—Pienso seguir adelante sea donde sea. Si no me contratáis, os vais a perder una magnífica empleada.

Arianna sonrió.

—Espero que tengas razón. De momento nos concentraremos en averiguar si tienes lo que hay que tener. Empezaremos en cuanto pasen las navidades.

—Gracias. Muchas gracias —Lyndsey se levantó y contuvo el impulso de abrazar a su jefa. Antes de salir se volvió—. No le dirás nada a Nate, ¿verdad?

—Ni a Nate ni a Sam. Lo primero es lo primero.

—Gracias. Ah, y gracias por el billete de avión. Sois todos muy generosos.

Lyndsey fue casi levitando a dejar el cubo en el escritorio de Sam. Su vida parecía estar tomando forma de un modo que jamás habría imaginado.

Pero si seguía adelante y se quedaba en ARC, ¿cómo afectaría aquello a su relación con Nate? Él sabía que planeaba irse. ¿Cómo reaccionaría si le dijera que quería quedarse? ¿Cambiaría eso las cosas?

¿Para peor o para mejor?

Capítulo Ocho

–Contratamos gente para ocuparse de eso –dijo Arianna por encima del bullicio reinante en la fiesta de navidad de la agencia.

–No puedo evitarlo –replicó Lyndsey–. En cuanto veo una bandeja siento el impulso de pasarla a mi alrededor.

Arianna la tomó del brazo.

–Eres una invitada. Disfruta de la fiesta. ¿Qué vas a hacer esta noche?

Estaban en nochebuena. La celebración de la agencia terminaría a tiempo para que todo el mundo se fuera a su casa con su familia.

–La nochebuena está llena de tradiciones para mí –contestó Lyndsey evasivamente a la vez que miraba la puerta con la esperanza de que Nate entrara por ella... y de que no entrara. Se había puesto un vestido rojo sólo para él, para mostrarle lo que se había perdido.

–No va a venir –susurró Arianna a su lado.

Aquellas palabras fueron como una bofetada para Lyndsey.

–Pensaba que el caso ya se había cerrado.

–¿Te ha dicho eso él?

–No hemos hablado desde que se fue –Lyndsey no entendía cómo era posible que Nate la hubiera besado como lo había hecho para luego ignorarla–. Pero he deducido que estaba protegiendo a Alexis Wells. La secretaria del señor Marbury recordaba haberlos visto juntos el año pasado... así fue como reconoció a Nate. Esta mañana he oído en las noticias que el hombre que disparó a Alexis fue detenido ayer cerca de su casa en Maui, de manera que tendrá que ser extraditado. ¿Es ése el motivo por el que no va a venir Nate?

–No. De eso se ocupa la policía. Nate nunca asiste a las fiestas de navidad.

Lyndsey sintió una profunda decepción que la enfureció aún más. Ya estaba furiosa con Nate porque no la había llamado. ¿Por qué estaba invirtiendo tanta energía en un hombre al que le gustaba tenerla pendiente de un hilo?

–¿Ha vuelto ya a la ciudad? –preguntó, esforzándose por sonar indiferente. Al ver que Arianna no contestaba, añadió–: Lo siento. No debería haberte puesto en el aprieto de tener que contestar.

Hacía once días que se había ido y no había recibido ni una llamada de Nate.

De manera que, cuando para sorpresa de todo el mundo Nate se presentó en la fiesta una hora después, Lyndsey ya estaba tan enfadada que se limitó a responder secamente a su saludo.

–Bienvenido –dijo, y de inmediato añadió–: Discúlpame –y se alejó al bar dejándolo plantado, que era lo mejor que podía hacer ante sus compañeros de trabajo.

Nate no la perdió de vista mientras saludaba a todo el mundo. Al cabo de un rato acabó junto a Sam.

–Vaya –fue todo lo que dijo su amigo para manifestar la sorpresa que le había producido verlo en la fiesta.

—Sí —replicó Nate, sin necesitar otras palabras para manifestar su propia sorpresa por encontrarse allí. Se conocían bien hacía tiempo.

—Has hecho un buen trabajo con ese tipejo —dijo Sam.

—Ha sido muy satisfactorio atraparlo.

—Joe Vicente, el detective a cargo del caso, nos ha contado a Arianna y a mí lo del apartamento.

—Escalofriante. Tenía todas las paredes cubiertas de fotos de Alexis, cosa que puede ser hasta cierto punto normal, pero también encontraron muchos instrumentos de tortura. Por lo visto tenía intención de secuestrarla.

Sam asintió lentamente.

—¿Tienes algún plan para esta noche?

Instintivamente, Nate buscó a Lyndsey con la mirada.

—¿Por qué? ¿Qué vas a hacer tú?

—Seguir mi tradición de nochebuena. Poner en el vídeo mi copia de *Qué Bello es Vivir* y emborracharme tranquilamente. ¿Te apuntas?

—¿Captan las mujeres tu sentido del humor? —preguntó Nate en tono irónico.

—A veces —Sam hizo un gesto con la cabeza en dirección a Lyndsey—. Se ha ido encerrando más y más en sí misma según han pasado los días desde que te fuiste, aunque trata de que no se le note. Es probable que Arianna vaya a darte la charla.

La gente empezó a acercarse a ellos para despedirse y darles las gracias por la fiesta. Tras llevarse a Nate al despacho y reprenderlo por lo que fuera que estuviera haciendo con Lyndsey, Arianna se fue para pasar la noche con su familia.

Nate dedujo que, por lo visto, debía disculparse con Lyndsey, aunque pensó que tal vez sería mejor aprovechar que estaba enfadada con él para dejar que la relación se fuera apagando.

Al ver que parecía a punto de irse tras una seca despedida, se acercó a ella.

—¿Te importa esperar un momento, Lyndsey? —preguntó.

—Tengo un poco de prisa.

—Esto no nos llevará mucho tiempo —dijo Nate.

Lyndsey no lo miró, pero tampoco se movió. Permaneció de pie ante él, con la caja de adornos de navidad que había llevado para decorar el despacho y el bolso colgado del hombro.

—Estás enfadada conmigo.

—Para estar enfadado con alguien tiene que importarte, y hace más o menos cinco días que dejaste de importarme —replicó ella.

—¿Por qué?

—¿Tú qué crees?

—No lo sé —«al menos con certeza», añadió Nate para sí.

—Porque yo no te importo. Pero no importa. A veces soy demasiado ingenua en todo lo referente a los hombres. Debe ser una cuestión genética. Y ahora, ¿puedo irme ya?

—Claro que me importas.

—Tienes una forma muy peculiar de demostrarlo.

Nate tuvo que reconocer que aquello era cierto. No la había llamado intencionalmente, y no sólo por el trabajo, sino porque cada vez que estaba con ella dejaba de seguir sus propias reglas: nada de relaciones serias, nada de escenas, nada de dolor.

Sobre todo, nada de escenas. Discutía y debatía a veces con Arianna, pero hacía mucho que no discutía con otra mujer. No le gustaba invertir demasiada emoción en sus relaciones porque no quería ser correspondido. Había aprendido de sus errores.

Pero era evidente que se acercaba una escena, y no sabía cómo evitarla excepto marchándose. Pero no podía hacer algo así.

—¿Estás enfadada conmigo porque no te he llamado?

Lyndsey dejó la caja sobre un escritorio y se encaró con él con las manos en la cintura.

—¿De verdad eres tan duro de mollera?

—Estaba trabajando en un caso muy complicado.

—¿Y en once días no has tenido un minuto para decir «hola»? Habría bastado con que dejaras un mensaje en mi contestador. Dijiste que llamarías —la voz de Lyndsey se fue suavizando por momentos—. Lo prometiste.

—¿Crees que no he pensado en ti? —dijo Nate, que empezaba a perder la paciencia—. He venido, ¿no? Estoy seguro de que ya te habrán dicho que jamás asisto a estas fiestas. He tratado de no venir. Pero no he podido.

—¿Y ahora te enfadas conmigo porque te hago hacer cosas que no quieres hacer? —Lyndsey volvió a tomar la caja, dispuesta a marcharse.

Nate se la quitó y volvió a dejarla sobre la mesa.

—¿Siempre te marchas en medio de las peleas?

—Es mejor irse a la cama enfadado que decir algo de lo que uno pueda arrepentirse luego —replicó Lyndsey, repitiendo las palabras que Nate le había dicho en la casa de la playa.

—Pensé que te gustaría saber hasta qué punto me tientas, hasta qué punto pierdo la voluntad en todo lo referente a ti.

—No si te enfadas. ¿Por qué iba a gustarme eso? —Lyndsey movió la cabeza—. Me voy. Ya has...

—¿Metido la pata bastante? —concluyó Nate en tono irónico.

—No —Lyndsey le dedicó una extraña mirada—. ¿Es eso lo que piensas de ti mismo? ¿Que no paras de meter la pata?

—Te he echado de menos. Ya está. ¿Te hace feliz saberlo?

Lyndsey se volvió para alejarse.

—No quiero hacerte daño, Nate.

—En ese caso, no te vayas.

Tras lo que pareció una eternidad, Lyndsey dejó caer su bolso al suelo, se volvió hacia Nate, corrió a refugiarse entre sus brazos y lo besó. Lo besó una y otra vez. Nada en su vida le había sabido mejor que aquellos labios, que aquella lengua...

Sin perder tiempo, Nate le desabrochó el vestido, algo que deseaba hacer desde que había llegado a la fiesta. Luego deslizó las manos bajo la tela y la rodeó con ellas por la cintura mientras la empujaba hacia su cubículo y le hacía sentarse en el borde del escritorio. Entretanto, la mirada de Lyndsey se volvía más y más expresiva, pero sobre todo decía sí.

Nate apartó la tela del vestido, dejando expuesto su sujetador.

—Te has puesto el rojo.

—Puedo ser muy obediente.

—¿Cuando quieres?

Lyndsey asintió.

—Te he echado tanto de menos...

Sus palabras incendiaron a Nate. Sin apartar la mirada de ella, se quitó la camisa y la arrojó a un lado. De inmediato, Lyndsey apoyó las manos en su pecho y las deslizó hacia su abdomen, y más abajo, hasta palpar su evidente excitación.

Nate no podía hablar. Le asustaba lo que estaba sintiendo. Todo iba demasiado deprisa. La química entre ellos era muy fuerte. Abrumadora. Su cabeza y su corazón debatían sobre quién debía mandar en aquellas circunstancias, y una parte aún más insistente de su cuerpo se había unido al debate. Deseaba a Lyndsey. Allí mismo, en aquel instante. Inclinó la cabeza y deslizó la lengua entre sus pechos. Su cálida fragancia lo asaltó de inmediato. No podía esperar a tenerla desnuda y retorciéndose de placer bajo su cuerpo. Quería verla —completamente desnuda, acariciarla, explorar cada centímetro cuadrado de su cuerpo, enterrarse en ella...

Encontrar en ella su hogar.

Alzó la cabeza y volvió a besarla a la vez que le subía la falda por encima de las caderas y se situaba entre sus piernas. La buscó con su mano, deslizó un dedo bajo las braguitas y sintió su increíble calor y su tentadora humedad.

Lyndsey pronunció su nombre con voz ronca... y el teléfono se puso a sonar.

Sobresaltados, con la respiración agitada, se miraron mientras seguía sonando.

Nate maldijo entre dientes.

—No podemos hacer esto —dijo él a la vez que se pasaba una mano por el pelo.

Lyndsey ya se estaba abrochando el vestido y estaba tan colorada como su ropa interior.

—Será mejor...

—Basta —interrumpió ella con aspereza—. Basta. Nadie te está obligando a nada —dijo, y a continuación salió casi corriendo del pequeño despacho.

Nate debería haber ido tras ella. Había habido un malentendido, pero tal vez era lo mejor.

«¿Te has vuelto loco?», preguntó su parte más razonable. «¡Ve tras ella!»

Pero ya era demasiado tarde. Cuando llegó al aparcamiento, el coche de Lyndsey ya se alejaba.

«No merece la pena», pensó Lyndsey mientras caminaba de un lado a otro del cuarto de estar para tratar de relajarse. Nate no se merecía su dolor. Estaba perfectamente antes de que llegara, y volvería a estarlo.

Cuando sonó el timbre de la puerta tomó la bolsa que tenía preparada y fue a abrir.

Pero no era quien esperaba.

—¿No sueles preguntar quién es antes de abrir? —preguntó Nate.

—Esperaba a otra persona.

—Hola, Lynnie —saludó su vecino de diecinueve años Benito Gonzales mientras avanzaba hacia la casa. No podía haber sido más puntual.

Lyndsey le alcanzó la bolsa.

—Feliz navidad, Ben —adoraba a aquel joven, que había sido compañero y protector de Jess en el instituto.

–Ya he terminado el otro paquete que me regalaste. Gracias –dijo el joven a la vez que se palmeaba el estómago.

–De nada.

–Hasta luego.

–Ésas eran tus galletas –dijo Lyndsey a Nate cuando el joven se alejó.

–¿Mis galletas?

–Así es. Las había preparado para ti –Lyndsey se cruzó de brazos–. ¿Por qué has venido?

–Antes ha habido un malentendido –dijo Nate, serio–. Cuando he dicho que no podíamos hacerlo me refería a que no podíamos hacerlo en la oficina. ¿Y si hubiera entrado alguien?

–¿Y qué quieres ahora?

–Que aceptes mis disculpas.

–¿Eso es todo? –al ver que Nate asentía, Lyndsey añadió–: De acuerdo –y a continuación se volvió.

Él le bloqueó el paso con un brazo.

–No, eso no es todo.

El hielo que había en torno al corazón de Lyndsey comenzó a derretirse. Sabía lo que le estaba costando a Nate expresar lo que sentía.

–Quiero hacer el amor contigo –continuó él–. Quiero dormir a tu lado. Quiero pasar las navidad contigo.

–De acuerdo.

–¿De acuerdo?

Lyndsey asintió y se apartó para dejarlo pasar. En cuanto estuvieron dentro, Nate la tomó entre sus brazos.

–Siento haberte hecho daño –dijo, y Lyndsey se

aferró a él hasta que logró contener las ganas de llorar–. Pero te has vengado dando a otro mis galletas.

–Sólo dos docenas. Te había preparado diez.

–¿Diez docenas?

–Las había guardado en bolsitas de congelar para que las tuvieras a mano cuando te apetecieran.

–¿Crees que me habrían durado tanto como para tener que congelarlas?

Lyndsey tuvo la sensación de que Nate se estaba entreteniendo. «No va a quedarse», dijo una voz en su interior. Lyndsey la ignoró, aunque le dolió. Quería acostarse con él. Probablemente le rompería el corazón, pero iba a arriesgarse por la oportunidad de estar con él, de acumular recuerdos, de sentirse querida.

–Te enseñaría la casa, pero ya la has visto –dijo.

–Pero no he visto tu dormitorio.

Por fin. Lyndsey sonrió.

–Sígueme –dijo, y lo tomó de la mano.

Una vez en el dormitorio, se volvió hacia él.

–¿Dónde lo habíamos dejado?

–Tú estabas suspirando –dijo Nate a la vez que seguía desabrochándole el vestido.

–¿Y qué estabas haciendo tú?

–Empezar a creer en el Cielo.

Lyndsey esperó a que le desabrochara el último botón.

–Estás temblando –dijo, maravillada.

–Deberías ver lo que estoy viendo yo. Deberías sentir lo que estoy sintiendo.

Nate no podría haberle hecho un cumplido mejor. No sentía la más mínima duda o vergüenza con él. Aquello estaba bien. Estaba destinado a suceder. Nate la hacía sentirse hermosa.

Pronto, el vestido cayó al suelo. Nate deslizó los dedos por los hombros de Lyndsey hasta su espalda, le desabrochó el sujetador, lo apartó a un lado y la dejó tan sólo con sus braguitas rojas.

—Maravillosa —murmuró mientras posaba en las manos sus pechos y trazaba con el pulgar el contorno de sus pezones. Se inclinó y tomó uno de ellos en la boca y lo succionó y acarició con la lengua hasta que Lyndsey sintió que las rodillas se le doblaban.

Nate se arrodilló ante ella, que apoyó las manos en su cabeza y lo atrajo hacia sí. Él deslizó la lengua por su abdomen hasta alcanzar el borde de sus braguitas, apoyó las manos en su trasero y tiró de ellas hasta quitárselas. Un instante después, sin erguirse, comenzó a acariciarla con los dedos, a explorarla, a entreabrir los húmedos labios que ocultaban su secreto más íntimo, excitándola como nunca la habían excitado. Despacio, casi con ternura, la tomó con sus labios y la acarició delicadamente con la lengua.

—Ahora eres tú la que está temblando —murmuró.

Lyndsey sólo pudo gemir, y él se irguió para hacerla tumbarse en la cama.

—Quiero que lleguemos juntos —susurró ella al ver que tenía intención de seguir con sus caricias. Alargó las manos hacia el cinturón de Nate, lo soltó y le quitó los pantalones. Luego, lentamente, le bajó los calzoncillos—. Tú también eres maravilloso —dijo incapaz de creer que estuviera disfrutando de aquel cuerpo fuerte, musculoso, casi perfecto, y de su parte más masculina y poderosa. Lo tomó en su boca, como él había hecho con ella y lo acarició lentamente con la lengua.

–Si quieres que lleguemos juntos –murmuró él, casi jadeante–, tienes que dejar de hacer eso. ¡Me estás volviendo loco, Lyndsey!

A continuación se tumbó junto a ella y, tras protegerse, comenzó a besarla con tal pasión que casi pareció que llevaba toda la vida esperando a que llegara aquel momento. Ella sabía que había estado esperándolo a él.

Lyndsey dejó su mente en blanco para que sólo la llenara la experiencia del momento, nada más. Acogió a Nate en su corazón y su cuerpo con entusiasmo, amorosamente. Él la tomó, la colmó lentamente. Pero no había tiempo para ir despacio, para ir poco a poco.

Apenas se habían unido cuando ambos clavaron sus dedos en el otro y llegaron al paraíso en una veloz subida que los llevó más allá de las nubes. La sensación duró segundos, minutos, horas.

Cuando regresaron a tierra, Lyndsey siguió aferrada a Nate mientras las lágrimas amenazaban con derramarse de sus ojos a causa de lo bello que había sido todo. Además, sabía que Nate odiaba las lágrimas.

Finalmente, Nate se tumbó de espaldas en la cama y la atrajo hacia sí.

–Peso demasiado para ti –dijo a la vez que apartaba un mechón de pelo de la frente de Lyndsey.

«Te quiero». Lyndsey no dijo aquellas palabras en alto, pero las escuchó en su corazón, que se sintió atenazado por una mezcla de esperanza y desesperación. Era demasiado pronto. Y ella era supersticiosa. Había oído decir que la mejor manera de perder a un hombre era diciéndole que lo amaba antes de que estuviera listo para escucharlo. No tenía intención de cometer aquel error.

De manera que decidió ocultar sus sentimientos, una dura tarea para una mujer que, al parecer, tenía un rostro sincero.

–¿Tienes hambre? –preguntó.

–Eres toda una anfitriona –Nate sonrió–. He comido suficiente en la fiesta, pero gracias de todos modos. ¿Tienes frío? Podemos taparnos con la sábana.

Lyndsey negó con la cabeza. Tenía un poco de frío, pero quería que Nate pudiera seguir mirándola. «Piensa que soy hermosa». Deslizó un dedo por su pecho lentamente, aún incapaz de creer que estuviera allí, con ella, que hubieran hecho el amor... Y tenían prácticamente toda la noche por delante.

En determinado momento se trasladaron al cuarto de estar. Las luces del árbol estaban encendidas y de fondo sonaban unos villancicos. Con la cabeza apoyada en el regazo de Lyndsey mientras ésta le daba un masaje en el cuero cabelludo, Nate pensó que habría sido muy difícil recordar una noche mejor que aquélla en su vida.

–¿Prefieres abrir tu regalo de navidad ahora o mañana? –preguntó ella.

–No hacía falta que me regalaras algo a cambio de mi regalo.

–Yo... ¿Me has hecho un regalo? –preguntó Lyndsey, sorprendida.

–¿No te has dado cuenta?

–¿De qué?

–¡No me digas que crees que las ruedas nuevas de tu coche han aparecido por arte de magia!

–¿Las ruedas?

–¡Ni siquiera te has fijado! –Nate rompió a reír. Luego se levantó y tomó a Lyndsey de la mano–. Vamos al garaje.

Ella ciñó las solapas de su bata mientras se levantaba.

–No puedo salir en bata contigo.

–Ah, la escandalosa señorita McCord –Nate tiró de ella mientras hablaba–. Ya has dado suficientes motivos a tus vecinos para que cotilleen durante años, así que un poco más de leña al fuego no va a cambiar nada.

Una vez en el garaje, Lyndsey se agachó y deslizó una mano por una de las cubiertas.

–Tiene dibujo –dijo, asombrada–. La noche antepasada noté algo distinto, pero lo achaqué a la lluvia. Debería haberme fijado ayer, pero no fue así.

Nate esperó a que dijera que no podía aceptar el regalo, que era demasiado.

–Cuando escuché el informe del tiempo me preocupó que anduvieras por ahí con esas ruedas –dijo anticipadamente en su defensa–. Alguien tiene que cuidar de ti, testaruda. Basta con que me des las gracias.

Lyndsey se irguió y lo abrazó.

–Gracias. ¿Pero cómo te las arreglaste para ponerlas?

–Mientras trabajabas. Pedí al mecánico que aparcara su furgoneta de manera que no pudieras ver tu coche mientras trabajabas. Un hombre se habría fijado de inmediato.

—Pero yo soy una mujer —dijo Lyndsey a la vez que agitaba las pestañas.

—Nunca lo habría adivinado —bromeó Nate mientras regresaban a la casa tomados de la mano.

Lyndsey tomó una caja grande que había bajo el árbol y se la entregó. Nate la abrió y encontró en el interior una variedad de cosas.

—Ya que no pudiste irte a Australia, te la he traído aquí —dijo Lyndsey, sonriente.

En la caja había unos DVD sobre el país, un trocito de coral, una bolsa de arena, un protector solar, un canguro relleno, una botella de vino australiano y las braguitas de un bikini. Nate se las colgó de un dedo.

—Espero que esto sea tuyo y no algo que deba ponerme.

Lyndsey rió.

—He oído decir que hay muchas playas nudistas y las he incluido para que te hagas una imagen mental.

—Mi casa está muy cerca de la playa. ¿Quieres venir mañana y ponértelas? Con la parte de arriba, claro —al ver que Lyndsey parecía indecisa, añadió—. ¿Qué sucede?

—Es por lo de llevar el bikini. Tengo la piel tan blanca... Y además, ya sabes... mi cuerpo...

—¿Qué sucede con tu cuerpo? —preguntó Nate, desconcertado.

—Oh, da igual.

Nate comprendió que Lyndsey se sentía realmente incómoda con aquel tema. ¿Cómo era posible?

114

–Te he visto desnuda y me gustas mucho –dijo con total sinceridad. Lyndsey tenía todas las curvas adecuadas en todos los sitios adecuados. La boca se le hizo agua sólo de pensarlo.

El teléfono sonó en aquel momento y, por la expresión de felicidad de Lyndsey, Nate dedujo que se trataba de su hermana Jess. Mientras hablaban fue a fijarse en los adornos de navidad hechos a mano que colgaban de él. Él y su hermano también habían elaborado algunos adornos parecidos, pero dejaron de hacerlo cuando su madre sufrió la crisis nerviosa. Su padre tiró la caja de adornos cuando se trasladaron a California. Desde entonces Nate odiaba las navidades.

Cuando se casó pensó que las cosas cambiarían, que su esposa y él podrían iniciar sus propias tradiciones. Menuda broma.

Tenía que salir de la casa para despejar su mente.

–Vuelvo enseguida –vocalizó para Lyndsey, y luego salió.

Cuando regresó la encontró esperándolo sentada en el sofá. Se acercó al árbol y tocó un adorno en el que había pegada una foto de ella cuando aún iba al colegio.

–Eras muy bonita –murmuró mientras se sentaba a su lado. La tomó entre sus brazos y la besó, despacio, dulcemente. Luego le apartó las solapas de la bata y con su hábil boca encontró nuevas formas de excitarla. Unos momentos después estaban desnudos y Lyndsey tiró de él.

–Aquí no –dijo Nate–. En el dormitorio. Quiero tener sitio de sobra.

«¿Para qué?», se preguntó Lyndsey. ¿Pero qué más daba?

Una vez en el dormitorio, Nate se arrodilló junto a la cama y le hizo pasar las piernas por encima de sus hombros. Luego utilizó su boca y su lengua para hacerle el amor concienzuda y exquisitamente. Sabía dónde acariciarla, cuándo atormentarla retirándose para volver a empezar. Lyndsey tembló, gimió, rogó. Cuando pensaba que no iba a poder resistir tal intensidad de placer, Nate la penetró y le demostró lo contrario.

Se quedaron dormidos uno en brazos del otro, dieron la bienvenida al amanecer volviendo a hacer el amor y pasaron cada minuto de los dos días siguientes juntos, en la casa de Nate.

Mientras tomaban un aperitivo la última tarde y contemplaban la puesta de sol, Lyndsey pensó con pesar que al día siguiente volvían al trabajo, a la vida real. Nate tenía que ir a San Francisco unos días para organizar la llegada de un importante político asiático. Al menos en aquella ocasión la llamaría. Se volvió a mirarlo. Su perfil era fuerte y firme, como el resto de su persona. Nate debió sentir que lo estaba mirando, pues se volvió hacia ella con gesto interrogante.

–¿Por qué odias las navidades? –preguntó Lyndsey de pronto.

Nate apartó la mirada y tomó un sorbo de su vaso de vino. Luego asintió lentamente.

–Las navidades del año que cumplí veintiún años descubrí que mi mujer me estaba engañando.

116

Capítulo Nueve

—Tu esposa —repitió Lyndsey con calma, y Nate notó en su tono que le había dolido que hubiera tardado tanto en decirle que había estado casado.

—Mi ex esposa, Beth.

—¿Quieres hablar de ello?

—¿Quieres oírlo?

—Por supuesto.

—No hay mucho que contar. Cuando la conocí yo tenía diecinueve años y estaba muy solo. Vivía en mi misma calle y cuando empezó a flirtear conmigo respondí. Entonces era muy tímido, especialmente con las chicas. Beth era un año mayor que yo y con ella tuve mi primera experiencia sexual. Me enamoré perdidamente. Era demasiado joven y estúpido como para comprender que aquello no era real. Cuando supe que me iban a mandar a la guerra del Golfo, volé de vuelta desde mi base para casarme con ella. Mi padre trató de convencerme de que no lo hiciera, pero vio que era inútil.

—Es difícil hacer cambiar de opinión a un adolescente.

—Sí. El caso es que al cabo de un año me dieron un permiso para volver y decidí darle una sorpresa. Puse a mi padre al tanto de mi plan y fue a recogerme al aeropuerto. En el camino me dio un sobre sin decir nada. Dentro había unas fotos de

Beth, no sólo con un hombre, sino con varios. Mi padre había contratado un detective.

–Debió ser muy duro.

–Sí. Pero muchas veces se aprenden las cosas por el camino más duro –Nate movió la cabeza con pesar–. Beth no era quien yo creía que era. En menos de un año dejó de ser una joven dulce y adorable para convertirse en una mujer provocadora. Ni siquiera se molestó en mentir. Dijo que yo no estaba y que ella tenía necesidades. Y por eso odio las navidades y ocuparme de los casos de divorcio –se volvió a mirar a Lyndsey–. ¿Y tú? ¿Hay por ahí algún ex marido sobre el que deba estar al tanto?

Lyndsey se levantó y fue a sentarse en su regazo.

–No –susurró a la vez que apoyaba su cabeza contra la de él.

Después de aquella experiencia, Nate había evitado a toda costa a las mujeres como ella, temiendo repetir el mismo error. Pero Lyndsey aportaba algo a su vida de lo que desconocía que carecía hasta que la había conocido. No podía expresarlo en palabras, pero sabía que era así. Pero había llegado el momento de dejar de pensar en ello.

–¿Estás lista para salir a cenar?

–Estoy hambrienta –Lyndsey lo besó en la sien–. De ti.

–Suponía que tu apetito ya estaría saciado a estas alturas.

–¿Lo está el tuyo?

–No, pero...

Ella lo interrumpió con un beso.

–¿Y por qué voy a ser yo distinta? Además, te vas mañana. Quiero darte algo que recordar.

–¿Qué tienes pensado? –preguntó Nate, cuya curiosidad se había despertado al captar la sensualidad del tono de Lyndsey.

Ella se inclinó a susurrar algo junto a su oído.

Nate encontró fascinante que fuera lo suficientemente lanzada como para proponerle lo que le propuso pero que no lo hiciera en alto. Era una notable mezcla de inocencia y provocación, tradicional y moderna a la vez, valiente y cauta.

Replicó en un susurro, sólo para ver cómo se ruborizaba.

Y Lyndsey se ruborizó... aunque unos momentos después también le demostró que era una mujer de palabra.

–Me he apuntado a clases de *tae kwon do* –dijo Lyndsey a Arianna la tarde siguiente–. La primera clase es mañana.

–Veo que te lo estás tomando muy en serio.

–Desde luego.

–Y es porque quieres. No tiene nada que ver con Nate –dijo Arianna con cautela.

–Si no fuera por él, probablemente ni se me habría ocurrido convertirme en investigadora, pero creo que se me dará bien. Aprenderé, y no suelo cometer el mismo error dos veces.

–He estado pensando mucho en ti. Tu aspecto inocente podría meterte en muchos líos, pero también podría servirte para obtener respuestas que de otro modo sería muy difícil obtener –Arianna tomó un pequeño montón de archivos que tenía sobre el escritorio–. Aquí están tus deberes. Léelos atentamente y pásate por aquí mañana a las seis para que podamos comentarlos. Y un consejo: apúntate a una sesión de masajes después del *tae kwon do*.

—¿Tan duro es?

—No lo dudes.

—Gracias —Lyndsey sonrió y se levantó para irse, sonriente.

—¿Qué tal te han ido las navidades? —preguntó Arianna en tono desenfadado.

—Bien. ¿Y las tuyas?

Arianna sonrió.

—Veo que ya estás aprendiendo. Responder con otra pregunta es una buena táctica. Pero por tu aspecto diría que te han ido mejor que bien. Pareces distinta.

—¿En serio?

—Pareces más erguida, más alta. Desprendes una aire de confianza del que antes carecías. Y pareces más feliz.

—¿Y eso te preocupa?

—Ya conoces los riesgos —replicó Arianna expresivamente.

Hacía unos días que Lyndsey se había convencido de que no le importaba sufrir. Consciente de que si no se permitía disfrutar de Nate lo lamentaría el resto de su vida, merecía la pena correr el riesgo. A fin de cuentas, ¿cuántas veces se hacía un sueño realidad?

—Me preocupan las repercusiones que pudiera tener en la agencia —continuó Arianna—. No sé si podríamos conservarte. Nuestra lealtad debe caer del lado de Nate, ya que es uno de los socios fundadores. Él, Sam y yo hemos trabajado demasiado como para permitir que nuestro negocio flaquee.

—Si las cosas llegaran a eso, renunciaría —Lyndsey trató de hablar con firmeza, aunque se le había encogido el estómago.

—Podría recomendarte a otra agencia —sugirió Arianna.

Lyndsey comprendió que su jefa estaba convencida de que Nate era incapaz de comprometerse. Y no había duda de que lo conocía mejor que ella. Se encaminó hacia la puerta, pues no quería oír nada más al respecto.

—Eso estaría muy bien, pero no creo que vaya a haber ningún problema —dijo antes de salir.

Pero Nate no la llamó al día siguiente y empezó a dudar.

El teléfono sacó a Lyndsey de un profundo sueño.

—¿Te he despertado? —preguntó Nate.

Lyndsey se apartó el pelo de la cara y miró el reloj. Eran las cuatro de la mañana

—No. Estaba haciendo ejercicio desnuda.

Nate rió con suavidad.

—Gracias. Necesitaba esa imagen para superar los próximos quince minutos.

—¿Has dormido algo esta noche? —preguntó ella, compasiva.

—Creo que voy a poder echar una cabezadita ahora. Al parecer voy a volver a casa esta tarde. Alexi Wells nos ha invitado a una fiesta esta noche. ¿Te gustaría venir?

Lyndsey dudó un momento. La idea de asistir a una fiesta llena de actores famosos y gente importante resultaba muy atractiva, pero no tenía nada adecuado que ponerse.

—¿Quieres ir tú?

Nate bostezó.

—Me da igual. Dejo la decisión en tus manos.

—¿Te caeré peor si digo que no?

—Me caerás mejor. Preferiría estar a solas contigo, pero no quiero negarte la oportunidad de relacionarte —dijo Nate.

—Eso es algo que no creo necesitar. Sería divertido contárselo a Jess, pero eso es todo.

—En otra ocasión, entonces. ¿Qué te parece si quedamos para cenar y bailar? Conozco un lugar estupendo. Dan unos bistecs enormes y ponen buena música. Estará hasta arriba, pero será divertido.

Una cita. Una cita de verdad.

—Me parece fabuloso.

—Te recogeré a las ocho. Siento haber tenido que despertarte.

—Estoy deseando verte —dijo Lyndsey.

Tras despedirse se acurrucó bajo las mantas, pero le resultó imposible volver a dormirse. Finalmente se sentó y tomó el teléfono para llamar a Nueva York. Era un poco pronto, pero daba igual.

—Hola —saludó una voz ronca y ligeramente irritada.

—Feliz nochevieja, Jess.

—¡Lynnie! —Jess gruñó—. ¡Estamos en plena noche!

—Adivina lo que acaba de pasar.

—Más vale que sea algo bueno —dijo Jess con un tono irritado.

—Me han invitado a una fiesta en casa de Alexis Wells.

Jess gritó. Lyndsey respondió con otro grito.

–¡Cielo Santo! ¡Cuéntamelo todo! –exclamó Jess, ya totalmente despejada.

Lyndsey lo hizo así.

–¿Has dicho que no? ¿Estás loca?

–Probablemente.

–Te gusta mucho ese tipo, ¿no?

–Sí.

–Más vale que te trate bien.

–Me ha invitado a la fiesta de nochevieja de una actriz ganadora de un Óscar. ¿Te parece poco?

–Me refiero a que te trate bien a ti como persona.

Lyndsey sintió que sus ojos se llenaban de lágrimas. Quería tanto a su hermana...

–Tengo algo más que decirte, Jess.

–Me temo que no va a gustarme.

–Vas a tener que buscarte un trabajo. Necesito dinero para hacer algunas cosas importantes. He entrado en la página web de tu Universidad y he visto que hay varias ofertas de trabajo para las que estás cualificada. Trabajando diez horas a la semana puedes ganar lo que te envío para tus gastos. Si trabajas quince podrás ganar algo extra.

–Pero...

–Nada de peros, cariño. Tienes que hacerlo. Es importante para las dos. Dejaré de enviarte dinero a partir del semestre de primavera, así que será mejor que te pongas en marcha. Sé que se te dará bien. No tienes ningún problema relacionándote y superarás las entrevistas sin problemas.

–¿Y dices que esto es por mi propio bien?

–Sé que ahora no te lo parece, pero así es.

–Ahora que por fin tengo novio no voy a tener tiempo para estar con él.

–Distribúyete bien el tiempo. Y pon tu educación en primer lugar.

Lyndsey colgó unos minutos después sintiendo que se había quitado un gran peso de encima. Después de todos aquellos años de ocuparse de Jess, por fin iba a ocuparse un poco de sí misma.

Nate no recordaba haber comprado nunca personalmente flores para una mujer. Las había encargado en varias ocasiones, pero nunca había ido a la floristería.

Estaba saliendo del coche con el ramo cuando Lyndsey salió al porche y se acercó a él como si no pudiera esperar un segundo más para verlo. Llevaba un vestido negro y corto que ceñía sus curvas de un modo que hizo que la boca de Nate se secara al instante. Su sonrisa era deslumbrante y sus ojos...

No llevaba las gafas.

–Hola –saludó a la vez que lo rodeaba con los brazos por el cuello–. Te he echado tanto de menos... –susurró antes de que sus labios se encontraran.

Cuando se apartaron, Nate le entregó las flores. Lyndsey aspiró profundamente su aroma y le dio las gracias con una sonrisa.

–Casi no te reconozco –dijo Nate mientras entraban en la casa–. ¿Qué ha pasado con tus gafas?

–Me he puesto lentillas. Fuiste tú quien lo sugirió.

–¿Yo? –a Nate le sorprendió haberlo hecho. Le encantaba Lyndsey con gafas. Y también su ropa cerrada hasta el cuello. El cambio la hacía parecer diferente... aunque seguía siendo igual de sexy.

—Como son nuevas no podré llevarlas toda la noche, pero de momento me las dejaré puestas —dijo Lyndsey mientras arreglaba el ramo en un florero—. Son preciosas, Nate, muchas gracias —tras dejar el florero en la mesa de café y contemplarlo unos momentos, añadió—: Le he dicho a Jess que no voy a poder seguir enviándole dinero y que tiene que buscarse un trabajo.

Nate trató de no mostrar cuánto le agradó aquella noticia.

—¿Y cómo ha reaccionado?

—No le ha hecho demasiada gracia, pero lo asumirá. También me he apuntado a unas clases de *tae kwon do*.

Nate no pudo evitar quedarse asombrado ante tanto cambio. Vestidos sexy, lentillas, ultimátum a Jess, *tae kwon do...*

—¿Por qué?

—Arianna no deja de hablar de lo bien que le sienta. Últimamente he estado demasiado sedentaria y me vendrá bien un poco de ejercicio.

—Podías haber elegido algo más sencillo. El *tae kwon do* exige una dedicación a largo plazo.

—Me parece especialmente interesante el aspecto de la auto defensa.

—Hay clases específicas para eso. Yo mismo podría enseñarte algunos movimientos.

Lyndsey miró a Nate con el ceño fruncido.

—¿Te molesta?

—¿Por qué iba a molestarme? —preguntó él con gesto inocente, aunque lo cierto era que, por algún motivo, le molestaba.

—No sé. He oído que eres cinturón negro de kárate. Suponía que alentarías a otros a practicar las artes marciales.

–Yo empecé cuando tenía diez años.

–Y yo voy a empezar ahora –Lyndsey se acercó a él–. Pareces un poco cansado. ¿Te encuentras bien?

Nate estaba agotado. Tal vez por eso se sentía un poco hosco. Pero se suponía que aquélla era una tarde para divertirse. Deslizó las manos en torno a la cintura de Lyndsey y la atrajo hacia sí.

–Ese vestido negro te sienta de maravilla. Vamos a enseñarlo por ahí.

Horas más tarde, tras disfrutar de una magnífica cena y del mejor jazz para bailar de la ciudad, le estaba quitando el vestido. Debajo llevaba un sujetador y unas braguitas negras de encaje que estuvo a punto de arrancarle. El avasallador deseo que sentía lo tenía estupefacto. Sabía que probablemente estaba yendo demasiado deprisa, pero apenas dio más oportunidad a Lyndsey que la de dejarse tomar. Y ella respondió complacientemente. Cualquier reticencia o resto de vergüenza que le quedara parecía haberse esfumado. Hizo todo lo que le pidió, y no sólo voluntariamente, sino con auténtico entusiasmo.

Cada vez que veía que estaba a punto de alcanzar el clímax se retiraba hasta que ella prácticamente le imploraba que continuara. Entonces la llevaba aún más alto para volver a dejarla caer, y así una y otra vez. Le apasionaba ver cómo se arqueaba para buscarlo, sentir sus piernas rodeándolo... y cuando contempló la sensualidad casi salvaje que reflejó su rostro mientras alcanzaba el orgasmo, fue incapaz de contenerse un segundo más y tomó sus labios hasta que sus alientos se fundieron en uno solo.

Luego se quedó profundamente dormido sobre ella.

Lyndsey entraba en el dormitorio cada quince minutos. Nate había dormido durante el desayuno, el concierto de año nuevo y la primera mitad de la final de béisbol.

El día anterior debía estar agotado, y a pesar de todo habían salido a cenar, a bailar, la había besado apasionadamente a medianoche y le había hecho el amor como un hombre que llevara años atrapado en una isla desierta.

Lyndsey nunca había tenido aquella clase de relación física. Su intensidad la tenía asombrada, al igual que su falta de recato y su audacia.

La siguiente vez entró en el dormitorio con una taza de café y encontró a Nate sentado en la cama, con el pelo totalmente revuelto y expresión adormecida.

—¿Por qué me has dejado dormir hasta tan tarde? —preguntó a la vez que aceptaba la taza.

—Habrías seguido dormido aunque me hubiera puesto a disparar cañonazos. Lo necesitabas.

—¿Te gustaría ir a la playa? —preguntó Nate tras tomar un sorbo de café.

—¿Qué sueles hacer el día de año nuevo?

—Sam y yo solemos ver los partidos del día con algunos amigos, pero este año está en Boston.

—Yo los veré contigo.

—¿Te gusta el fútbol?

—Por supuesto.

—No es cierto —Nate sonrió—. Así que volveré a preguntarlo. ¿Quieres que vayamos a la playa?

–Podemos ver los partidos hoy e ir a la playa mañana.

–Mañana tengo que ir a Chicago. Acabo de recibir una llamada –Nate alzó su móvil–. Eso es lo que me ha despertado.

A Lyndsey le pareció extraño no haberlo oído.

–¿Puedes decirme de qué misión se trata?

–Hay que organizar el sistema de seguridad para un cliente que va a trasladar su negocio a Chicago desde Los Ángeles.

–Pensaba que era Sam el que se ocupaba de los sistemas de seguridad.

–En estos momentos está ocupado y el cliente no puede esperar. Estaré fuera dos o tres días como máximo –Nate salió de la cama y se estiró–. Si tienes alguna cosa que arreglar en la casa, dímelo. Soy bastante manitas. Pero antes voy a darme una rápida ducha.

Cuando estaba a punto de entrar en el baño se volvió.

Lyndsey se quedó sin aliento al mirarlo. Aquel magnífico hombre era suyo. Suyo. Al menos de momento...

Nate alargó una mano hacia ella y sonrió.

–Sí, puedes venir conmigo –al ver la expresión sorprendida de Lyndsey, añadió–: Si sigues mirándome así voy a acabar creyéndomelo.

Ella rió y se arrojó entre sus brazos. «Ámame», rogó en silencio. «Ámame».

Tres días después Nate entró en la agencia a medianoche. Se detuvo en el vestíbulo mientras decidía cómo abordar a Lyndsey. Su relación había sufrido una ligera transformación la semana pasada. Estaba esperando que ella lo dejara, no sólo porque ya llevaban juntos casi un mes, el máximo periodo que solían durar sus relaciones, ya que él no solía ofrecer ningún tipo de compromiso, sino porque ya había indicios de ello.

En primer lugar, aunque Lyndsey no hubiera protestado por sus horarios de trabajo, ya había hecho algún comentario disfrazado diciéndole que trabajaba demasiado. En segundo lugar, ella estaba cambiando; había cambiado mucho desde que la había conocido, hacía menos de un mes.

Pero aquello no era de extrañar. Lyndsey estaba experimentando su libertad por primera vez en años y también estaba a punto de cumplir su meta de convertirse en una contable titulada. Su vida estaba en un momento de transición.

La llamó en voz alta mientras avanzaba por las oficinas.

–Traigo comida –añadió. Había llevado algo de comer pensando que sería mejor hablar allí que en casa, donde normalmente habrían acabado de inmediato en la cama.

Oyó que algo caía al suelo y luego ruido de papeles. Lyndsey se giró rápidamente y mantuvo las manos tras la espalda cuando entró en su cubículo.

–¡Has vuelto!

Parecía nerviosa y estaba ruborizada. Además, no hizo intención de avanzar hacia él.

–¿Estamos solos? –preguntó Nate a la vez que miraba a su alrededor. Al ver que Lyndsey asentía, añadió–. ¿Y no vas a darme un beso de saludo?

–Claro que sí –Lyndsey avanzó hacia él, lo besó rápidamente y trató de apartarse.

Nate la retuvo entre sus brazos y miró su escritorio. Estaba lleno de papeles y archivos y lo tenía bastante desorganizado, algo nada habitual en ella.

–¿Sucede algo?

–No. ¿Por qué lo preguntas?

–¿Te he asustado al presentarme de forma inesperada?

–Un poco. Pero no pasa nada. Mmm, qué bien huele eso...

Nate casi había olvidado que llevaba la bolsa.

–Spaguetti y albóndigas. Voy a por una silla.

–Mi escritorio está hecho un desastre. ¿Qué tal si vamos a tu despacho?

–Me parece bien. ¿Te queda aún mucho trabajo?

–Ya he terminado –dijo Lyndsey precipitadamente–. Sólo tengo que recoger mis papeles y distribuir los informes. De hecho, voy a hacerlo ahora, mientras sacas la cena.

Unos minutos después, cuando regresó al despacho de Nate, parecía más relajada.

–¿Qué tal te ha ido el viaje? –preguntó mientras Nate servía.

–Ha sido productivo.

La tensión de Nate aumentó al notar que Lyndsey no lo miraba. Y la blusa que llevaba puesta tenía desabrochados tres botones. Y echaba de menos sus gafas.

–¿Qué está pasando? –preguntó finalmente.

–¿Con qué? –Lyndsey se hizo la inocente.

–Contigo.

–No sé a qué te refieres, excepto tal vez a que estoy contenta.

–¿Por qué?

–Porque has vuelto, porque me han arreglado la calefacción del coche, porque Jess ha conseguido un trabajo...

–¿En serio?

–En la Universidad. Incluso parecía emocionada al respecto.

Aquello no explicaba el extraño comportamiento de Lyndsey, pero Nate decidió dejarlo correr. Eran más de las dos de la mañana y estaba demasiado cansado.

–¿Vas a venir a casa conmigo? –preguntó Lyndsey cuando terminaron de comer.

–Estoy agotado. Iré a verte mañana por la tarde si no tienes otros planes.

–De acuerdo. En ese caso, nos vemos entonces.

Cuando Lyndsey fue a volverse Nate la sujetó por el brazo. Ya estaba seguro de que sucedía algo. No lo había besado.

–¿Tienes algo que decirme?

–¿A qué te refieres?

Nate percibió un destello de culpabilidad en la mirada de Lyndsey. Se preparó para lo peor.

–¿Hemos acabado? –preguntó directamente.

–¡No! –exclamó Lyndsey, anonadada–. ¡Por supuesto que no!

La sinceridad de su mirada confundió aún más a Nate. Y cuando lo besó ya no supo qué pensar. Parecía desesperada porque la creyera. Tras unos segundos la rodeó con sus brazos y le devolvió el beso.

–Te acompaño al coche –dijo.

–Eso me parece muy bien, gracias.

Se detuvieron en el pequeño despacho de Lyndsey, que recogió su jersey... y un maletín.

–¿Nuevo bolso? –preguntó Nate.

–¿Qué? Oh, no. He tenido una entrevista de trabajo esta mañana.

Nate sintió que se le encogía el estómago.

–¿Y cómo ha ido?

–Creo que bastante bien.

El camino hasta el coche pareció interminable.

–Nos vemos mañana. ¿Te parece bien que pase por tu casa sobre la una?

–Me parece perfecto.

Nate contempló cómo se alejaba el coche de Lyndsey. Hasta que no desapareció no fue consciente de uno de los archivos que había visto sobre su mesa. El de Alexis Wells. ¿Por qué? ¿Y cómo había llegado a sus manos si aquellos archivos estaban en un armario cuya llave sólo tenían los socios de la agencia?

Volvió al edificio y abrió el armario archivador. Faltaba el de Wells.

Fue al despacho de Lyndsey y abrió los cajones. No había ningún archivo.

Se los había llevado consigo. Aquello no podía esperar al día siguiente.

Quince minutos después estaba llamando a la puerta de Lyndsey. Vio que se asomaba a una ventana.

–Un momento –dijo, pero tardó bastante más.

–¿Se estaría librando de las evidencias?

Nate estaba asombrado de la profundidad de su enfado. Había confiado en ella más que en ninguna otra mujer, incluso más que en Arianna, pues había compartido con ella sus recuerdos, sus fracasos, sus defectos... Estaba tratando de no sacar conclusiones precipitadas, pero no había muchas posibilidades.

–¿Qué haces aquí? –preguntó Lyndsey cuando abrió la puerta.

–Necesito hablar contigo. ¿Puedo pasar?

Lyndsey se apartó de la puerta. En cuanto entró, Nate echó un vistazo a su alrededor. El maletín no estaba por allí, y tampoco vio ningún archivo.

–Quiero que devuelvas el archivo de Wells.

Lyndsey se había quitado las lentillas y se había puesto las gafas, pero Nate pudo ver la mezcla de sorpresa, culpabilidad y, finalmente, resignación que manifestó su rostro. Sin una palabra, fue al dormitorio y salió con el maletín, del que sacó no uno, sino cinco archivos.

–¿Por qué tienes esos archivos? –preguntó Nate, apenas capaz de contener su furia. Si hubiera sido cualquier otro habría pensado que lo había hecho para vender la información a la prensa sensacionalista, pero aquélla era Lyndsey. Lyndsey la sincera, la generosa, la apasionada...

–No quería que lo supieras todavía –dijo ella con cautela–. Quiero ser investigador privado.

Nate se quedó mirándola, totalmente aturdido.

–Arianna me ha estado ayudando –continuó Lyndsey–. Ha estado trabajando conmigo las dos últimas semanas. Yo leo los archivos y luego hablamos de los casos. Me plantea situaciones y yo debo deducir cómo enfrentarme a ellas. Quiere comprobar si tengo el instinto y el nervio necesario para el trabajo. Sé que no es lo mismo que una investigación real...

Nate alzó una mano para interrumpirla.

–Si quieres ser investigadora, ¿por qué no me lo dijiste?

–Porque mi decisión no podía tener nada que ver contigo y habrías supuesto una influencia en un sentido u otro.

–¿Ya has tomado tu decisión?

–Yo sí, pero Arianna aún no me ha dado su aprobación –señaló los archivos–. Esos eran mi última prueba.

–¿Esperas trabajar para ARC? –Nate hizo aquella pregunta con más aspereza de la que pretendía, pero se sentía atrapado. Si Lyndsey se quedaba en la agencia esperaría de él algo que no podría darle. Su relación estaba destinada a apagarse, pero seguirían viéndose a diario. En algún momento Lyndsey conocería a algún otro hombre. Se casaría...

Se suponía que iba a ser una relación cómoda y segura. Se suponía que Lyndsey iba a terminar de trabajar allí al mes siguiente y que así acabarían las cosas de un modo natural.

–Esperaba trabajar para tu agencia, pero veo que eso haría que te sintieras incómodo –dijo Lyndsey, tensa–. Arianna dijo que podría recomendarme a otra agencia de investigación.

Nate se levantó sin saber qué decir. Los archivos aún seguían en su mano.

–Puedes quedártelos –dijo Lyndsey–. Es evidente que no te apetece dejarlos. Además, ya sería incapaz de concentrarme en ellos.

–Hablaremos luego –dijo Nate mientras se encaminaba a la puerta.

–De acuerdo.

Nate dudó al oír el tono tembloroso de la voz de Lyndsey, pero siguió andando. Y condujo directamente a casa de Arianna.

Lyndsey ni siquiera trató de volver a dormir. No dejaba de ver la expresión de Nate cuando le había preguntado si pensaba trabajar para ARC. Era obvio que lo había puesto contra la espada y la pared, precisamente lo que había tratado de impedir no poniéndolo al tanto de sus planes.

Permaneció sentada en el sofá el resto de la noche, con la esperanza de que volviera a decirle que la entendía, que iba a ser una magnífica investigadora, que la quería...

El teléfono sonó a las siete y media. Era Arianna.

—¿Te he despertado?

—No.

—¿Podrías venir a la agencia esta mañana?

—Nate...

—Lo sé. Pasó por mi casa anoche. Tenemos que hablar de ello.

—No quiero encontrarme con él.

—Va a quedarse trabajando en casa.

—Ah. De acuerdo.

—Yo voy ya a la oficina. Ven cuando quieras.

Lyndsey no sabía qué esperar de aquella reunión, pero una cosa estaba clara: debía renunciar a su puesto.

135

Capítulo Diez

Cuando llegó a la agencia, Lyndsey fue directamente al despacho de Arianna y le entregó una
hoja con su dimisión. Su jefa le echó un vistazo y la
dejó en la mesa.

–No debería haberte pedido que ocultaras a
Nate mis planes –dijo Lyndsey.

–Fue una decisión mutua, y bien razonada.

–Me odia.

–No. Si está enfadado con alguien es conmigo.
¿Pero cómo lo averiguó? Ayer estaba gritando
tanto que ni siquiera pude preguntárselo.

–Vino a la agencia y entró en mi despacho
cuando estaba recogiendo los archivos. No quise
que los viera, pero no dejé de meter la pata. Lo último que quería era ponerlo en esta situación.

–Como investigadora tendrás que enfrentarte a
situaciones mucho más complejas. No puedes perder el control, Lyndsey.

–Soy incapaz de mentir a Nate. Se da cuenta de
todo.

Arianna señaló la hoja de su renuncia.

–No voy a aceptar eso.

–No tienes otra opción. Ambas sabemos que no
podría trabajar para él. Me quedaré hasta que en-
cuentres un sustituto para mi puesto.

–Te quedarás hasta que tengas un trabajo. Sé
que no puedes permitirte estar sin ingresos.

–Lo siento mucho. Sé que trataste de advertirme –dijo Lyndsey, agradecida–. ¿Aún sigues dispuesta a recomendarme a otra agencia?

–Por supuesto... –en aquel momento sonó el intercomunicador y Arianna pulsó el botón–. ¿Sí?

–Siento interrumpir, pero hay una llamada para Lyndsey de la señora Marbury en la línea uno.

–Gracias, Julie –Arianna acercó el teléfono a Lyndsey–. Puedes hablar desde aquí o desde tu despacho.

–Hablaré aquí mismo –Lyndsey respiró profundamente para calmarse y descolgó el auricular–. Aquí Lyndsey McCord, señora Marbury. ¿Qué puedo hacer por usted?

–Me gustaría hablar con usted. A solas. ¿Puede venir a mi casa? –dijo la señora Marbury.

–Si me disculpa un momento, voy a consultar mi agenda –Lyndsey presionó un botón para enmudecer la línea–. Quiere que vaya a su casa. Sin Nate.

–¿Estás dispuesta a ir?

–No soy investigadora.

–Pero vas a serlo.

Aquellas simples palabras dijeron todo a Lyndsey. Había superado la prueba. Pero no había tiempo para disfrutar de la noticia en aquellos momentos. Volvió a presionar el botón.

–Si quiere puedo ir ahora mismo, señora Marbury.

–Muy bien. La estaré esperando.

–Gracias por haber venido tan pronto –dijo la señora Marbury cuando estrechó la mano de Lyndsey.

Lyndsey pensó que no tenía mejor aspecto que hacía unas semanas, cuando estuvo allí con Nate.

—¿En qué puedo ayudarla?

—Cuando vino la otra vez empezó a decirme algo, pero su compañero la interrumpió. ¿De qué se trataba?

Tras un momento de duda, Lyndsey decidió ser sincera.

—Observé a Tricia y a su marido todo el fin de semana. No creo que esté enamorado de ella.

—¿Qué le hace pensar eso? —preguntó la señora Marbury, anhelante.

—Aparte del masaje de hombros no hubo contacto físico entre ellos. Tal vez había un motivo para ello. Opino que todo son evidencias circunstanciales. También está el modo en que su marido miró la foto del ordenador y lo que dijo luego sobre lo irrevocable que era el hecho de romper la confianza... No sé. Hay algo que no encaja. ¿Por qué iba a enfadarse con usted por haber desconfiado de él si era culpable?

—¿Está diciendo que no hay nada entre ellos?

—No lo sé con certeza. Ni siquiera puedo decirle si durmieron en la misma cama o si alguno ocupó el despacho. Lo que sí puedo asegurarle es que su marido no miraba a Tricia como un hombre enamorado... ni con deseo.

La señora Marbury se desmoronó. Enterró el rostro en las manos y rompió a llorar. Lyndsey fue a sentarse rápidamente junto a ella y la abrazó hasta que se calmó.

—Quiero a mi marido, señorita McCord.

—Llámeme Lyndsey.

La señora Marbury asintió.

–Confiaba en mi marido hasta que empezó a volverse hermético. No quiere hablar conmigo, ni siquiera por teléfono. Necesito hablar con él. ¿Podrías convencerlo para que me viera al menos una vez? Necesito explicarme.

–Lo intentaré. Eso es todo lo que puedo prometerle. Pero no sé si él querrá verme. ¿Tiene hijos, señora Marbury?

–Llámame Lucinda. Y no, no tengo hijos. Michael sí los tuvo en su primer matrimonio. Cuando me casé con él ya sabía que no quería tener más, pero siempre tuve la esperanza de poder convencerlo. Si me amaba lo suficiente... –la voz de la señora Marbury volvió a apagarse entre sollozos.

Mientras regresaba a su casa, Lyndsey decidió que no podía ir a ver al señor Marbury a solas. Además de que su esposa le había advertido que era bastante machista, probablemente se negaría a verla después de lo sucedido.

Aquel trabajo pertenecía a Nate, aunque ella no quería verse apartada de él. Tenía que llamarlo para contarle lo sucedido. Debían ir juntos.

Nate estaba sentado con el portátil sobre los muslos, contemplando el horizonte. Había terminado de diseñar el sistema de seguridad del cliente que se trasladaba a Chicago.

Cerró los ojos, agotado, pero todo lo que vio fue el rostro de Lyndsey cuando se fue de su casa. Sus labios habían temblado, sus ojos se habían oscurecido hasta volverse casi negros... No sabía lo que significaba todo aquello. No podía creer que hubiera actuado a sus espaldas de aquel modo. Si hubiera hablado con él en lugar de con Arianna...

¿Qué habría hecho? Probablemente desalentarla. No quería tenerla cerca cuando su aventura acabara.

En aquel momento sonó su móvil, pero al ver que era Lyndsey dudó. Finalmente, presionó el botón.

—Hola.

—Siento molestarte en casa —dijo Lyndsey formalmente.

—No hay problema.

—Lucinda Marbury me ha pedido que fuera a su casa hoy y lo he hecho con el permiso de Arianna —a continuación, Lyndsey informó a Nate de lo sucedido.

—No somos consejeros matrimoniales —dijo él cuando ella terminó de hablar.

—Puede que tengamos que serlo en esta ocasión.

—¿Qué te hace pensar que Marbury aceptará vernos?

—Tricia.

—¿Has hablado con Tricia?

—He concertado una cita con ella a las cuatro, dependiendo de tu disponibilidad.

Nate no pudo evitar sonreír ante su eficiencia.

—Supongo que irías por tu cuenta aunque yo me negara a ir o te prohibiera hacerlo a ti, ¿no?

—Desde luego.

—Eso sería una insubordinación.

—Te diría que me despidieras, pero ya he presentado mi dimisión.

–¿Cuándo? –preguntó Nate de inmediato.

–Esta mañana. ¿Vas a venir o no?

–Sí.

–Bien.

–¿Cómo piensas manejar el asunto? –preguntó Nate, a pesar de que sólo podía pensar en lo que acababa de decirle Lyndsey sobre su dimisión.

–Dudo que el señor Marbury quiera verme. Tú eres el jefe.

–¿Qué harías tú si fueras la jefa?

–No tienen hijos, así que no puedo utilizar esa baza. Además, lo más probable es que no hubiera servido de nada porque él ya tuvo hijos en su primer matrimonio y eso no le impidió divorciarse. De manera que sólo contamos con el hecho de que ella lo ama.

–¿De verdad crees que es el dinero y no el amor lo que motiva a la señora Marbury?

–Sí, lo creo.

–Y el amor es capaz de conquistarlo todo, ¿no?

–No. Pero ayuda –añadió Lyndsey con voz temblorosa.

–Pasaré a recogerte a las tres y cuarto.

–No. Me encontraré contigo en el vestíbulo de las oficinas del señor Marbury a las cuatro menos cuarto –dijo Lyndsey, y a continuación colgó.

Mientras subían al despacho del señor Marbury, Lyndsey no pudo evitar sentir ciertos nervios al pensar que Nate iba a verla en acción. Sabía que quería ser investigadora y que no había acudido allí porque supiera cocinar, como en su primera misión. Criticaría cada una de sus palabras y acciones. No podía permitirse liar las cosas, aunque en realidad aquello no fuera un trabajo de investigación.

Mientras las puertas del ascensor se abrían lo miró y no pudo evitar admirar su perfil. Ya lo echaba de menos. Echaba de menos acariciarlo, dormir con él... Pero se trataba del hombre al que debía dejar de amar.

Tricia los recibió en el vestíbulo. Lyndsey se alegró de haber roto previamente el hielo por teléfono.

—El señor Marbury está molesto porque he concertado esta cita —explicó mientras avanzaban por el pasillo—. No creo que vaya a mostrarse especialmente agradable o cooperativo.

—Gracias por la advertencia —dijo Lyndsey—. Estoy segura de que no seguirá disgustado con usted durante mucho tiempo.

—Da igual. Ya he presentado mi dimisión. Mañana es mi último día de trabajo —Tricia alzó una mano para enseñarle un bonito anillo—. Voy a casarme.

Lyndsey apenas pudo creer la punzada de envidia que sintió.

—Es una noticia estupenda. ¿Quién es el afortunado?

—Se llama Paul —en voz más baja, Tricia añadió—: Es el presidente del mayor competidor de Mar Cal.

—¿Era el hombre al que se refería cuando hablamos en la casa de la playa? —preguntó Nate—. ¿El que venía con mucho equipaje?

—Ha estado casado dos veces. Eso me hizo un tanto reacia, pero he decidido fiarme de él —Tricia

142

se detuvo ante unas puertas de cristal–. Aquí estamos.

Cuando entraron en el despacho esperaron a que el señor Marbury los invitara a sentarse, pero éste parecía decidido a tenerlos de pie.

Nate se acercó a una silla que había ante el escritorio y se sentó. Luego hizo un gesto para que Lyndsey ocupara la otra.

–No voy a andarme con ceremonias –dijo–. No estamos aquí como investigadores.

–En ese caso, ¿por qué están aquí?

–Su esposa quiere hablar con usted –dijo con rotundidad Lyndsey.

–Lo sé. Puede llamar a mi abogado.

–¿No cree que le debe al menos la cortesía de una conversación antes de llegar a eso? Al fin de cuentas ha invertido diez años en esa relación.

Sorprendida, Lyndsey trató de mantener una expresión neutra. ¿Cómo podía Nate ser tan lógico con el señor Marbury y no consigo mismo? ¿No le debía él la cortesía de una conversación?

–No le debo nada –dijo el señor Marbury secamente–. Mi esposa piensa que la he engañado.

–¿Y lo ha hecho? –preguntó Nate.

–No.

–Si habla con ella entenderá por qué cree que lo ha hecho –dijo Nate.

El señor Marbury pareció asombrado por aquella noticia. A Lyndsey no le pareció que estuviera actuando.

–¿Le he dado algún motivo para pensar eso?

–Sí –dijo Nate.

–No entiendo cómo. Siempre le he sido fiel. Ni siquiera he sentido la tentación de engañarla

143

nunca. Incluso hice... –el señor Marbury se interrumpió.

Lyndsey se inclinó hacia él.

–¿Qué hizo? –lo animó a continuar.

El señor Marbury la miró. Luego miró a Nate.

–¿Esta conversación es estrictamente confidencial?

–Por supuesto.

–Lucinda quiere tener hijos. Yo me había hecho la vasectomía, pero volví a operarme para deshacerla y darle una sorpresa en nuestro aniversario.

–¿Se la había hecho el día que nos conocimos? –preguntó Nate.

–Aquella misma mañana. Estaba tan aturdido cuando llegamos a causa de los medicamentos que apenas me enteraba de nada. Pero Tricia lo reconoció de inmediato y me dijo quién era. Tuvimos que cambiar por completo nuestros planes.

–¿Cómo?

–Pensaba ir a la casa de la playa sólo para recuperarme, pero no podía decírselo a Lucinda sin estropear la sorpresa. Además, no quería alentar sus esperanzas hasta estar seguro de que la operación había salido bien. Y de pronto surgió la posibilidad de comprar una empresa que estaba en mi punto de mira hacía tiempo. El problema era que había otra persona interesada y sólo tenía aquel fin de semana para redactar un informe y presentarlo ante la Junta. Es una formalidad, ya que poseo el cincuenta y uno por ciento de las acciones, pero conviene consensuar las cosas. Sin Tricia no podría haberlo hecho. Eso fue todo lo que hicimos en el dormitorio: trabajar. Irónicamente, lo que pensé cuando Tricia lo reconoció fue que eran espías de la otra empresa enviados para obtener una copia de mi propuesta –el señor Marbury suspiró e hizo una pausa antes de continuar–. Tricia y yo tratamos de actuar como si estuviéramos de vacaciones, cuando en realidad no paramos de trabajar –rió con amargura–. Luego contraté a alguien para que los siguiera cuando se fueron, con la esperanza de averiguar quién pretendía competir con la compra. Pero se dirigieron a mi casa, lo que me dejó completamente desconcertado. Pero cuando vi la foto en el ordenador comprendí que Lucinda los había contratado porque creía que la estaba engañando.

–A veces hay que saber dejar a un lado el orgullo –dijo Nate con suavidad–. Acuda junto a su esposa, señor Marbury. Confíe en ella. Ambos han cometido errores y han sacado conclusiones erróneas –a continuación se levantó e hizo un gesto a Lyndsey para indicarle que se iban.

–Adiós, señor Marbury –dijo ella.

Tras despedirse de Tricia, bajaron al aparcamiento.

–¿Dónde has aparcado? –preguntó Nate.

–En la segunda planta.

–Yo estoy en la tercera.

–¿Crees que irá a ver a su esposa? –preguntó Nate cuando salieron del ascensor.

–Probablemente ya está de camino. Sólo necesitaba el permiso de alguien, o que le dieran una patada en el trasero para ponerse en marcha. No nos habría hablado así si no estuviera deseando volver con ella –Lyndsey hizo una pausa–. Lo que has dicho sobre el orgullo ha sido perfecto. Era exactamente lo que necesitaba oír –«y lo que tú también deberías llevar a la práctica», añadió para sí.

Cuando salieron en la segunda planta Lyndsey sintió que se le encogía el corazón. ¿Sería aquella la última vez que iba a ver a Nate? Estaba segura de que iba a evitar acudir a la oficina de noche hasta que ella se fuera de ARC. Pero ella quería dejar el asunto zanjado.

En realidad aquello no era cierto. Lo que quería era que Nate fuera tan razonable con ella como lo había sido con el señor Marbury.

Se detuvieron junto a su coche. Lyndsey abrió la puerta y arrojó el bolso al interior. «No dejes que me vaya, Nate», rogó interiormente.

–Me ocuparé de que te paguen por estas horas extras de trabajo –dijo Nate.

El corazón de Lyndsey se encogió aún más.

–Ya fui generosamente compensada por este trabajo.

–De todas formas me ocuparé de hacer que te paguen.

–No quiero dinero –replicó Lyndsey, apenas capaz de contener su furia–. En lugar de ello me gustaría que fueras sincero conmigo, que hicieras lo que le has dicho al señor Marbury que haga.

–¿Qué?

Lyndsey alzó las manos, impotente. Al parecer, Nate no quería entenderla.

–De acuerdo. Me voy –si así quería Nate que acabaran las cosas, así sería. Ella no estaba dispuesta a sufrir más.

Cuando fue a entrar en el coche él apoyó una mano en la puerta para impedirle entrar.

146

–No estoy listo para acabar con lo nuestro.

El cuerpo de Lyndsey reaccionó al instante al oír aquello. «Lo nuestro». Aquello era lo que quería. De manera que, ¿por qué no se arrojó de inmediato en sus brazos para decirle que ella tampoco estaba lista para dejarlo?

Porque aquello ya no le bastaba.

–¿Y se supone que debo dedicarme a esperar hasta que estés listo?

–No me refería a eso.

–¿A qué te referías?

–No entiendo por qué te vas, por qué dejas la agencia.

–¿Quieres que me quede hasta que te hayas cansado de mí? ¿Y luego qué? ¿Se supone que debo ser capaz de seguir trabajando contigo? ¿Y cómo iba a hacerlo después de lo que hemos compartido? Nuestra relación fue un error. Me dije que el único motivo por el que no la interrumpía era que sólo faltaban dos meses para que dejara la agencia y pensé que luego podríamos continuar sin la traba de ser jefe y empleada. Pero lo cierto es que dejé que sucediera porque no pude evitarlo. No soy una de esas mujeres sofisticadas capaces de tener una aventura para luego olvidarla y dedicarse a otra cosa. Estando contigo...–Lyndsey se calló y suspiró antes de continuar–. Estando contigo me he encontrado a mí misma. Y me gusta lo que he encontrado. Estoy orgullosa por lo que he logrado y entusiasmada por el hecho de estar orientando mi vida en una nueva dirección, te guste o no. Tú eres el responsable de ello. Yo no he cambiado tu vida como tú has cambiado la mía.

No te he abierto a nuevos mundos, ni te he tratado mejor de lo que te ha tratado nunca nadie. Todo lo que he hecho... todo lo que he hecho ha sido amarte.

A continuación, entró en su coche, lo puso en marcha y se alejó. En el retrovisor vio que Nate seguía quieto donde estaba, mirándola.

De algún modo logró llegar a casa antes de desmoronarse.

Nate miró la hora por tercera vez, impaciente. En cuanto terminó la reunión se levantó y se encaminó hacia la puerta.

—Espera un momento, Nate —dijo Sam.

—Cierra la puerta —añadió Arianna—. Tenemos que hablar.

Sam indicó una silla para que Nate se sentara.

—¿Qué tratas de hacer? ¿Hundir la agencia por tu cuenta?

—¿Qué diablos quieres decir con eso? —preguntó Nate con el ceño fruncido.

—Que durante estas dos últimas semanas todo el mundo se ha estado quejando de ti. Te muestras hosco con todo el mundo, nunca estás disponible para darle vueltas a un caso, estás ignorando normas de cortesía básicas como pedir las cosas por favor y dar las gracias...

—Tienes razón —dijo Nate, consciente de la verdad de aquellas palabras. Tenía intención de cambiar, pero las cosas sólo parecían empeorar día a día—. Lo siento.

—Esta vez no basta con una disculpa —dijo Arianna—. Sam y yo te ordenamos que hagas el

148

viaje a Australia que tuviste que posponer. Márchate. Despeja tu mente.

–Para cuando vuelvas Lyndsey ya se habrá ido –añadió Sam–. Eso ayudará.

Nate lo miró fijamente.

–¿No se ha ido ya?

–Aún no ha encontrado trabajo y Arianna le dijo que podía quedarse hasta que encontrara algo.

–He lanzado algunos cebos pero aún no ha picado nadie –dijo Arianna–. Creo que Lyndsey está buscando de nuevo algún trabajo de contable para poder irse. Pero ése no es tu problema. Tú problema eres tú. Arréglalo. Estoy segura de que puedes encontrar alguna Barbie dispuesta a ayudarte.

Tras aquella poco sutil pulla, salió de la sala de juntas.

Sam se sentó frente a Nate.

–Teníamos la esperanza de que las cosas cambiaran, pero no nos ha quedado más remedio que hablar contigo.

–Lo sé.

–¿Por qué no te lanzas de una vez?

–No puedo.

–¿Por qué?

–¿Y si las cosas salen mal? Ya sabes lo que pasa, lo que siempre pasa. Lyndsey empezará a protestar porque paso mucho tiempo fuera de casa. Querrá un compromiso. Y no quiero volver a hacerle daño...

–Puedo darte ahora mismo una lista de matrimonios que funcionan, empezando por el de Charlie. Estás exagerando porque así justificas el hecho de estar evitando a Lyndsey.

149

Nate no podía negar aquello.

—¿Cómo está? —preguntó.

—No pienso responder a eso, Nathan. Si quieres saberlo, averígualo por ti mismo. ¿Sabes lo que he aprendido observándote? Que mentirse a uno mismo es tan malo como mentir a otros. Y el próximo año, cuando tenga lugar la reunión número quince de los antiguos alumnos de mi instituto pienso ir. Voy a enfrentarme a mi pasado.

—¿Por qué esperar hasta entonces?

—Por muchos motivos —Sam miró su reloj y se puso de pie—. Arianna y yo tenemos que acudir a una reunión con el alcalde. Reserva tu vuelo.

Media hora después llamaron de la agencia de viajes para informar a Nate de los horarios de vuelo y la reserva de hotel. No se iba hasta las ocho de la noche, lo que le daba tiempo de sobra para volver a casa y hacer el equipaje antes de acudir al aeropuerto.

Estaba a punto de marcharse cuando sonó su intercomunicador.

—¿Nate? Tienes una llamada de Roy Gordon en la línea dos. Por lo visto quiere hablar con alguno de los socios sobre una empleada. Arianna y Sam se han ido.

—De acuerdo, pásamela. Gracias, Julie —recordó añadir antes de descolgar—. Nate Caldwell al aparato.

—Buenos días. Soy Roy Gordon, de la empresa de contabilidad Rasmussen, Gordon y Culpepper. Le llamo para hablar sobre la señorita Lyndsey McCord. Ha solicitado un trabajo con nosotros y ustedes aparecen como su empresa de referencia.

¿Puede verificar que trabaja para ustedes, por favor?

¿Una empresa de contabilidad? ¿Acaso se rendía tan fácilmente? Nate esperaba más de ella.

—Puedo confirmar la fecha en que fue contratada —dijo finalmente, tratando de controlar su enfado.

—¿El siete de septiembre?

Nate no estaba seguro, pero sabía que Lyndsey no mentiría.

—Así es.

—¿Diría que es una persona honrada?

—Según la ley no tengo por qué darle más información.

—En ese caso, ¿debo deducir que no es honrada?

Nate estuvo a punto de maldecir en alto.

—Es extremadamente honrada. Serán afortunados si la contratan.

—En ese caso, ¿nos la recomienda?

—Sí —contestó Nate, aunque por dentro estaba gritando «no».

—Bien. Eso está bien. Y ahora, entre usted y yo, ¿creó algún problema con los hombres de su agencia? Tenemos muchos empleados varones y ella parece bastante ardiente.

Aquello era exactamente lo que Nate quería. Un motivo para liberar su frustración. Se levantó con tal ímpetu que la silla cayó a sus espaldas.

—Dispóngase a recibir una denuncia contra usted y su empresa —dijo, y a continuación tuvo el placer de colgar de un golpe. Necesitó varios segundos para que su respiración se normalizara.

151

Finalmente, furioso, salió de la oficina como un vendaval. Nada habría podido retenerlo. Iba a asegurarse de que la testaruda señorita McCord no trabajara para aquel miserable. Si luego lo odiaba por ello, ¿qué más daba? A fin de cuentas era imposible que las cosas empeoraran.

Lyndsey puso el reloj de la cocina en hora y siguió preparando galletas. Si no tenía cuidado iba a engordar varios kilos en unas horas.

De pronto, el timbre de la puerta empezó a sonar insistentemente.

—¿Quién es? —preguntó antes de abrir.

—Nate. Abre.

Lyndsey gimió. Precisamente aquel día había vuelto a ponerse sus viejos vaqueros negros y el jersey. No se había maquillado ni peinado. Y no quería ni pensar en su pelo...

—¡Abre!

Lyndsey obedeció, sobresaltada.

—No vas a trabajar para ese tal Gordon. ¿Dónde has dejado tu sentido común? Es un cerdo sexista. ¿Cómo no te has dado cuenta? ¿Y por qué diablos solicitas un trabajo como contable si quieres ser investigadora? ¿Tan fácilmente renuncias a tus sueños?

Fascinada por su enfado, Lyndsey se limitó a mirarlo. Ella no había solicitado ningún trabajo de contable y no conocía a ningún Gordon.

Arianna, pensó de inmediato. Seguro que había sido una treta para obligarlo a ir a hablar con ella.

–Eso no es asunto tuyo –contestó finalmente.

–¡Claro que lo es! Me preocupo por ti.

–No. Estás siendo paternalista. No puedes dedicarte a ordenarme lo que debo hacer.

–¿Paternalista? –repitió Nate, furioso.

–Sí –Lyndsey se cruzó de brazos–. ¿No he hecho ya suficientes sacrificios? Si quiero trabajar para... para ese señor, lo haré. ¿Qué te da derecho a decirme cómo vivir mi vida?

–¿Qué me da derecho? –repitió Nate a la vez que daba un paso hacia ella–. ¡Que te quiero!

Lyndsey dio un paso atrás. Nate acababa de gritarle que la quería. En lugar de lanzarse a sus brazos como le habría gustado, se contuvo.

–Tienes una forma muy extraña de demostrarlo.

–Porque me asusta reconocerlo –dijo él con verdadero esfuerzo–. Te quiero. Me he sentido fatal todos estos días sin ti. Pregúntale a cualquiera. Nunca había echado a nadie de menos de ese modo.

Como si de pronto se hubiera quedado sin energía, se acercó al sofá y se dejó caer en él, totalmente apagado. El repentino cambio desconcertó a Lyndsey. Se sentó en una silla frente a él para poder mirarlo a los ojos. Debía comprobar que le estaba diciendo la verdad. No podría sobrevivir a otras dos semanas como las que acababa de pasar.

–Apenas he dormido –murmuró Nate.

Lyndsey lo creyó. Ella tampoco había dormido demasiado.

–Sabía que eras diferente –continuó Nate–, pero no sabía cómo. Me gustaste desde el principio y de pronto empezaste a cambiar, a... florecer.

153

No paraba de esperar que me dejaras atrás, como a tus gafas. Cuando confiaste en Arianna para contarle tu intención de convertirte en investigadora deduje que no confiabas en mí, pero no te culpé por ello. Las mujeres tienen buenos motivos para no confiar en mí. No me he comprometido con ninguna desde mi divorcio. No quería hacerlo. Pero ahora sí quiero – se inclinó hacia ella antes de continuar–. Te lo ruego, Lyndsey. He sido un idiota. No tienes motivo para confiar en mí, pero has vuelto mi mundo al revés y ya no sé cómo actuar. Te necesito. Me haces feliz como nunca creí que fuera posible. Has ido desmontando ladrillo a ladrillo todas la barreras que había erigido a mi alrededor. Si me das una oportunidad más, te lo demostraré.

Lyndsey tuvo que tragar para deshacer el doloroso nudo que tenía en la garganta.

–Por favor –añadió él, inclinándose aún más hacia ella.

Lyndsey apenas pudo hacer más que asentir, pero vio el alivio que manifestó de inmediato la expresión de Nate.

–¿Te he dicho alguna vez cuánto me gusta tu forma de sentarte en el borde de la silla, con las manos en el regazo como si fueras una dama de la era Victoriana? –Nate se levantó, se sentó tras ella en la silla y la rodeó con sus brazos–. Quiero hacer esto cada vez que te veo sentada así.

Los ojos de Lyndsey se llenaron de lágrimas al captar la ternura de su voz.

–Quiero abrazarte para siempre, Lyndsey Mc-Cord. Te quiero.

–Nate... –el estridente sonido de la alarma de la

cocina interrumpió el momento–. ¡Las galletas! –exclamó a la vez que trataba de levantarse.

Nate se lo impidió.

–Olvida las galletas.

–De acuerdo. Que se quemen –dijo Lyndsey. Si aquello no probaba su amor, no sabía qué podía probarlo–. Pero podrían incendiarse. Imagínate el humo, las llamas, los bomberos... No podríamos acostarnos en horas porque tendríamos que limpiarlo todo.

Nate se quedó muy quieto un momento y luego enterró el rostro en su cuello.

–¿Significa eso que me perdonas?

–Sí. Te quiero.

Nate hizo volverse a Lyndsey y la sentó en su regazo. Frotó con los pulgares las lágrimas que se estaban deslizando por sus mejillas.

–Lo siento. Sé que no te gusta ver llorar a nadie –dijo Lyndsey, aunque las lágrimas no dejaron de manar.

Nate la besó mientras lloraba. Ella lo besó hasta que dejó de llorar. Permanecieron abrazados hasta que el olor a quemado llegó al cuarto de estar. Entraron corriendo en la cocina justo cuando empezó a sonar la alarma anti incendios.

–¿Te apetece ir a Australia? –preguntó Nate por encima del ruido.

–¿Cuándo? –preguntó Lyndsey. Nate tomó los paños que le ofrecía y sacó del horno las galletas achicharradas. Tras echarlas al fregadero abrió la ventana.

–Esta noche.

–Tengo trabajo.

Nate rió mientras ella apagaba la alarma.

–Y no tengo pasaporte –añadió Lyndsey.

Él la estrechó entre sus brazos.

--En ese caso, ¿qué te parece si te llevo al paraíso? Para eso sólo necesitas una foto de carné.

–Ahora mismo voy a por mi cartera –dijo Lyndsey antes de besarlo.

DESEO

SUSAN CROSBY

SOLO UNA INDISCRECIÓN

Capítulo Uno

Una hora antes de la ceremonia de graduación del instituto, quince años antes, Sam Remington llenó tres bolsas de papel con todas sus pertenencias y las colocó sobre el asiento trasero de su viejo coche. Cinco minutos después de terminar el acto, recorrió por última vez las calles de la ciudad, dejando tras él una nube negra a modo de despedida.

Aquel día volvía en un Mercedes negro nuevo que había pagado al contado, pero Sam no había vuelto para vanagloriarse de su éxito ante la gente que había dejado atrás. No era una de esas personas que no superan su pasado. Aquel día era distinto: había elegido aquella fecha para volver a la ciudad que lo vio crecer; podía haber vuelto cualquier otro día, pero al saber que se celebraría una reunión de todos sus compañeros de curso, lo tuvo todo claro. Había ciertos cabos sueltos que había dejado demasiado tiempo sin atar. Tenía que ver a dos personas: ya había visto a la primera y en aquel momento acudía a encontrarse con la segunda.

Miner's Camp era una pequeña localidad de 3.100 habitantes en el norte de California, al pie de las colinas de las Sierras Nevadas. La mirada de Sam no se desvió de la carretera al pasar por la calle en la que creció, la misma calle de la que escapó. El poco habitual frío de aquella noche de agosto le trajo recuerdos de su niñez, cuando recorría aquellas calles buscando algo que nunca encontró.

Ignorando los recuerdos tristes, llegó hasta el aparcamiento del Prospector High School, su instituto, lleno a rebosar y decorado con globos y banderas con los colores escolares: dorado y rojo.

Sam se detuvo con un crujir de la grava bajo las ruedas. La fiesta ya había comenzado y las risas y charlas escapaban por las puertas y las ventanas abiertas, junto con las notas del clásico de Madonna de los ochenta, *Like a Virgin*.

No se dejó vencer por la nostalgia, nunca había entendido el atractivo de aquellas reuniones de antiguos alumnos; él había ido a ver a una persona concreta de entre los ochenta y siete que se habían graduado el mismo año que él y estaba seguro de que la encontraría entre el gentío: Dana Cleary. O más bien, Dana Sterling, su nombre de casada. Después de aquello podría cerrar el libro de su pasado para siempre.

Tenía dos opciones: podía esperar a que se marchara e ir a buscarla a casa de sus padres, donde estaba seguro que pasaría la noche, o solucionarlo todo en aquel momento y volver a San Francisco con los deberes hechos, antes de medianoche, con su pasado bien enterrado....

Sam decidió apagar el motor y salir del coche. Había estado en situaciones comprometidas, de vida o muerte, había aceptado todos los retos, los riesgos y había salido airoso de ellos, podía canalizar la adrenalina segregada por su cuerpo, pero no pudo controlar la sensación de saber que iba a ver a Dana. Le extrañó aquel nerviosismo y casi lo disfrutó. Se acercó lentamente al edificio, deteniéndose poco antes de llegar a la puerta para intentar relajarse. Podía ver la sala llena de globos y las luces de discoteca que decoraban la sala. Sus pensamientos fueron arrastrados al último año de instituto y a otra fiesta también con música, risas,

4

comida y baile. El recuerdo le dejó una punzada de dolor...

Hubiera ido con ella también al baile del último año, pero su relación no cambió tras haber acudido juntos a aquella fiesta.

Nada de aquello tenía importancia quince años después, mientras Sam hacía su entrada en la sala justo en el momento en que Candi James arrebataba el micrófono al pinchadiscos y subía al escenario. Sam notó que conservaba el mismo tono de animadora mientras ella leía la larga lista de los asistentes y los notables logros que habían alcanzado, como quién tenía más hijos o quién había ido desde más lejos.

Con la atención de todos los asistentes centrada en Candi, Sam avanzó por el perímetro de la sala hasta que vio a Dana. Sintió una emoción especial que no quiso contener y se detuvo para observarla mejor. Ella era algo más alta que la media, su cuerpo más anguloso que curvo, su pelo de un color miel entre rubio y castaño, cortado a la altura de los hombros en lugar de la preciosa melena hasta la cintura que solía lucir años atrás.

No podía verle los ojos desde donde estaba, pero ya sabía que eran negros como obsidianas, siempre retándolo desde el colegio.

Ella llevaba un vestido discreto de firma y zapatos de tacón bajo, prácticos y elegantes, apropiados para su posición y muy diferentes del llamativo modelito rosa que había llevado en el baile de fin de curso.

–Y por último –dijo Candi, doblando la lista que tenía en las manos–, nuestros tres compañeros más brillantes. Harley Bonner, que posee el octavo rancho más grande del estado de California.

Se vio interrumpida por gritos de júbilo. A Sam

se le heló la sangre en las venas. Si hubiera sido un hombre vengativo...

–Lilith Perry Paul, cuyo programa de radio es líder de audiencia en todo el país –más aplausos y silbidos–, y por último, Dana Cleary Sterling. Dana, estamos muy orgullosos de ti. Nos alegramos de que vayas a estar con nosotros seis años más.

«Entonces», pensó Sam, «las especulaciones han acabado». Ella había tomado su decisión.

–Habrá música y baile durante dos horas más –gritó Candi a la multitud–. No olvidéis la comida en el parque, mañana a mediodía. Si no os habéis hecho las fotos para el Libro de Recuerdos, daos prisa porque sólo os queda media hora. ¡Pasadlo bien!

Sam presenció desde lejos cómo la gente acudía a felicitar a Dana, que parecía extrañamente incómoda ante tantas atenciones. Era como si hubiera levantado una barrera invisible entre ella y la gente. Sostenía el vaso de vino con las dos manos, como una señal de que no deseaba apretones de manos o abrazos. Sólo su mejor amiga, Lilith, se acercó a ella lo suficiente como para estrecharla entre sus brazos, y sólo durante un momento.

Aquel cambio lo sorprendió. ¿Cuándo se había transformado en una persona tan reservada? ¿Cuándo había perdido la alegría vital?

La música sonó de nuevo, esa vez Sting cantaba su *Every Breath You Take*, trayendo a Sam una multitud de recuerdos del baile de fin de curso, no todos hermosos. Dana no había sido animadora, pero sí casi todo lo demás. Siempre le había admirado cómo podía llevar a la vez sus estudios, los deportes que practicaba y las actividades extraescolares, como ser presidenta del consejo de estudiantes.

Sam se abrió paso entre la gente, dejando atrás también los recuerdos, y notó cómo la charla disminuía tanto su tono que pudo oír algunas de las reacciones que produjo su aparición.

–¿Quién...?

–Creo que es Sam Remington.

–¿De veras? Pero es tan...

–Tan guapo. No puede ser Sam. Antes no vestía con tanto gusto.

–Pues ha mejorado bastante.

Cuando Sam detuvo sus pasos, las charlas también cesaron. La cara de Dana se iluminó por la sorpresa cuando lo vio. La ira que él había acumulado durante años desapareció en un instante, dejando paso a todo lo bueno que había habido entre ellos dos.

Él extendió su mano hacia ella, traspasando la barrera invisible. Era el turno de Dana.

Si no hubiera sido por aquellos inconfundibles ojos de color turquesa, Dana no lo hubiera reconocido. El chico desgarbado se había convertido en un hombre que atraía todas las miradas hacia sí sin siquiera pronunciar una palabra.

Ella lo había buscado en otras reuniones de antiguos alumnos con más deseos de volver a verlo de lo que estaría dispuesta a admitir. El impacto que le causó verlo allí la dejó sin palabras.

Él había crecido en todos los sentidos. Parecía... peligroso, seguro de sí mismo. Sus vaqueros negros y su chaqueta de cuero destacaban entre las americanas y pantalones de pinzas de los demás hombres. Aquella noche se había acercado más a ella que ninguna otra persona, le había ofrecido su mano, y ella podía interpretarlo como un saludo o como una invitación para bailar.

Ella quería bailar, pero, ¿y él? Había rechazado cinco proposiciones anteriores, ¿qué pensarían si la veían bailando con él? Él acercó aún más su mano y ella, observando el brillo retador de sus ojos, supo que no podía esperar más. Le pasó la copa de vino a Lilith y le estrechó la mano.

Había esperado quince años la oportunidad de hablar con él.

—Me encantaría bailar —dijo ella con una sonrisa.

Él no dijo nada, pero la llevó hasta la pista de baile y la atrajo hacia sí, aunque manteniendo una distancia prudencial entre ellos. Ella no había estado tan cerca de un hombre desde hacía más de dos años, y entonces se había sentido cómoda, no nerviosa y agitada como estaba en ese momento.

Ella lo miró, decidida a no dejar que notara cómo la alteraba su presencia. Había conseguido aprender a controlarse hasta tal punto que se había convertido en una costumbre, pero su sola mirada fue suficiente para que sus labios empezaran a temblar.

Con sus ojos, su postura, la firmeza con que la agarraba, se imponía sobre ella, y ella quería librarse de su control, aunque no tenía ni idea de por qué.

—Entonces —dijo ella, obligándose a sonreír—, el Cerebrito pródigo ha vuelto...

La expresión de sus ojos se dulcificó, se hizo más cálida.

—¿Cómo estás, Coloretes?

Sus antiguos apodos les proporcionaron un instante de intimidad. Ella sintió que sus mejillas enrojecían mientras los recuerdos se agolpaban en su mente.

—Estoy bien —dijo, dándose cuenta de que sus muslos se rozaban ligeramente al bailar—. ¿Dónde has estado, Sam?

—¿Quieres que te resuma quince años en una sola frase?

–¿Tan pocas cosas has hecho? –preguntó ella, bajando la voz.

Estaba tonteando; le sorprendía, pero no podía evitarlo.

–He vivido.

Ella supo que la historia completa debía de ser fascinante.

–Empieza por el principio, entonces. ¿Qué hiciste después de la graduación?

–Me uní al ejército.

La sorpresa la dejó sin palabras por un instante.

–¿Por qué?

–Porque se presentó la oportunidad.

Aquello no tenía sentido. Según su profesor de matemáticas, el señor Giannini, Sam estaba destinado a ser una eminencia en el campo de las matemáticas. El adjetivo «Excelente» siempre había precedido a su nombre en las calificaciones.

–Todos los años buscaba tu nombre entre los premiados con el Nobel –dijo ella, sacudiendo la cabeza de un lado a otro.

–Las cosas cambian.

–No estuviste en el funeral de tu padre –ella recordó lo triste que había sido; muy poca gente y nadie que lamentara sinceramente lo ocurrido.

–Tú sí.

Así que se había marchado, pero se había mantenido informado.

–¿Por qué estás aquí, Sam?

–Para darte las gracias.

–¿Por asistir al funeral de tu padre?

–No.

Ella apartó la mirada, incapaz de sostener la suya más tiempo.

Gratitud era lo último que Dana esperaba. Él estaba furioso con ella el día de la graduación y ella no había tenido tiempo para aclarar las cosas o para pedirle perdón. Para cuando pudo buscarle después de la ceremonia, él ya se había marchado de la ciudad.

—¿Cómo puedes querer darme las gracias? —intentaba mantenerse calmada a los ojos de los demás, pero su corazón latía acelerado—. Por mi culpa te pegaron. Apenas podías andar en la graduación y tenías un ojo hinchado. Aquello fue culpa mía.

—Aquello cambió mi vida, Dana, de un modo que nunca pude imaginar.

¿Cómo podía estar tan tranquilo? Ella deseaba gritarle que aquello también había cambiado su vida.

—¿De qué modo?

—Es una larga historia.

Sam bajó su mano por la espalda de Dana y la atrajo más hacia sí, acariciándola sin darse cuenta por encima de la seda del vestido.

—Tengo tiempo para historias largas —dijo ella, con dificultades para hablar al notar sus caricias. ¿Desde cuándo la espalda era una zona erógena?

—Pero yo no. Ya llevo más tiempo aquí del que pretendía. Por no hablar de que todo el mundo está pendiente de nosotros.

Ella se apartó un poco de él.

—Supongo que yo ya estoy acostumbrada a que todos mis movimientos se miren con lupa.

—Y yo estoy acostumbrado a mirar así los movimientos de los demás.

—Ése sí que es un comentario críptico... ¿Te importaría explicármelo?

—Sí.

La canción estaba acabando. Asustada de perder su oportunidad, se apresuró a decir en segundos lo que había deseado decir durante todos aquellos años.

—Yo lo sentí muchísimo, Sam. Tú me protegiste y te hicieron daño por ello. Me di cuenta de las consecuencias de mis actos demasiado tarde. Aprendí a ser cuidadosa.

—¿Por eso te casaste con Randall Sterling? ¿Era lo más prudente que podías hacer?

Capítulo Dos

Antes de que Dana pudiera pensar en una respuesta, notó que Sam dejaba de bailar y que sin soltarla se volvía hacia el hombre que le había tocado en el hombro. Ella sintió que el cuerpo de Sam se tensaba, como el de un animal ante su presa, o ante su enemigo. Harley Bonner era el enemigo. Y ella ya lo había rechazado en dos ocasiones aquella noche.

–Hay que compartir, Remington.

Dana se agarró más a Sam y se acercó a él, esperando que él entendiera que ella deseaba evitar a Harley, aunque sabía que era injusto esperar de él que volviera a rescatarla...

–No creo que eso de compartir esté tan bien como dice la gente –replicó Sam mientras la música cambiaba a *Girls Just Want To Have Fun.*

Él apartó a Dana, aunque manteniendo la mano sobre su espalda en un gesto que podía interpretarse como seductor y a la vez protector. Ella no sabía cuál de los dos la atraía más.

–Gracias –dijo Dana, más agradecida de lo que podía expresar con palabras–. Vuelvo a estar en deuda contigo.

–Estamos empatados. Nadie debe nada –él la tomó de la mano y juntos salieron del gentío–. Tengo que marcharme, Dana. Me ha encantado verte.

¿Ya? Ella no dijo nada, pero le agarró el brazo con más fuerza.

—Tengo tu medalla de Mejor Estudiante—dijo ella—. Está en casa de mis padres.

Cuando llegó a su coche después de la ceremonia, la había encontrado colgada del espejo retrovisor. Ella había llorado mientras lo buscaba; no podía creer que hubiera hecho aquello, que le hubiese dado su medalla.

—No la quería entonces y no la quiero ahora.

—Por favor, Sam —ella era consciente en todo momento de que estaban rodeados por un montón de gente, aunque el volumen de la música mantenía su conversación en privado—. Ven conmigo, sólo serán unos minutos. Mis padres no están en casa. Estaremos a solas.

—Tengo que marcharme —repitió él.

¿Qué era lo que veía en sus ojos? ¿Tentación? ¿Arrepentimiento? Aunque aquella relación que habían tenido había empezado en el colegio, sólo habían salido juntos una vez en el instituto. Sólo una vez. Era la cita con la que ella había soñado durante años, que había empezado de maravilla y que había acabado terroríficamente mal. Ella nunca supo qué había pasado, cómo lo había estropeado todo, pero el caso era que lo había hecho.

Ella tenía muchas cosas que preguntarle, se había imaginado la escena cientos de veces. ¿Cómo podía marcharse y dejarla allí con tantas preguntas sin respuesta?

—Sé que no me debes nada, pero al menos dime por qué me diste tu medalla —insistió ella.

—¿Huyendo de nuevo? —preguntó una voz masculina.

Harley volvía a estar a su lado, sacando pecho, con los puños cerrados y una mirada retadora. El odio que Dana sentía por él crecía por momentos. Era un matón en el colegio y ahora era un matón rico.

–Apártate –dijo Sam, en voz baja, amenazadora.

–¡Oh! ¿Haciéndote el valiente, Remington? ¿Crees que podrás ganarme esta vez?

–A decir verdad, también te hubiera podido ganar entonces. Pero siendo cinco contra uno, la pelea no estaba muy equilibrada.

Dana no había sabido nunca los detalles. La mayoría de la gente había supuesto que el padre de Sam le había vuelto a pegar, pero Dana sabía que los responsables habían sido Harley y sus amigos. Lo que no sabía era cuántos habían sido. Si hubiera podido retroceder en el tiempo, hubiera actuado de un modo completamente distinto.

–No hagas una escena –dijo Dana a Harley, dolida al imaginar a Sam golpeado como un saco, por su causa–. Vete de aquí.

Harley sonrió.

–Éste es mi terreno. No tienes poder aquí.

Se hizo un silencio entre ellos hasta que Sam dio un paso para encararse directamente a Harley.

–Yo creía que tus dos ex mujeres te habrían enseñado algo acerca de las mujeres y el poder, Bonner.

Harley levantó el brazo, pero antes de que Dana pudiera siquiera parpadear, él estaba en el suelo, más sorprendido que dolorido. Si Sam le había dado un puñetazo, ella no lo había visto.

–¿Qué ha ocurrido? –preguntó alguien.

–Harley se ha caído, creo –fue la respuesta.

Dana sintió la mirada de Sam sobre ella y le correspondió.

–He oído que vas a presentarte a las elecciones de nuevo, para seis años más. Tienes mi voto, senadora Sterling –dijo él, con sinceridad.

–Esperaré tu contribución a la campaña –él sonrió–. ¿Estás seguro de que no quieres venir a casa a recoger tu medalla? –«no te vayas, por favor... tenemos tanto de lo que hablar; errores, elecciones, sueños...»

Él no captó sus señales silenciosas esa vez, pero se llevó la mano al bolsillo y sacó una tarjeta.

—Puedes mandármela por correo, si eso te hace feliz.

—Claro que sí.

Tenía su dirección, su número de teléfono... ¿No sería eso peor que no saber dónde estaba? Justo cuando él se daba la vuelta para marcharse, ella recordó algo.

—Gracias por la tarjeta que me enviaste cuando murió mi marido.

—Yo lo admiraba, Dana —la miró durante unos segundos y después se marchó.

Ella pudo advertir la marca que el ejército había dejado en él por su postura. Sabía que no podía quedarse allí para siempre, viéndole marcharse, aunque quisiera. Había conseguido disculparse ante él, como siempre había querido, pero no había sido suficiente. Él no lo sabía todo aún. Y ahora había un elemento nuevo; la respuesta de su cuerpo ante la presencia de él: una necesidad aún susurrante, el fuerte latir de su corazón, la mente llena de viejas imágenes, y ahora de otras nuevas.

Ella tomó aire para calmarse mientras sus amigas de toda la vida, Lilith, Candi y Willow acudían a su lado.

Candi se inclinó sobre Harley.

—Tal vez lo mejor fuera que alguien te llevara a casa para que pudieras dormir un poco. No me había dado cuenta de que tu problemilla se había descontrolado tanto.

Dana lamentaba que la conversación hubiera acabado así. De hecho, se las había apañado bien con Harley hasta la llegada de Sam. Sam y el sentimiento de culpa que llegó con él. Sam y aquella sorprendente reacción física que le había provocado.

Llevaba demasiado tiempo sin estar con un hombre. Sin su marido, se corrigió, tras más de dos años viuda. Dos años terribles en los que ni siquiera había tenido tiempo para citas por lo absorbente de su trabajo. Tampoco nadie le había interesado lo suficiente como para hacerle un hueco en su agenda. Pero por Sam Remington sí lo haría...

—Tengo muchos amigos —dijo Harley, en tono iracundo—. Amigos que dejarán de apoyar económicamente tu campaña. Créeme, no olvidaré esto.

Dana se mantuvo firme mientras Harley se acercaba a tan sólo centímetros de ella.

—Eres justo como te recordaba —respondió, recordando muchas cosas. Lo que le había hecho a ella ya era bastante malo. Lo que le había hecho a Sam era imperdonable—. Creí tus amenazas cuando era joven e inocente, pero esos días ya han pasado.

—Eres una persona con suerte. Te buscaste un tipo rico y poderoso y te metiste en su puesto como si te lo hubieras ganado.

—Me votaron.

—Por pena, por lástima.

Antes de que pudiera responder, sintió que Lilith la agarraba del brazo y la retiraba.

—Tienes que ser agradable con tus votantes, senadora —dijo Lilith, arrastrándola al otro lado de la sala—. Hay mucha gente mirando y alguien puede ir a contarlo todo a los periódicos. A muchos les encantaría que te vieras envuelta en un escándalo así.

—Me está acusando. Y ha sido él quien empezó a causar problemas desde el principio, invitándome a bailar cuando sabe que no quiero nada con él.

—Cálmate.

—Me marcho.

Lilith le dio unos golpecitos en el brazo.

—No te preocupes; tienes que aguantar un poco más, pero tienes la excusa perfecta porque me tienes a mí, tu amiga embarazada de siete meses, como excusa. Iré a avisar a Candi y a Willow de que nos iremos un poco antes de lo previsto.

Habían planeado una fiesta de pijamas como cuando eran pequeñas. Aunque a Dana le encantaba la idea, en aquel momento sólo quería estar sola.

Una hora después, habían conseguido salir de la fiesta, y luego siguieron tres horas más de charla entre chicas y copas de vino; sólo entonces tuvo Dana tiempo para sí misma. Salió al porche y se sentó en el columpio. Los padres de Dana estaban en Florida de vacaciones, pero aún podía sentir su presencia allí.

Aquellos plácidos recuerdos la arropaban como una cálida colcha, pero por otro lado, le ardían los ojos al recordar el torbellino emocional que había sido la noche: el enfrentamiento con Harley y la atracción sexual que había sentido por Sam.

¿Habría comprendido el motivo de sus excusas? También él había sido muy escueto en su agradecimiento. Aún tenía en el bolsillo del vestido la tarjeta que le había dado: ARC Seguridad e Investigaciones. No había ningún cargo bajo su nombre, ¿sería una pequeña empresa? Sam Remington, investigador privado. Sonaba extraño.

—¿Tú tampoco puedes dormir? —Dana se sobresaltó cuando Lilith se sentó a su lado en el columpio—. Debe de ser por la música de los ochenta, porque el bebé no para de bailar.

—Cuando no puedo dormir leo informes del comité, pero esta vez no me he traído nada de trabajo —Dana miró a Lilith. Se había soltado el pelo y le caía como una cascada de ébano sobre los hombros–. Se está bien así –dijo Dana–. No hemos pasado nada de tiempo a solas desde que te casaste el año pasado.

–Lo siento.

–No te disculpes, no es un reproche. Ya sé lo que es tener un marido y un trabajo absorbente. Es sólo que, cuando te quedaste en mi casa aquella temporada después de la muerte de Randall, me acostumbré a tenerte cerca y ahora te echaba de menos.

Ambas se columpiaron en silencio durante unos minutos, escuchando los ruidos de la noche.

–¿Por qué no me dijiste que te ibas a presentar a la reelección?

Dana comprendió que se sentía herida por no ser la primera en enterarse.

–Yo no le dije nada a Candi; ella debió de suponerlo. Ni siquiera he tomado una decisión –intentó mentir–. Pero no pude corregirla.

–¿Por la llegada de Sam?

–Supongo. Y por todo el jaleo con Harley.

–Los periódicos se te van a echar encima.

–Lo sé.

–No puedo creer que Sam se presentara allí –comentó Lilith–. ¿No ha cambiado, verdad? Aparece sin avisar y se marcha antes de darte cuenta. Siempre jugando según sus propias reglas y siempre manteniendo las distancias.

–¿Qué hay de malo en eso?

–¿Acaso lo estás defendiendo?

¿Lo estaba haciendo?

–Me gustaba. Fui al baile con él, ya lo sabes.

–De acuerdo. Una cita. Una cita de cortesía.

–No digas eso –cuando se marchó sin despedirse, le dolió terriblemente, pero seguía sintiendo cariño por él.

Tal vez fuera porque recordaba al niño que perdió a su madre a los diez años o porque recordaba

18

sus sentimientos hacia él, que nunca desaparecieron del todo. Sus amigas no habían visto aquellos ojos chispear de alegría o ante un reto. Siempre había estado un poco enamorada de él, pero la noche del baile se rindió totalmente, antes de que todo cambiara para siempre, sin que ella supiera la razón.

Él era enigmático entonces y lo seguía siendo. ¿Por qué había ido sólo para charlar brevemente con ella? ¿Y por qué en público?

–Lo que quiero decir es que podía haber tenido amigos, pero ni lo intentó –dijo Lilith poniéndose a la defensiva.

–Tal vez, pero no sabemos todo lo que su padre le hizo pasar. Lo único que sabemos es que le fue muy bien en el instituto y que se fue de la ciudad en cuanto pudo. Parece que le va bien. Estaba estupendo, ¿no crees?

El columpio crujió por el bote que dio Lilith.

–¿Estás de broma?

–¿No te pareció increíblemente sexy?

–No –su voz sonaba horrorizada–. Si me cruzara con él en la calle me cambiaría de acera.

–¡Yo querría caminar a su lado! –se rió Dana.

–¿Te sientes atraída por él?

–¿Y qué si es así? –Dana, por su dedicación a la política, raramente confiaba a nadie los detalles de su vida personal, ni siquiera a su mejor amiga.

–¿Está soltero?

–No llevaba anillo...

La expresión de Lilith se volvió comprensiva.

–Dana, ya sé que debes de sentirte sola, pero hay otros hombres que se adaptan más a tu mundo. Una elección incorrecta puede arruinar tus opciones a ganar en la próxima campaña.

–Ya lo sé.

–¿Entonces no lo vas a ver?

–No

–¿Y qué vas a hacer con Harley?

El rápido cambio de tema confundió a Dana.

–¿Qué pasa con Harley?

–Esta noche se ha sentido humillado, y más de una vez. ¿No crees que pudo heredar de su padre el sentimiento de venganza junto con el rancho?

–Ya no soy una adolescente.

–No, ahora tienes poder, pero por eso eres más vulnerable que nunca. Sea verdad o mentira, te puede afectar.

Dana cerró los puños y hundió las manos en los bolsillos para tocar la tarjeta de Sam.

–Tendré cuidado. Siempre lo tengo.

Lilith se levantó.

–El bebé se ha dormido, así que es mi oportunidad.

Unos minutos más tarde, también Dana iba a acostarse. Aquella noche se había sentido... femenina, sexy. Y Sam apenas la había tocado.

Sam, que se había colado en sus pensamientos durante años, que había dejado preguntas sin respuesta, tentaciones sin satisfacción. Ni siquiera la besó después del baile de fin de curso, y aquella noche ella había vuelto a desear aquel beso. Después de haber bailado con él había deseado más, mucho más.

Dana, mirando las estrellas a través de la ventana, pensó en su soledad, pero no podía hacer nada en aquel momento. No le había contado a Lilith que no pensaba presentarse de nuevo; ya había tomado la decisión, pero no la haría pública hasta después de dos meses. Había mucho en juego y tenía que mantener una promesa.

Cuando se iba a apartar de la ventana, oyó el motor de un coche que pasaba por la calle. Un vehículo negro pasó lentamente por delante de la casa. Ella se tranquilizó. Harley y sus amigos hubieran conducido todo terrenos. Era la una de la madrugada. Probablemente fueran unos adolescentes que llegaban tarde a casa.

Tenía que haber corregido a Candi cuando dijo que se presentaría a la reelección, sin excusas, antes de que aquello derivara en los problemas que ella ya presentía. Y era que entonces, cuando cometía un error o se saltaba una norma, no sólo tenía que justificarse ante sus padres, sino ante muchísima más gente, amigos y enemigos. Las repercusiones de aquello tal vez ya hubieran empezado.

Capítulo Tres

El martes por la tarde Dana estudiaba su calendario de trabajo. No había sesiones del Congreso, pero estaba más ocupada que nunca. Se suponía que agosto era un mes dedicado a retomar los contactos con los votantes, pero hasta entonces sólo había conseguido retomar el contacto con los medios de comunicación.

No se había podido quedar a la merienda del domingo y había vuelto a su oficina de San Francisco para analizar las consecuencias del inesperado anuncio de Candi del día anterior, y desde entonces apenas había tenido tiempo para más que dormir y ducharse.

Había mandado llamar al director de prensa de la oficina de Washington y a otros responsables de su equipo para que acudieran a San Francisco a trabajar a su lado.

Todo el domingo, el lunes y el martes los había pasado entre reuniones con líderes del partido, senadores e incluso con sus padres, que se habían enterado de las noticias en Orlando antes de que ella pudiera avisarlos.

La oficina estaba en calma después de que Dana hubiera mandado a todo el mundo a casa. Si conseguía reunir fuerzas suficientes para ponerse los zapatos y caminar hasta su coche, también ella se marcharía a casa.

Su asistente personal, María Sánchez, entró en su despacho bostezando. Sonrió:

–Lo siento.

Dana hizo un gesto que indicaba que no era necesaria la disculpa.

–Duerme un poco más mañana. Si llegas antes de las diez te bajaré el sueldo.

–Lo haré si lo hace usted.

Dana sonrió ante la eterna máxima de María. Ella siempre intentaba que Dana se tomara más tiempo libre.

–De hecho, pensaba ir a Los Ángeles mañana. Parece que puedo hacer un hueco en la agenda.

–¿Necesita que le reserve un billete de avión?

–Tengo que hacer una llamada primero. Yo haré la reserva, gracias, María. Te lo diré con tiempo para que anules mis compromisos.

Aunque la curiosidad se reflejaba en sus ojos, María no hizo preguntas. Dana había heredado el equipo de Randall y los apreciaba a todos y cada uno de ellos. Ella había formado parte de ese equipo antes de casarse con él y había escrito los discursos y diseñado la campaña de manera extraoficial durante el año y medio que duró su matrimonio.

María retrocedió.

–Recogeré mi mesa mientras hace esa llamada –dijo, cerrando la puerta tras ella.

Dana sacó de su bolsillo la tarjeta de Sam y marcó el número en su móvil sin detenerse a pensarlo.

No había dejado de pensar en él desde la fiesta, debatiéndose ante el deseo de llamarlo, sintiendo que necesitaba una razón, que por fin había encontrado.

–Sam Remington. Por favor, deje su mensaje.

Un contestador automático. Maldición.

–Hola, Sam, soy Dana Sterling. Acabo de enterarme de que tengo que ir a Los Ángeles mañana y había pensado pasar a devolverte tu medalla en persona. ¿Puedes llamarme, por favor?

Le dejó sus números privados, de casa y de la oficina y colgó con un largo suspiro.

Se sentía exhausta, pero se levantó y empezó a ordenar papeles en un montón irregular para leerlos antes de dormirse. Había olvidado lo que era meterse en la cama con un buen libro, pero aun así, estaba deseando llegar a casa.

Entonces sonó el teléfono de su línea privada. Lo dejó sonar un par de veces antes de contestar.

–Dana Sterling.

–Trabajas hasta tarde, senadora.

«Sam». Apoyando la cadera en la mesa sonrió. Le pareció buena señal que le hubiera contestado tan rápido, pero él no parecía sorprendido por su llamada.

–Como de costumbre.

–Te he visto en la tele un par de veces.

–Es parte de mi trabajo.

–Y una de las razones por las que no te presentas a la reelección.

–¡Yo no he dicho eso! –exclamó ella, apartándose de la mesa.

–No te preocupes, no se lo diré a nadie –dijo él–. Además, los rumores dicen que te presentarás.

–No sabía que mi decisión suscitara tanto interés fuera de la política. ¿Dónde has oído eso?

–Una de mis fuentes de información.

–¿Y el margen de error?

–Unos más o menos treinta puntos.

Ella se echó a reír.

–Son los votantes los que cuentan, puedes estar tranquila –dijo él–. Los políticos, por otro lado...

–No hace falta que me lo digas. Llevo metida en esto desde los veinte años.

–¿Fue entonces cuando conociste a tu marido?

–Sí –no quería hablar de Randall. Le parecía mal hablar del hombre al que había amado al hombre que deseaba–. Entonces, la medalla...

Él respondió sin pararse a pensar un momento.

–Mañana estaré en Los Ángeles, pero ahora estoy en San Francisco. Mi vuelo sale a las once de la noche, pero podría pasar antes por tu oficina.

Había estado en San Francisco y no la había llamado. No estaba interesado.

–La medalla está en casa –dijo ella fríamente–. Voy para allá ahora. Si quieres puedes pasarte por allí o puedo enviártela por correo.

–Pasaré por allí.

–Muy bien –otro mensaje confuso–. La dirección...

–Ya sé dónde vives. Estaré allí en media hora.

Dana escuchó el tono del teléfono unos segundos antes de colgar. Le gustaba su confianza en sí mismo. Siempre le habían gustado los hombres así. «¿Sabe dónde vivo?»

–¿Respecto a mañana...? –María acababa de abrir la puerta.

–No canceles nada. Iré a Los Ángeles la semana que viene, como estaba previsto. Ahora vete a casa. Yo también me voy ya.

Dana recogió su maletín y se puso los zapatos con renovada energía. Sam iba a verla.

Sam llamó al intercomunicador y la verja de seguridad de Dana se abrió casi al instante. Estudió la casa como lo había hecho el día anterior desde el exterior de la verja. Más que una casa era una mansión, magnífica pero no ostentosa.

A Sam le encantaba la arquitectura y estudió la casa con interés: estilo mediterráneo, construida después del terremoto de 1906, las tejas rojas y las paredes de estuco rojizo. Desde allí se podía contemplar el Golden Gate sobre la bahía de San Francisco y el Presidio.

Randall Sterling había nacido con dinero. Sam había realizado una pequeña investigación cuando supo que Dana se había casado con él. Se inició en la política en la universidad de Standford. Fue votado congresista con veintiocho años y trabajó allí doce años antes de ser elegido para el Senado. Había terminado una legislatura de seis años y había sido reelegido para la segunda cuando dos años después murió de un ataque al corazón mientras hacía deporte.

Randall Sterling era una persona del pueblo; sincero y carismático, se había ganado el voto de Sam, y cuando murió, su esposa le sustituyó. Nunca habían sido protagonistas de ningún escándalo, más que los veinte años de diferencia entre ellos, y el que ella trabajara para él.

Sam había pensado mucho en ella durante todos aquellos años, había soñado con verla, pero no lo había intentado porque no estaba en disposición de hacerlo. Pero entonces sí. Pero no podía.

Echó un vistazo a su reloj y calculó el tiempo del que disponía antes de que saliera su vuelo. Estaría cinco minutos con ella.

Cuando llamó a la puerta, Sam se preguntó si saldría un criado a abrirle, pero fue Dana quien lo hizo, tranquila con sus pantalones y blusa de seda azul claro. Por el escote de ésta podía adivinar un sujetador de encaje azul claro que contrastaba con su piel. Aquello hizo que le diera un vuelco el corazón y encendiera su deseo. Quince años de experiencia le habían dado un atractivo sexual que le atraía tanto como lo había hecho su inocencia años atrás.

Ella le invitó a entrar.

—Estás muy bien con traje y corbata. ¿Algún servicio secreto?

—¿Te atraen los hombres de los servicios secretos?

—Bueno, ahora prefiero a los de la CIA.

—Supongo que es por la mirada furtiva. Os vuelve locas.

Ella sonrió y sus ojos se iluminaron mientras él entraba y cerraba la puerta tras de sí.

Ella olía bien, no a flores, sino a algo fresco y sereno, pero echó de menos su habitual atuendo rosa.

La entrada de mosaico imitaba a los altos techos de las catedrales, con vidrieras en las ventanas, una escalera en curva, las paredes pintadas de oro antiguo y un espectacular candelabro de hierro forjado. Pura simplicidad. Él había estado en muchas casas bonitas en los últimos años, pero ésa tenía la elegancia del viejo mundo. Se preguntó si ella habría colaborado en la decoración.

—¿Te apetece una copa de vino, Sam? —dijo ella haciéndole pasar a la sala principal.

Él vio la luz de las velas y oyó una pieza de música clásica de fondo. Ella había preparado el escenario para él. Maldición.

—No quiero vino, pero gracias —contestó él.

Ella pareció algo avergonzada.

—¡Oh! Probablemente no bebes, por lo de... —se detuvo, aún más avergonzada.

—¿Por lo de mi padre? —añadió él, sabiendo cómo acababa la frase.

—Lo siento, no quería...

Él la detuvo con un gesto. Con sólo mencionar a su padre, su humor cambiaba de golpe, pero especialmente si era Dana quien lo hacía, puesto que conocía tantos detalles de su infancia.

—Bebo cuando estoy con gente. Lo que un hombre hiciera no determina lo que yo haga o cómo viva yo. No quiero beber porque no me voy a quedar mucho rato. Tengo que irme al aeropuerto.

–¿Ya? Pero tu vuelo es a las once.

–Pero tengo que aparcar primero y pasar los controles de seguridad, y eso lleva un rato.

–Claro –dijo ella con el mismo tono duro que había utilizado él.

Se giró y fue a la sala, dejándole admirar su trasero, cosa que había hecho en numerosas ocasiones de adolescente, para volver con la medalla.

–Gracias –dijo él guardándosela en el bolsillo y disponiéndose a marcharse. Nunca le había costado tanto hacer algo así, pero ella le tentaba más de lo que hubiera esperado.

–¿Por qué te has molestado en venir? –preguntó ella. Él la miró, incapaz de descifrar su expresión, entre curiosa y dolida–. Te la podía haber enviado por correo.

«Quería ver dónde y cómo vivías», pero desde dentro, pero no podía confesárselo. No podía tener una relación con ella, ni entonces ni nunca.

–Para ahorrarte trabajo.

–Sí, hubiera sido bastante molesto –dijo, sarcástica.

–Tú eras la que deseaba dármela.

–Claro que sí. Trabajaste mucho para conseguirla.

–Dana, eso fue hace quince años. ¿A quién le importa ahora?

–A mí –dijo, con las mejillas encendidas–. Me gustó competir contigo todos esos años. Quería ganar, ser la mejor, pero, Sam, me sentí feliz de que fueras tú quien ganara ya que no fui yo.

Él se sintió el idiota más grande del universo.

–Dana...

–Vete o perderás el avión.

Él quería acabar aquello de otro modo, acabarlo bien, pero en vez de eso abrió la puerta y salió al exterior.

—Espera —dijo ella, agarrándolo por un brazo—. Lo siento. Estos días han sido muy duros, estoy muy cansada y no puedo pensar con claridad. Siento haberte llamado, tenía que haberla mandado por correo simplemente.

Él no sabía qué decir, no se atrevía a continuar con la conversación cuando lo que deseaba era tomarla en brazos y llevarla a la cama más cercana.

—No esperaba nada de ti esta noche —continuó ella—. Sólo tomar una copa de vino y charlar un rato con un viejo amigo. Lo siento.

Él comprendió su soledad y, como era humano, le acarició la mejilla con las yemas de los dedos, pero no sabía por quién de los dos lo había hecho. Ella emitió un leve sonido, el más sexy que había oído nunca en ninguna cama.

Él se alejó y ella lo siguió.

—No tienes que acompañarme al coche —dijo él, frustrado.

Él oyó cómo se detenía y después continuaba andando.

—No te estoy acompañando. Sólo voy a buscar el correo.

—¿Tú haciendo esas cosas?

—Mi ama de llaves tenía el día libre hoy.

Le gustó el tono de autoprotección arrogante en la voz de ella. Abrió el coche con el mando a distancia.

—Bonita casa, por cierto.

—Bonito coche. ¿Es tuyo?

—Sí.

—No te pongas a la defensiva. No vives en San Francisco y vuelas a Los Ángeles esta noche. Lo lógico es que fuera de alquiler.

–¿Un Mercedes? –él entró en el coche, sabiendo que pasaría toda la noche analizando la conversación–. Hasta pronto, senadora.

Ella se acercó un poco más al coche, sorprendida por algo.

–¿Llevaste este coche a la fiesta?

–Sí.

–Tú... –se detuvo–. ¿Estuviste vigilando la casa de mis padres después de la fiesta, Sam?

Distraído por la perspectiva de su pecho, dudó un segundo antes de responder.

–¿Por qué iba a hacer eso?

–No me gusta que me contesten con otra pregunta –ella volvió a mirarle, sin sonreír–. Si dejas el coche en el aeropuerto, es que piensas volver pronto.

–Tengo negocios aquí.

–¿Cuándo volverás?

–Mañana por la noche –dijo, encendiendo el motor y acabando a la vez con la conversación y con el inicio de una relación.

«Yo no puedo ser visto contigo y tú no puedes ser vista conmigo, así de sencillo».

Ella debía de estar furiosa con él y, desde luego, se lo merecía.

–Bueno –se dijo Dana en voz alta–. Ha sido divertido.

Y aunque la afirmación había sido sarcástica, tenía la cara ardiendo y el pulso disparado, era cierto que se había divertido.

Nadie discutía nunca con ella, sobre todo de un modo tan personal. Entre Sam y ella habían saltado chispas y notó con agrado que algunas partes de su cuerpo que había creído dormidas para siempre, ardían como nunca.

Dana se dirigió al buzón pensando que nunca recogía su correo personalmente. Aquella vez lo hacía porque se lo había dicho a Sam, pero casi nunca recibía correo personal en casa, la mayoría llegaba a la oficina y poca gente conocía su dirección.

¿Cómo podía saberla Sam?

Con las cartas en la mano, volvió resignada a la casa. Él ya había planeado que la visita sería corta y había puesto la excusa del vuelo. Si hubiera querido pasar más tiempo con ella, hubiera propuesto verla a la vuelta en lugar de aquella noche.

Cerró la casa, activó la alarma, apagó las velas y guardó la botella de Chardonnay. La casa estaba en silencio, pero ya no echaba de menos la presencia de Randall como al principio. Se había acostumbrado a estar sola en casa, aunque lo odiaba.

Una vez en su habitación, miró a su alrededor. Todo estaba igual que cuando vivía Randall; no había tenido tiempo o ganas de cambiar nada, pero de repente sentía la necesidad de aligerar el pesado estilo masculino.

Tiró las cartas sobre la cama y se dirigió al vestidor, donde se puso un pijama de algodón, después se acostó y abrió el pesado maletín. De repente se sintió descorazonada.

Sonó el teléfono. Ella deseó no haber sentido esa punzada de esperanza, pero sabía que no podía ser Sam

—¿Sí?

—Hola bonita, ¿qué tal?

Intentó ocultar la desilusión.

—Hola, Lilith. Estoy agotada, pero lo peor ya ha pasado. ¿Cómo te sientes tú?

—Gorda.

Dana se rió. La verdad era que envidiaba el embarazo de Lilith, su vida feliz con un marido que la adoraba y un trabajo que le encantaba.

–Eso también pasará pronto.

–Parezco un elefante. Creo que llevo ya veintidós meses de embarazo.

–Estás preciosa y Jonathan seguro que te lo dice todos los días.

–Yo también me miro al espejo todos los días. Escucha, queremos que vengas mañana a cenar. Seremos pocos, seis u ocho solamente.

–¿Algún soltero?

–Uno, pero no estoy haciendo de celestina –se apresuró a añadir–. Él es...

–De acuerdo, Lilith. De verdad. Estoy lista –sentía que sus sentidos habían resucitado y Sam no estaba interesado en ella.

–Vaya cambio.

–Sí. Han pasado dos años y medio, y no puedo vivir sólo del trabajo, por más que me guste.

–¿Puedo empezar a mandarte hombres, entonces?

–De acuerdo.

–Me va a costar acostumbrarme a este cambio. Hum... supongo que no has escuchado el programa hoy, ¿verdad?

–No he tenido tiempo.

–Ha llamado Harley.

Lilith era locutora de un programa diario de consejos radiofónicos. Ella era doctora en psicología y su personalidad cálida y comprensiva tenía mucho éxito, a pesar de ser una ultra conservadora residente en una ciudad predominantemente liberal.

–Supongo que no querría consejos para su vida sexual –comentó Dana–, aunque los necesite.

–No se identificó. Es un cobarde. Entró en antena diciéndole al productor que quería consejo para ayudar a una mujer a perder la frigidez.

–¿Dijo eso?

32

–Exactamente. Cuando le pedí más detalles, me dijo que seguro que la conocía: la princesa del instituto Prospector. Ya te mandaré la grabación. No mencionó tu nombre, pero cualquiera puede saber que tú estudiaste allí.

–¿Qué le dijiste?

–Ya lo oirás, pero no creo que se conforme con eso. Es vengativo y normalmente consigue lo que quiere con dinero, menos a ti, y eso le fastidia.

Lilith no sabía lo que había pasado años atrás entre Dana y Harley, sólo que tuvieron un problema. Dana sólo se lo había contado a sus padres, ni siquiera a Randall. Como Sam, procuraba enterrar los malos recuerdos.

–Gracias por la advertencia –dijo Dana–. Veré lo que puedo hacer.

–Bien. ¿Puedes venir mañana a las siete?

–Te llamaré, pero por ahora me parece bien.

Se despidieron y Dana intentó trabajar un rato, pero se le cerraban los ojos. Al final decidió dormir y levantarse una hora antes al día siguiente, así que puso el despertador a las cuatro de la mañana y dejó los papeles al otro lado de la cama.

Se disponía a apagar la luz cuando un sobre de entre todos los que había recogido en el correo le llamó la atención. Parecía una invitación de boda. Lo levantó y vio que no había remitente y que su nombre y dirección estaban escritos con una caligrafía complicada y difícil de leer. Tenía matasellos de San Francisco. Abrió el sobre y sacó una única hoja de papel de color crema.

Si se presenta de nuevo a las elecciones, haré público todo lo que sé acerca de su «santo» difunto marido.

Capítulo Cuatro

Eran las tres de la mañana cuando Sam llegó a su casa de Santa Mónica con un humor de perros. El vuelo se había retrasado por problemas técnicos y el conductor contratado no se había presentado, así que había tenido que tomar un taxi hasta casa.

Mientras pagaba al taxista, contó hasta cuatro periódicos delante de la puerta, a pesar de que su vecino había dicho que los recogería todos los días. Otra cosa más que hacer antes de volar a San Francisco al día siguiente, cancelar la suscripción al periódico. Estaba casi siempre fuera de casa.

Su casa, la primera casa de verdad de su vida, era de los años veinte; renovada, pero fiel al estilo original. El hecho de haber podido permitírsela ya lo había sorprendido. El sencillo mobiliario castellano se completaba con elementos asiáticos y recuerdos de sus viajes por el mundo. Con eso le bastaba hasta que pudiera construir la casa de sus sueños. Ya la había diseñado.

Sam pasó por delante de su despacho al dirigirse hacia la habitación y vio parpadear la luz del contestador. Apretó el botón para escuchar el mensaje.

—Hola, Sam, querido, soy Rosa Giannini. Siento llamarte para decirte que Ernie ha muerto esta tarde. Estaba hablando conmigo, cerró los ojos y se marchó... Quiero creer que ahora está en un sitio mejor, sin dolor, pero... es duro.

Sam cerró los ojos con fuerza al notar el dolor de su voz.

–Los oficios se celebrarán el sábado –siguió Rosa–. No te preocupes si no puedes venir, lo entenderé. Le encantó que vinieras a verle el fin de semana pasado. Te quería mucho, Sam –se detuvo un momento–. Probablemente pensarás que él era el único que te estaba ayudando durante estos años, pero él te necesitaba tanto a ti como tú a él. Fuiste una parte muy importante de su vida, de nuestras vidas, y espero que sepas que siempre serás bienvenido a esta casa.

Hubo otra pausa y Sam miró al techo, intentando tragar el nudo que tenía en la garganta.

–No envíes flores, querido. Haz algo que hubiera hecho sonreír a Ernie. Estaba orgulloso de ti. Hasta pronto.

Le pareció que el despacho se llenaba del aroma del tabaco de pipa. Sam cerró los ojos y vio a su amigo, al hombre que siempre había deseado tener como padre, con sus chalecos y sus pajaritas, con su risa y sus eternas palabras de ánimo.

¿Cómo podía ir a su funeral? ¿Cómo podía mostrar a todo el mundo el dolor que sentía por la muerte de la persona que le había hecho creer en sí mismo?

Enviaría flores, porque sabía que esas pequeñas cosas ayudaban a los que se quedaban, y haría algo por él y por Rosa, que sabía que haría sonreír a su viejo amigo.

Un momento después, Sam se rindió al canto de sirena de la cama, no sin antes ordenar cuidadosamente la ropa que se acababa de quitar. Después se tumbó y cerró los ojos durante unos segundos antes de volver a levantarse para buscar la medalla que le había devuelto Dana.

La había ganado gracias a Ernie Giannini, después había rechazado ese honor, que era como rechazar el esfuerzo de su profesor, quitándole todo su valor.

Sam sabía que la medalla tenía un significado especial y se daba cuenta de que tenía que agradecerle a Dana que la guardara tantos años. Había sido un ingrato y muy duro con ella.

Sacó del armario una caja de madera y la colocó sobre la cama. Dudó un instante antes de abrir la tapa, como si se tratara de una nueva caja de Pandora. Finalmente la abrió. En su interior había un montón de trozos de papel de cuaderno con cosas escritas a lápiz por las dos caras. Su pregunta en una cara y la respuesta de Dana en la otra.

Leyó unas cuantas recordando la competición por la medalla que habían empezado a los catorce años, cuando los profesores se dieron cuenta de que frecuentemente preguntaban y respondían en clase. Pronto se vieron compitiendo en todos los exámenes y trabajos, animados por sus profesores. Estuvieron casi empatados durante cuatro años y la diferencia fue el sobresaliente que él consiguió en matemáticas frente al sobresaliente bajo que logró ella. Ésa fue la única diferencia.

Sam sacó un papel de la caja. Una vez fuera de clase, se escribían preguntas y las dejaban en la taquilla del otro. Las había guardado todas, hasta los acertijos y las preguntas personales. Sam sonrió al encontrar la nota que cambió el sentido de su relación: *¿Crees que Marsha Crandall es sexy?*, le había preguntado ella, refiriéndose a una compañera de clase. Era la primera vez que ella le preguntaba algo así. *Eso le dije a ella anoche*, había sido la respuesta bromista de él.

Dana no le había mirado en tres días, pero después llegaron más preguntas como aquélla, flirteando a través de las notas, aunque seguían hablando poco o nada fuera de clase, y sólo de los estudios.

Pero ella siempre estaba expectante, como si esperara que él hiciera algo, pero él no sabía qué hacer.

Ahora tenía que escribirle una nota por guardarle la medalla. Cuando tenía que dar las gracias, solía enviar vino o flores, pero, ¿qué podía darle a una mujer que tenía de todo?

La noche siguiente Dana llegó a casa después de la cena en casa de Lilith. No le había enseñado a nadie la nota en todo el día; estaba acostumbrada a recibir amenazas, aunque nunca habían sido como aquélla. ¿Qué podía ocultar Randall? ¿Por qué lo de «santo»?

Debía entregarle la nota a su jefe de equipo, que adoptaría una decisión acerca de si tomarla en serio o no, pero había algo que la retenía. No se trataba de su reputación o de su pasado, sabía que nadie encontraría nada reprochable en él, sino del de Randall, que ella deseaba preservar por todos los medios.

Dana se había cambiado en la oficina para ir a la cena de Lilith, sin pasar por casa. La velada había sido estupenda, y su «cita» había resultado ser un abogado de patentes recién divorciado y muy agradable que le había pedido su teléfono al final de la cena. Dana le dio el teléfono de su oficina. La velada había sido corta, pues Lilith no se encontraba bien del todo. Dana y ella sólo pudieron estar un momento a solas, cuando Lilith le enseñó las tarjetas de anuncio del nacimiento de su bebé que estaba diseñando en el ordenador.

Al oír la televisión en el cuarto de su ama de llaves, Dana llamó a la puerta. Hilda nunca la invitaba a pasar, sino que acudía a abrir la puerta envuelta en una inmaculada bata blanca. Llevaba toda la vida con la familia de Randall y no deseaba dejar de trabajar, aunque ya tenía edad como para solicitar una pensión de jubilación. Creía que las relaciones entre jefes y empleados debían ser distantes, muy a pesar de Dana, a la que le hubiera resultado consolador tener una cara amable a su alrededor tras la muerte de Randall.

—Buenas noches, señora —dijo Hilda.

—Hola. ¿Qué tal lo ha pasado con su hija y sus nietos?

—Bien, gracias. ¿Y su noche en casa de los Paul?

—Muy bien. ¿Hay algún mensaje?

—Oí que sonaba su línea privada, pero no ha llamado nadie más.

Su tono de voz no era hostil ni condescendiente, tan sólo eficiente. Dana suspiró.

—Gracias, Hilda. Buenas noches.

En la sala la esperaba un montoncito de cartas. Lo miró temerosa, pero no había nada sospechoso y suspiró aliviada. Al llegar a su cuarto se dejó caer en la cama y se dispuso a escuchar los mensajes del contestador.

—Hola, cariño —era su madre—. Papá y yo nos lo estamos pasando muy bien y nos vamos a quedar una semana más en Orlando antes de ponernos en camino. Hasta pronto. Un beso.

—Senadora, soy Amanda —su secretaria de comunicaciones—. Necesito reunirme con usted a primera hora de mañana si es posible. Si no puede, comuníquemelo, pero en caso contrario, estaré allí a las ocho. Gracias.

—Hola, Dana, soy Candi. Siento que te enteres por el contestador, pero el señor G. ha fallecido. Sabía que querrías saberlo. El funeral será el sábado y la señora Giannini desearía que dijeras unas palabras, si piensas venir. Tenme al corriente, ¿de acuerdo?

Dana tenía mucho cariño al señor G. porque no sólo era su profesor, sino también amigo de su padre. Se preguntó si sus padres cambiarían sus planes para llegar a casa a tiempo para el funeral. Tendrían que ponerse en camino de inmediato.

–Dana, soy Sam Remington.

Acababa de quitarse las hombreras del vestido, dejando al descubierto uno de los nuevos sujetadores que se había comprado a la hora de comer, unos conjuntos muy sexys y un par de negligés, aunque Sam había dejado claro que no pensaba volver a ponerse en contacto con ella.

–Son las ocho y diez –continuó, y sólo con oír su voz, Dana sintió la reacción de su cuerpo. Estoy en Los Ángeles y me dirijo a San Francisco. Te agradecería que me llamaras. Gracias.

¡Quería que lo llamara! Después de lo de la noche anterior, su mente se debatía entre la sorpresa y la esperanza. Eran las diez y diez y probablemente él estaría de camino, lo que significaba que tendría que esperar a la mañana siguiente para llamarlo. O, tal vez si esperaba media hora, le encontraría justo antes de meterse en la cama.

Mató el rato leyendo unos análisis presupuestarios para la reunión de la mañana siguiente y media hora después, con el teléfono sobre el regazo, marcó el número de su teléfono móvil. Estaba nerviosa y casi le faltaba el aliento.

–Sam Remington.

–Hola, soy Dana.

–No tenías que llamarme esta noche, senadora.

–Aún estoy trabajando. ¿Dónde estás?

–En el coche, cerca del hotel.

–¿Puedes llamarme cuando llegues?

–¿Por qué?

–Para que no tengas que conducir y hablar al mismo tiempo.

–Eso puede ser algo insultante –dijo él, y la sonrisa se notaba en su voz.

Ella se relajó.

–¿No sabes cuántos accidentes se producen por gente que va hablando por teléfono en el coche?

–¿Cuántos?

Ella sonrió.

–No lo recuerdo exactamente, Cerebrito, pero muchos.

–Cuando tengas las estadísticas, hablaremos de ello.

–De acuerdo –era una promesa–. ¿Qué tal el viaje?

–Rápido.

–Candi me ha llamado para decirme que el señor G. ha fallecido.

–Ya me he enterado.

–El funeral es el sábado. ¿Piensas asistir?

–No estoy seguro.

–Oh –ella había pensado que podían ir juntos. Mientras se enrollaba el cordón del teléfono en un dedo, deseó que le dijera por qué la había llamado, pero no lo hizo–. He recibido tu mensaje. ¿Qué querías decirme?

–Tengo que darte una cosa. Si te viene bien mañana después del trabajo, me pasaré por tu casa.

–Claro. Te llamaré cuando salga de la oficina, que será entre las seis y las ocho.

–Perfecto.

–¿Sam? –dijo ella, dándose prisa para que no colgara–. ¿Por qué fuiste a la fiesta?

–Para verte.

Su corazón se aceleró: para verla a «ella».

–¿Cómo sabías que estaría allí?

–¿Acaso te has perdido alguna de esas fiestas?

Su tono de voz indicaba que era una pregunta retórica.

–No.

40

–Muy bien –dijo impasible–. Acabo de llegar a mi hotel.

Ella oyó que colgaba, pero le deseó las buenas noches, por si la oía.

Dejó el teléfono en la mesilla e intentó concentrarse de nuevo en el análisis presupuestario, pero cuando apagó la luz una hora más tarde sí pudo pensar en Sam e imaginar qué quería darle.

Sin pensarlo dos veces, volvió a llamarle.

–Sam Remington.

–Qué bien que no estuvieras dormido.

–Sí que lo estaba.

–Pareces muy despierto.

–Práctica. ¿Qué puedo hacer por ti, Coloretes? –dijo con voz más suave antes de dejar escapar un ligero bostezo.

Aquello excitó mucho a Dana, porque la hizo pensar en cómo sería el estar tumbada a su lado. Estaba muy cansada de estar sola y de ocuparse de todo ella sola, pero además aquel hombre la hacía ser más consciente de su soledad.

–¿Dana? –preguntó él, por su silencio.

Ella pensó en lo que él podía hacer por ella: darle un masaje en la espalda, abrazarla, besarla, hacerle el amor... se sorprendió ante aquellos pensamientos.

–Hum, estaba pensando en si preferirías quedar para desayunar.

–¿No te gusta el suspense? –dijo él, divertido.

–Espero que no me devuelvas la medalla.

Estaba flirteando como una adolescente, a pesar de su doctorado, su cargo de senadora y todo lo demás; al hablar con él perdía toda la sensatez.

–No –dijo él, con una risa grave y sexy.

–Oh –ella estaba segura de que eso era lo que haría–. ¿Vendrás a desayunar entonces?

41

–No, pero gracias por la invitación. Te veré como habíamos quedado.

–Pero... –oyó el clic de fin de conversación. ¿Por qué no podía ese hombre acabar una conversación normalmente?

Se había tomado bien lo de que le despertara. Ella nunca había llamado a alguien tan tarde a no ser que fuera por una emergencia.

Aunque le hubiera dicho lo que realmente quería de él, dudaba que hubiera salido corriendo en dirección a su casa. Era demasiado independiente como para dejarse llevar de ese modo, y eso hacía que Dana lo deseara aún más.

Sam dejó el teléfono en la mesilla y se tumbó boca arriba, con las manos bajo la cabeza, sin saber si sonreír o ponerse a maldecir. Le había despertado de un sueño en el que ella tenía el papel principal. Había superado el instituto gracias a aquellos sueños, que ahora se volvían más complicados al ser ella una mujer, y también más intrigantes.

Incluso de niña había sido única. No estuvieron en la misma clase hasta quinto curso de primaria, porque ella se saltó cuarto. La madre de Sam murió un mes después del inicio del curso escolar y cuando él volvió a clase, el resto de los niños no le miraron siquiera porque no sabían qué decir. Sólo Dana se acercó a él en el recreo y le dijo que sentía que su madre hubiera muerto. Lo dijo directamente y sin eufemismos, y él apreció su sinceridad. Sintió que le ardían los ojos y que se le formaba un nudo en la garganta y se alejó de ella.

Ese día se enamoró de aquella dulce niña de ojos cariñosos y voz amable, y sus sentimientos no hicieron más que crecer con el tiempo. Al final se sintió aliviado de no haberle dicho nunca lo que sentía, puesto que no tenía nada que ofrecerle, como había dicho su padre la noche del baile, la única noche en que sus sueños se hicieron realidad. Había quedado claro que no debía volver a invitarla a salir.

Entonces volvió a recordarlo todo; cómo se ajustó la corbata antes de subir los escalones de su porche, verla bajar las escaleras, tan guapa, vestida de rosa, sonriéndolo, sus padres haciéndoles una foto y el olor de las gardenias del ramo de flores que le llevó. Aún le excitaba aquel olor.

No le importó que ella le dijera que sí después de que el chico con el que pensaba ir al baile se rompiera una pierna. Lo importante era que había aceptado y que bailaría con él. Rosa Giannini le había enseñado a bailar en dos días.

Sonrió al recordar cómo le costó empezar a bailar cuando la tuvo entre sus brazos. Al principio se sintió avergonzado, pero ella siguió bailando como si fuera el mejor bailarín del mundo. Ella le hizo sentir bien.

Los padres de Dana vigilaron el baile y Sam sabía que no les quitaban ojo. Cuando Dana fue al baño con sus amigas, el señor Cleary llevó a Sam a un lado.

—Dana tiene un futuro prometedor ante sí —dijo él.

—Sí, señor —respondió Sam, nervioso.

—Su madre y yo no queremos que nada se interponga en esos planes.

—Por supuesto, señor.

—Veo que ella te importa.

—Sí, señor.

—Si de verdad te importa, no volverás a quedar con ella después de esta noche.

Aquellas palabras le golpearon como un puñetazo. Tenía que haber estado preparado; él nunca sería lo bastante bueno para nadie en aquella ciudad, y mucho menos para Dana Cleary. Su padre era un borracho y él sabía lo que la gente pensaba: de tal palo, tal astilla.

Todo quedó arruinado desde entonces, sus sueños se rompieron y su vida cambió. Apenas volvió a hablar con ella hasta el día que Harley intentó forzarla un mes después, el día antes de la graduación. Sam no hubiera llegado a tiempo si no hubiera ido a verla ex profeso, violando la prohibición de su padre, pero ella nunca supo todo aquello.

El señor Cleary había tenido razón. Si ellos dos hubieran tenido algo, tal vez la hubiera retenido. Pero el dolor que le causó el rechazo del padre de Dana acabó con la alegría de aquella noche. Después de eso le costaba hablar con ella y ella estaba confundida por el modo en que se había alejado.

Dana tenía suerte. Tenía unos padres que se preocupaban por ella y no querían que sufriera.

La noche había acabado de un modo muy extraño. Ella había esperado, tal vez por un beso. Podía haber aprovechado para besarla una vez, pero hubiera sido como una mentira, así que optó por retroceder dándole las gracias. A la mañana siguiente, ella le había dicho, dubitativa, que había sido una noche estupenda, pero él se alejó de ella dejándola muy confusa.

Sam se puso de lado y se cubrió con la sábana. Le había hecho daño, pero aun así parecía haberlo perdonado. ¿Qué clase de mujer era ella?

Capítulo Cinco

A la mañana siguiente, Dana se reunió con su jefe de equipo, Abe Atwater. A sus sesenta y dos años, Abe había trabajado con Randall desde el principio y después con Dana. Era una máquina de absorber problemas y devolver soluciones. Ella no podría haber sobrevivido en aquel mundo sin él. Así de sencillo. También era la única persona de su equipo que sabía que no se presentaría a las siguientes elecciones.

Dana le enseñó la nota que había recibido.

—¿Cómo te ha llegado esto? —dijo, leyendo la carta, sorprendidísimo—. No te puede haber llegado a la oficina.

—Llegó con el correo, a casa. Si hubiera sabido lo que era, hubiera tenido más cuidado para no borrar posibles huellas. Al principio pensé que era una invitación de boda.

Abe se pasó una mano por la calva.

—Una caligrafía muy refinada.

—¿Te parece que va en serio?

—¿Dices que te llegó a casa?

Ella asintió.

—¿Quién iba a pensar que con la falsa alarma de mi decisión de presentarme se iba a crear tanto revuelo? Está claro que hay alguien que no quiere que vuelva a salir elegida, pero, ¿qué pueden saber de Randall?

—Nada, que yo sepa.

—¿Estás seguro? —preguntó ella—. ¿Acaso no tiene

todo el mundo algo en su pasado que no quiere que se sepa? ¿Cómo voy a proteger la reputación de Randall si él no está aquí para defenderse?

—Creo que este asunto debe ser llevado en privado. Cuanta menos gente lo sepa, mejor —él chasqueó los dedos—. La tarjeta del investigador privado que había sobre tu mesa... Remington... ¿Qué sabes de él?

—Que no quiero utilizar sus servicios —no había nada que decir sobre eso.

—¿Por qué no?

¿Por qué no? Confiaba en Sam. Siempre supo mantener la boca cerrada y ella suponía que no había cambiado en eso. Lo que temía era que hubiera algo en el pasado de Randall y que ese asunto acabara volviéndose en contra de Sam. La política era un asunto sucio con consecuencias incalculables, y no quería que Sam volviera a sufrir por su culpa.

—Intenta averiguar algo por ti mismo. Sam es un amigo y preferiría no involucrarle en esto.

—No sé por dónde empezar.

—Tengo fe en ti —dijo sonriendo—. No hay tarea que se te resista.

—Veré lo que puedo hacer.

Dana dejó el problema en manos competentes y volvió al trabajo.

Sam miró la hora en la habitación de su hotel. Eran las cinco de la tarde y una hora antes había recibido una llamada en su móvil de Abe Atwater, jefe de equipo de Dana, que deseaba reunirse con él en privado. Por un momento acudió a su mente el recuerdo del padre de ella en el baile, pero después se dio cuenta de que era un adulto, al igual que ella. Aun así se seguía preguntando qué querría el señor Atwater de él...

Como contestación a su pregunta, llamaron a la puerta. Sam saludó a un hombre impecablemente vestido y le invitó a sentarse en la suite antes de tomar asiento frente a él.

–¿En qué puedo ayudarlo, señor Atwater?

–¿Puedo asumir que todo lo que hablemos quedará entre nosotros dos?

A Sam le dolió aquel principio. No permitía que nadie cuestionara su integridad, y si aquel hombre intentaba alejarlo de Dana...

–Usted no es mi cliente –dijo Sam.

–Pero espero serlo –repuso Abe, inclinándose en su asiento–. No quería ofenderlo, no estaría aquí si no confiara en usted.

Sam se relajó y asintió.

Abe le pasó una bolsa de plástico con la hoja.

–Dana recibió esto en su casa hace dos noches.

Sam leyó la carta y recordó que aquella noche él había estado con ella... y ella había dicho que iba a buscar el correo.

–¿Qué significa esto exactamente? –preguntó Sam.

–Si lo supiera, no estaría aquí.

–¿Quiere que lo averigüe?

–Sí, pero también quiero que esto sea muy confidencial. No quiero implicar a nadie más hasta saber qué es esto exactamente.

–¿Por eso ha venido usted aquí? –preguntó, mirando el matasellos de San Francisco del sobre.

–Dana no sabe que yo estoy aquí. Vi su tarjeta en su mesa y le pregunté por usted, aunque he oído hablar de su trabajo. Me dijo que eran amigos, una persona discreta que hace su trabajo.

Le extrañó que Dana no le hubiera llamado.

–Me encuentro en San Francisco porque estoy trabajando en otro caso, así que no puedo aceptar el suyo –dijo, devolviéndole la nota a Abe.

–¿Por qué no?

–Hay muy poca información para empezar a trabajar –y Dana no creía en él, no había querido que la ayudara, ¿por qué hacerlo entonces?–. Puedo recomendarle a otra persona.

–No, gracias –dijo él, levantándose irritado–. Tengo otros recursos, pero pensé que al ser usted amigo... ha sido fallo mío.

Cerró la puerta tras él y volvió a la ventana. Se había ganado la confianza de gente mucho más poderosa que Dana. ¿Cómo podía ir a su casa y actuar como si no supiese que no confiaba en él?

Sam llegó a su casa antes que ella y decidió esperarla a la entrada con el motor en marcha. En el asiento del acompañante descansaba una caja envuelta por él mismo, contra su costumbre, con papel de seda. No había escrito una nota porque no sabía cómo mantener el equilibrio entre el significado del regalo y su deseo de mantener las distancias. Tras la visita de Abe, esa última parte sería más fácil.

Por el retrovisor pudo ver que se acercaba un Lincoln blanco. Ella le saludó al pasar y él la siguió a través de la verja para encontrarse con ella en el garaje.

Él vio que la cara de Dana se iluminó al saludarle y sintió un rugido en su interior. Ahora Dana Sterling era intocable para él, pero más por él que por ella esa vez. Además, había algo más que se interponía entre ellos.

–Hola, cariño, ya estoy en casa –dijo ella con ojos chispeantes.

–¿Qué hay para cenar?

Ella se rió, con un sonido mágico, y lo agarró de la mano para conducirlo al jardín trasero. Él la dejó hacer como si no supiera que no confiaba en él como investigador.

–Sentémonos fuera. Hace una tarde preciosa –dijo ella.

Su piel era suave y cálida, y al acercarse a él, Sam pudo oler su aroma. Él le agarró la mano con más fuerza.

Ella no dijo una palabra, aunque él se dio cuenta de que estaba mirando su regalo. Cuando llegaron a un columpio suficientemente grande para los dos, ella le soltó la mano y se sentó muy cerca del centro.

Él se sentó a su lado, colocando el paquete en su regazo. Las manos de Dana temblaban al sujetar la caja para que no se cayera. ¿Estaba nerviosa? ¿Por él? Sam no sabía cómo interpretar aquello. ¿Acaso estaba pensando en la amenaza?

–Puedes abrirlo –dijo, al ver que ella no se decidía–. A no ser que quieras seguir practicando el autocontrol.

Ella sacudió la cabeza, pero no dijo nada. Tomó aliento y, después de juguetear con el lazo, desenvolvió la caja sin romper el papel y la abrió.

–¡Oh! Es preciosa. Me he quedado sin aliento. Es una máscara japonesa de teatro Noh, ¿verdad?

–Sí. Es Zo–onna y representa la calma y la pureza. Tiene un siglo de antigüedad.

–Un siglo... –dijo, pasando los dedos por la bella talla. Después lo miró–. Es una exquisitez, Sam, pero no puedo aceptar algo así.

–Creía que sabías qué hacer cuando te dan un regalo. Se dice «gracias» y ya está.

–Pero no he hecho nada que merezca un regalo tan espectacular.

Él se giró hacia ella pasando un brazo sobre el respaldo del columpio.

–Por fin me he dado cuenta del significado de la medalla. Gracias.

Sus ojos parecieron penetrar en su alma hasta tal punto que Sam se quedó sin aliento.

–De nada –dijo ella, sonriendo con dulzura.

La sencillez de sus palabras lo ablandó e hizo que olvidara que no confiaba en él. Ella sostuvo la máscara contra su pecho y se echó hacia atrás en el asiento, tocando la mano de él con su espalda. Fue como si todo se detuviera y ella lo miró con la necesidad grabada en los ojos...

Por el rabillo del ojo notó que algo se movía, y después vio a una mujer de pelo gris que les llevaba una bandeja.

Dana se inclinó hacia él y le dijo en voz baja:

–No te vas a marchar tan rápido esta noche. Le he dicho a mi ama de llaves que traiga vino y unos aperitivos. Te quedarás, ¿verdad?

–Parece una orden.

–¿De qué sirve el poder si no se hace uso de él? –dijo ella con dulzura, aunque ambos sabían que no era una orden y que él no estaba obligado a aceptarla–. Gracias, Hilda –dijo Dana mientras la mujer dejaba la bandeja sobre la mesa–. Éste es Sam Remington.

–Encantada.

–La comida parece excelente –dijo él; Hilda lo miró como si lo odiara.

El ama de llaves asintió y después volvió a la casa.

–Podría dar clases de marcha militar a unos cuantos sargentos que conozco...

–Me gustaría decir que bajo su apariencia hay un corazón de oro, pero la verdad es que no lo he visto aún. Es la persona más firme que conozco, y sin embargo, parece sentir algo de curiosidad. Eres el primer hombre que traigo a esta casa.

–¿No has salido con nadie? –como ella no respondió, él sacó sus propias conclusiones–. ¿Por qué no?

–No sé... falta de tiempo, poco interés, la prensa... ya sabes.

Él leía entre líneas y, consciente del mensaje, habló con suavidad.

–Sabes que no podemos salir juntos.

–Ya lo sé –levantó la cabeza–. ¿Por qué no?

Él sonrió. Ella solía cuestionarlo todo y se dio cuenta de que aún le gustaba aquello, aunque hubiera deseado que no fuera así.

–Por la prensa –le dijo, sirviendo el vino, y dándole la única razón de una serie de ellas que Dana creería–. Tú eres una persona pública, y yo tengo que permanecer en el anonimato. Eso es lo más importante en mi trabajo.

–He investigado sobre ti –dijo ella, mirándole por encima de la copa.

–No esperaba menos de ti. ¿Qué has encontrado?

–Eres la «R» de ARC Seguridad e Investigaciones, una empresa de investigaciones privadas que no aparece en las páginas amarillas. Sólo trabajáis por recomendación y sólo en casos de alto nivel: políticos, gente famosa, grandes ejecutivos y gente rica en general. Tu reputación es impecable, al igual que la de la empresa –«¿Y sigues sin confiar en mí?», pensó él–. Pero en cuanto a lo del anonimato –siguió ella–, no eres de los que desaparecen entre la multitud, ¿sabes? Al menos cuando hay mujeres cerca.

Él se quedó sin respuesta para ese cumplido, así que decidió no decir nada.

–Pero Lilith te tiene miedo –sonrió ella.

–Bueno, ya conoces a esos conservadores... tienen miedo hasta de su sombra.

Bebieron el chardonnay y se comieron casi todas las aceitunas, el queso y el tomate aliñado que tenían como aperitivo.

–¿Cómo acabaste en el ejército? –preguntó ella.

Su mirada se quedó fija en una gotita de aceite que brillaba en el labio de Dana. Al pensar en cómo podía quitarla de allí, su imaginación se desbocó, y tuvo que hacer un gran esfuerzo para tomar un sorbo de vino y responder a la pregunta.

–Mi coche se averió delante de una oficina de reclutamiento del ejército. El reclutador me invitó a desayunar y me convenció para alistarme diciéndome que cuando acabara tendría suficiente dinero para ir a la universidad. Me quedé ocho años.

–¿No fuiste a la universidad?

–No –dijo él. Tampoco lo había lamentado.

Ella tomó una aceituna y dijo, mirando a la bandeja:

–¿Por qué te marchaste de casa tan rápido?

–Tú deberías saberlo. No tenía ninguna razón para quedarme –«mi padre era un borracho, tus padres no querían que me acercara a ti, y tú ni siquiera me miraste en toda la ceremonia de graduación».

–Siento que te hicieran daño –dijo tomándole una mano–. Hay algo que debes saber.

Él no quería seguir hablando del pasado, y, además, el presente se estaba complicando por momentos.

–Mira, Dana, fue hace mucho tiempo y yo ya lo he olvidado. Fin de la historia –ella preguntaba demasiado y él también tenía preguntas, pero miró su reloj y dejó la copa sobre la bandeja–. Tengo que marcharme.

–¿Sam?

Él se quedó helado al sentir la mano de Dana sobre su espalda.

–¿Qué?

–Esto es todo, ¿verdad? No volverás a ponerte en contacto conmigo.

Él la miró.

—Tenemos mucho que perder. Los dos.

—¿Por qué?

—Yo soy el socio invisible de mi empresa, y me gusta serlo. Y tú eres la mujer más visible del estado. Todos te miran.

—¿Me estás diciendo que no podemos salir para no perjudicar tu carrera?

—Sí —entre otras razones—. Y también la tuya.

Ella no dejó de mirarlo en silencio.

—Entonces me debes un beso.

No podía hacer como si no la hubiera entendido. Se refería a la noche del baile en que la había dejado en el porche sin más. Él había deseado besarla y lo había deseado durante tanto tiempo que no tenía ningún motivo para no hacerlo entonces.

Él deslizó la mano bajo su pelo por el cuello, acercándola hacia él. Dudó un instante, aunque lo deseaba. No debía hacerlo, sólo podía causarle problemas.

—No pienses —dijo ella con suavidad y urgencia, leyendo sus pensamientos—. Sólo hazlo.

No fue sólo la orden lo que le hizo besarla, sino el poder cumplir un sueño.

Los labios de Dana temblaron bajo los suyos, y después se calmaron cuando presionó un poco más. Ella sabía muy bien, olía bien y él se sintió bien. Ella le colocó la mano sobre el pecho, emitió un sonido muy sexy y se acercó más a él. Un beso de chardonnay, dulce, intoxicador... la realidad se parecía a su fantasía. Él sintió que ella se inclinaba sobre él, que sus manos recorrían su cuello, acercándose más y más.

Fue como si sintiera una descarga eléctrica que a punto estuvo de sobrecargar sus circuitos.

Tuvo que romper el contacto, obligándose a retirarse. Ella dejó caer las manos de nuevo hasta su pecho, y el delicado contacto le excitó aún más. Los ojos de Dana aún estaban cerrados. Si él no hubiera mirado en otra dirección para romper el hechizo, no habría visto aquella sombra en la ventana, mirándoles. Hilda se retiró al momento. Aquello enfrió a Sam más rápidamente que una pistola cargada apuntándole a la sien.

–¿Estás seguro de que no podemos ir más lejos? –preguntó Dana, abriendo finalmente los ojos y recorriendo su corbata con los dedos.

Él le agarró la mano.

–Estoy seguro –dijo.

–¿Y si sólo nos acostamos? –hasta ella se sorprendió ante sus propias palabras.

«Deja de animarme».

–Te mereces mucho más que eso.

–No me importa.

–Pues debería.

–No puedes gobernar mis sentimientos –murmuró ella, levantándose.

–Tengo que irme –dijo él, levantándose también.

Él pudo ver su enfado por el modo en que agarró la bandeja, llevando la máscara bajo el brazo.

–Yo llevaré la bandeja –dijo él, quitándosela de las manos.

–No tienes que... de acuerdo –señaló una puerta–. Da a la cocina.

No vieron a Hilda por ningún lado, ni en la cocina, ni en el recibidor. Él vio un montoncito de cartas sobre un baúl; ella había llegado a casa a la vez que él y no había visto el correo aún. Intentó buscar algún sobre parecido al que le había enseñado Abe, pero no pudo distinguirlo.

Su experiencia le decía que cuanto más específica fuera la amenaza, más fácil era seguirle la pista. Aquélla era muy específica.

«Háblame de ello, Dana, confía en mí».

Pero ella no dijo nada y siguió mirándolo con una expresión indescifrable. Demonios, deseaba volver a besarla, abrazarla, ayudarla. Era una vieja costumbre para él.

–Adiós, Dana –dijo él, girándose para marcharse.

–Adiós –una sola palabra con un gesto de la mano.

Él intentó ignorar el modo en que se le había encogido el estómago y siguió caminando.

Veinte minutos después, en el hotel y de un humor de perros, Sam oyó sonar su teléfono.

–Señor Remington, soy Abe Atwater. Ella ha recibido otra carta esta noche.

Sam maldijo entre dientes.

–¿Qué dice esta vez?

–Es una amenaza encubierta: «Estoy esperando su conferencia de prensa, pero no esperaré mucho».

–¿Qué dice Dana?

–Está mal. La reputación de su marido es importante para ella.

Su marido. Sam solía olvidarlo.

–La llamaré, pero a no ser que ella me lo pida, no me involucraré en la investigación.

–Me parece justo. ¿Me tendrá al corriente?

–Sí –Sam colgó y marcó el número de Dana.

Ella respondió tras el tercer tono.

–¿Sí?

–Antes dijiste que había algo que debía saber –dijo, intentando mantener la voz firme–. Te interrumpí. ¿Qué querías decirme?

Capítulo Seis

Dana agradeció tener una oportunidad para explicarle lo que había tratado de decirle. Se sentó en la cama y su mirada se detuvo en la nota que acababa de recibir.

—Es sobre nuestra ceremonia de graduación.

—¿Cuando no querías hablar conmigo?

Las palabras de Sam le dolieron profundamente; el dolor era real a pesar de los años transcurridos. Hasta aquel momento ella sólo había podido imaginar lo que él había sufrido.

—Harley me había dicho que si volvía a mirarte, él y sus amigos se asegurarían de que no pudieras volver a andar nunca más.

Él se quedó callado y la ansiedad de Dana se hizo aún mayor. Al final él dijo:

—¿Estabas protegiéndome?

—Claro que sí. ¿Por qué eso te parece tan extraño? Tú me habías rescatado de Harley —dijo ella, hablando con claridad—. Después, cuando me dijiste que no se lo contara a la policía, yo no te hice caso. Y te pegaron por ello. ¿Cómo podía arriesgarme a que aquello volviera a pasar? ¿Cómo podía vivir con ello?

—Así que en lugar de eso me hiciste creer que me odiabas.

Dana recorrió la habitación a oscuras con la mirada. Un escalofrío hizo temblar todo su cuerpo.

—Hice lo que tenía que hacer.

—Yo creía que eras más fuerte, Dana. Incluso entonces.

El tono acusador de su voz la sorprendió.

—¿Qué quieres decir?

—Si Harley hubiera cumplido su amenaza, podrías haber declarado contra él. Yo estaba a salvo. ¿O acaso pensabas que también te podía hacer daño a ti?

—No pensaba en nada. Sólo estaba asustada.

—Tenías que haber confiado en mí. Tenías que haber creído en mí.

Dana contuvo el aliento ante la intensidad de su voz, que decía mucho más que las palabras en sí mismas.

—Lo siento —dijo ella—. No sé qué decir, Sam.

—Supongo que eso lo dice todo —colgó sin decir adiós.

Dana se dejó caer sobre la cama y cerró los ojos. ¿Qué quería? No podía retroceder en el tiempo y cambiar la historia, pero lo haría si pudiera. Entonces no eran adultos, eran adolescentes, sin experiencia y ella creía en el sistema legal. Pensaba que si denunciaba a Harley por intento de violación, él sería castigado por ello. Sam había sido más listo. Le había aconsejado que no acudiera a la policía, pero ella, inocente, no le había hecho caso. El rico padre de Harley se había ocupado de todo y Harley y sus amigos se habían ocupado de Sam.

Todo por culpa suya. Vivía con el sentimiento de culpa desde entonces.

Dana, con las manos bajo las mejillas, miró fijamente el teléfono. En su conversación había dejado algo claro: se podía confiar en él. Sam quería que confiase en él, entonces y ahora. ¿Debía haberle contado lo de las cartas que había recibido? ¿Y si volvía a ocurrirle algo por su culpa?

«Tenías que haber confiado en mí. Tenías que

haber creído en mí». Sus palabras seguían resonando en sus oídos. Se incorporó en la cama, miró fijamente la alfombra y finalmente agarró el teléfono y marcó su número. Le temblaban las manos, pero levantó la barbilla y tragó saliva.

—Sam Remington.

—Necesito que me ayudes.

Se hizo una larga pausa y por fin:

—¿Dana?

—Sí —dijo ella, decidida—. He recibido un par de cartas. Yo...

—No digas nada más. Estaré allí en quince minutos.

Él colgó. A ella le ardían las mejillas. Se puso unos pantalones de deporte y una camiseta y esperó a que llegara.

Dana abrió la puerta principal cuando le vio bajar del coche. Llevaba vaqueros y una camisa blanca, con las mangas enrolladas hasta el codo y la chaqueta de cuero sobre un hombro, y sólo deseó abrazarse a él.

—¿Dónde está Hilda? —preguntó en voz baja cuando estuvo cerca de ella.

—En su habitación.

—¿Podemos hablar sin que nos escuchen?

Dana lo pensó un momento.

—Hay una salita al lado de mi habitación, pero Hilda no...

—Llévame allí.

Ella le condujo escaleras arriba. Él se movía con tanto cuidado que Dana no podía oír sus pisadas aunque llevaba botas, y tuvo que girarse dos veces para asegurarse de que la seguía.

Estaba fascinada por el modo en que se había

hecho cargo de todo y por su forma de moverse, tan silenciosa.

Cuando ella recogió la nota, que había dejado sobre la cama, vio que él estaba haciendo una revisión rápida de su habitación, después ambos se dirigieron a la salita adjunta, su refugio privado. Él se sentó en un sillón y ella en el sofá, con las piernas recogidas. Le pasó la nota.

—La primera llegó el martes. Decía que...

—Ya sé lo que decía —repuso él, examinando el papel a través de la bolsa de plástico.

Ella no se esperaba aquella respuesta.

—Tu jefe de equipo ha venido a verme hoy y me ha llamado esta noche por la segunda nota.

—Le dije a Abe que no hablara contigo.

—Eso es algo que tenéis que hablar vosotros dos —él se inclinó hacia delante—. ¿Qué opinión tienes tú de todo esto?

Dana aún seguía intentando asimilar que él ya lo sabía todo cuando estuvo allí, pero no había dicho nada y ni siquiera le había preguntado por qué no se lo había dicho.

—No sé qué pensar de ello —dijo ella—. De hecho, pensé que la primera era una de las amenazas que a veces se reciben en mi oficina. Nunca tienen ninguna consecuencia.

—Ésta ha llegado a tu casa.

—Sí —dijo ella, dudando.

—¿Has tenido cuidado para conservar posibles pruebas esta vez?

—Sí.

—¿Tienes alguna teoría sobre quién puede estar detrás de todo esto?

—Ninguna.

—¿Crees que hay algo de verdad en ello? ¿Que tu marido tenía algún secreto?

Él acababa de transformar sus miedos en palabras.

–Era un hombre bueno, Sam. El mejor. Lo sé. No creo que Randall tuviera nada que ocultar, pero...

–Pero no puedes estar segura de ello.

Ella asintió.

–Odio el correo, como cualquier otro político, y mi equipo se ocupa de ello. Pero esto es distinto. Es personal. No permitiré que nadie manche el nombre de Randall. Él no está aquí para defenderse.

–Te recuerdo de nuevo que estas cartas han llegado a tu casa y que eso cambia la perspectiva del asunto. Aunque no sea una amenaza de muerte, es una amenaza.

–¿En quién puedo confiar? Este ataque es más contra mí que contra Randall.

–¿Por qué no anuncias que no te vas a presentar a la reelección?

–Porque así el chantajista gana. Y, esto te lo digo en confianza, el líder del partido no quiere que se haga público aún. Ya sabemos quién se presentará si no lo hago yo, pero es una persona que puede crear divisiones y el partido necesita cohesión, porque lo contrario daría fuerzas a la oposición. Mientras todo el mundo piense que me presento yo, no hay problemas y la oposición tendrá menos tiempo para hacer campaña contra mi sucesor. Y el proceso no se puede acelerar –Sam callaba–. Sam, Randall tenía cuarenta y dos años cuando nos casamos; había tenido una vida hasta entonces y podía tener secretos. Parecía sincero, pero, ¿cómo puedo estar segura?

–¿No quieres llamar a Abe y que esté presente? Tal vez él sepa algo más de lo que cree.

Ella sonrió, agradecida.

–No, él no querría verse implicado en esta tarea.

–De acuerdo. Empecemos desde el principio.

Sam echó un vistazo a la habitación en la que llevaban una hora. Su habitación estaba decorada con un estilo mediterráneo: maderas oscuras, el mismo color dorado antiguo en las paredes, telas pesadas y detalles ornamentales en los techos. Pero la salita era azul, más ligera y femenina. Dana.

La había enviado a buscar algo de comer para estar a solas un momento con sus pensamientos. Repasó mentalmente todos los datos que ella le había dado: había conocido al congresista Randall Sterling en su penúltimo año en la universidad de Berkeley, cuando él estaba allí como profesor. Después, convencida por sus ideas y su persona, trabajó en su campaña para la elección al Senado. Tras la victoria, trabajó como voluntaria en su oficina de San Francisco mientras acababa la carrera de Ciencias Políticas. Después le ofrecieron un contrato y trabajó allí los seis años que tardó en conseguir un master y el doctorado. Se casó con el senador el mismo año que acabó sus estudios y él murió un año y medio después.

Ella había dicho que siempre habían mantenido una relación de amistad hasta tres meses antes de su boda, cuando empezaron a verse, el uno al otro, de otro modo. Era obvio que ella lo había amado, respetado y admirado.

Sam no pensaba que la boda hubiera sido un movimiento político por parte de Randall. Había ganado con una amplia ventaja. Lo que Sam no tenía claro era si había sido un matrimonio apasionado o simplemente cómodo. Tendría que profundizar en ese punto para saber más de la posible fuente del chantaje, aunque a ella no le gustara.

Se levantó y recorrió la salita, observando las fotos: sus padres, la foto de boda de Lilith, la invitación a la fiesta que dio Lilith para celebrar la victoria de Dana, Dana con Lilith, Candi y Willow con dieciséis años, abrazadas como hacen las adolescentes, sonrientes. Él sonrió también. Al lado había otra foto de Dana y su marido en un paraíso tropical, con collares de flores en el cuello.

Su boda, rápida y privada, había disparado los rumores. Sam había seguido la historia más de lo que hubiera admitido, pero cuando el equipo de Randall declaró el respeto que sentían por Dana y ella resultó no estar embarazada, las especulaciones cesaron.

Formaban una pareja atractiva, sonriéndose el uno al otro, aunque sin tocarse. Si aquello había sido durante su luna de miel...

Sam se sintió invadido por los celos, aun sabiendo que no tenía derecho a sentir aquello. Cuando dejó el ejército y volvió a California, había investigado para saber dónde vivía y qué hacía, pero había decidido no acercarse a ella.

En ese momento lamentaba haberla besado antes, aunque había creído que no la volvería a ver nunca, aunque había querido llevarse ese recuerdo de ella. La intimidad interfería en su relación profesional, especialmente ahora que tenía que profundizar más en su vida privada con Randall.

En una mesita al lado de la estantería vio una caja destapada. Al mirar su contenido, se le encogió el estómago. Eran las notas del instituto. Ella las había guardado y las había estado leyendo, al igual que él.

Oyó que Dana se acercaba y acudió a ayudarla con la bandeja cuando ella entró por la puerta.

–Hilda me ha mirado mal –dijo, más relajada que antes. También ella necesitaba un descanso–. No le gusta que esté en su cocina –suspiró–. No creo que me acostumbre nunca a tener un ama de llaves.

–¿Podrías ocuparte de la casa sin ella?

–No, pero desearía poder hacerlo. Cuando estoy en Washington tengo un servicio de limpieza, pero casi siempre como fuera y las reuniones duran hasta muy tarde.

–He oído que las senadoras se reúnen para cenar una vez al mes –dijo él, atacando la comida.

–Es verdad. No estamos de acuerdo en todo, pero nos respetamos y han sido muy generosas conmigo –dijo, descalzándose para sentarse junto a él en el sofá con las piernas cruzadas.

A él le encantaba cómo se movía. Tenía una gracia natural que siempre le sorprendía.

–Espero que todo esté bien.

Por un acuerdo silencioso, acabaron de comer antes de continuar con el asunto que les ocupaba.

–Lo necesitaba –dijo ella, limpiándose las manos con una servilleta y dejándola después sobre la bandeja–. Continuemos.

Él siguió donde lo habían dejado.

–Lo primero es encontrar un motivo; eso es vital. En segundo lugar, hay que buscar en el pasado de Randall –lo que realmente le preocupaba era quién podía estar en contra de Dana, más que el pasado de su marido.

–¿Cómo piensas buscar en su pasado?

–Tendremos que hablar con gente –ella empezó a sacudir la cabeza–. No hay elección. Sus amigos más cercanos, colaboradores... gente a la que pudiera confiar sus secretos, si los tenía.

–¿Y si uno de ellos es el chantajista?

–Entonces será de gran ayuda hablar con él.

–Abe es la persona adecuada a la que preguntarle esas cosas. Pero él dice que no.

–Randall debía de tener otros amigos.

–Claro, pero la política era su vida. Pensaré sobre ello, pero, ¿qué más podemos hacer?

–Buscaremos pistas en el sobre: procedencia, ADN, huellas dactilares... Después haremos una búsqueda en sus intereses personales, profesionales y financieros, incluyendo los contribuyentes de la campaña. Traeré a mis socios mañana para empezar a trabajar en esa parte. Así podré ocuparme de hablar personalmente con sus amigos.

–¿Cuánta gente va a estar implicada en esto? –dijo ella, palideciendo.

–Dana, si no confiara en mis socios al cien por cien, no trabajaría con ellos.

–Espero que no utilices su nombre real en los informes que hagas por escrito del caso.

Él pensó que estaba siendo excesivamente paranoica, pero no dijo nada.

–De acuerdo. Pero, en caso de encontrar algo en el pasado de Randall... ¿Qué importa que se manche su reputación?

–¿Cómo que qué importa? Pasó su vida...

–No tenía que haber usado esas palabras. Lo que quiero decir es que a quien afecta realmente todo esto es a ti.

–Ya me he dado cuenta de eso.

A él le agradaba que se pusiera agresiva con él, pues notaba que había bajado la guardia y le recordaba a la chica que conoció. Si hubieran tenido una relación distinta, le hubiera tomado el pelo por ello.

–Dime quién puede ser.

–Alguien que quiera ocupar mi puesto en el Senado, de mi partido o de la oposición. O incluso tal vez alguien que quiera a otro senador.

–Eso es mucha gente.

–Sí –dijo ella, frotándose las sienes.

–¿Hay más posibilidades?

–Alguien que, simplemente, no quiera que gane yo.

–¿Harley Bonner?

Ella pareció sorprendida.

–No, no es lo bastante listo como para eso. ¿Qué podía tener en contra de Randall?

–Tiene suficiente dinero como para pagar a otros para que piensen por él. Y no sabemos quién podía tener relación con Randall. ¿Y Hilda?

Dana abrió los ojos como platos y luego se echó a reír.

–¿Estás de broma?

–Por ahora la dejaremos en la lista. ¿Cómo le sentó tu boda con Randall?

–Ni idea. No muestra emociones, ni de agrado ni de disgusto.

–Pero te ha mirado mal al bajar a la cocina. Y nos vio besarnos.

Él no dijo nada mientras observaba a Dana asimilar la información. Ella se levantó del sofá y se dirigió a la ventana.

–Tal vez el motivo no te implique a ti, Dana, más que como barrera para los objetivos de alguien. Sólo estoy apuntando las posibilidades.

–De acuerdo –dijo ella, sin dejar de mirar a través de la ventana–. ¿Qué más?

–¿Podía Randall tener una amante? ¿Un hijo extramatrimonial?

–No hubiera abandonado a un hijo suyo. Y no tenía motivos para tener una amante.

Sam volvió a sentir un pinchazo de aquellos celos que no desaparecían del todo.

–La gente es infiel por miles de motivos.

–Nuestra vida sexual estaba bien –dijo ella, cortante.

–¿No era genial? –ella lo miró–. Estuvisteis casados un año y medio... aún estabais de luna de miel y el sexo debía ser genial.

–No tenía queja.

–¿Tenías elementos de comparación?

–Sí –respondió ella, tensa, con firmeza.

Él dudó un segundo antes de acercarse más a ella y ponerle una mano en el hombro.

–Sé que es difícil hablar de estas cosas, pero tengo muy poco material para trabajar.

–Es especialmente difícil contártelo a ti.

–¿Por qué?

–Porque me has visto en el peor momento posible.

La imagen le llegó como un fogonazo a la mente: Dana con la blusa rota, la falda levantada, bajo el cuerpo de Harley, que la sujetaba. Ella intentaba zafarse de él con todas sus fuerzas. Él tenía una mano sobre su boca y con la otra intentaba bajarse la cremallera. Sam lo agarró por la camisa, lo levantó y lo arrojó a un lado como si fuera una bolsa de basura, sacando unas fuerzas que no sabía que tuviera.

Cuando hubo apartado a Harley, se volvió hacia Dana, tan asustada que era incapaz de pensar en cubrirse con lo que le quedaba de blusa. Él se había quitado la camisa y había ayudado a Dana, sin tocarla, a ponérsela.

–Lo que ocurrió entonces no fue culpa tuya, ni tampoco lo es esto –dijo él.

Ella se encogió de hombros.

–Randall y yo teníamos mucho en común. Pensábamos del mismo modo, creíamos en los mismos principios. Yo me sentía útil y era feliz.

–¿Pero?

–El sexo no lo es todo –dijo ella.

Aquello lo dejó sin palabras. La pasión de sus ojos oscuros le hacía continuar cuando no lo recomendaba la prudencia.

–¿No? ¿Y qué lo es?

–Los objetivos y los valores comunes. Apoyarse uno a otro en los buenos y en los malos momentos, confiar en...

–¿Hubo malos momentos?

–Bueno, no, pero si los hubiera habido, nos hubiéramos apoyado el uno en el otro.

–¿Y era suficiente para hacerte feliz?

–¿Qué quieres oír? ¿Que quería lanzarme sobre él desde la lámpara de araña?

–No sé. ¿Eso era lo que querías?

–Maldición, Sam. No he vivido entre algodones toda la vida. He leído el *Kama Sutra*.

–Ah –Sam vio que ella había entendido que lo que pretendía, era quitarle tensión al momento–. Intento averiguar si Randall te engañaba y si alguien ahora intenta hacerte daño por eso. ¿No piensas que pudiera haber otra mujer?

–No –dijo ella, mirándolo fijamente–. Ni tampoco otro hombre.

–La palabra «santo» implica algo personal, algo moral.

–Si lo supiera, te lo diría.

Él se dio cuenta de que ella estaba llegando al límite de su tolerancia, así que recogió su chaqueta y se levantó.

–Tienes que hacer que Hilda se vaya de la casa mañana –ella no pareció haberle escuchado; estaba exhausta–. Ah, Dana. No puedes parecer vulnerable.

–¿Por qué tiene que irse? –preguntó ella.

–Tengo que examinar la casa. Supongo que él tendría un despacho aquí y quiero buscar pistas.

—Sí, pero nunca he visto nada fuera de lo normal.

—Tampoco lo estabas buscando. Tenemos que llegar al fondo de esto. Duerme un poco y llámame cuando Hilda se haya marchado. Puedes quedarte en casa mañana, ¿verdad? ¿Puedes pedirle a Abe que venga?

—Sí, claro.

—Necesito los nombres y direcciones de tu abogado y tu contable.

—De acuerdo.

—Me marcho —quería abrazarla, hacer que desapareciera esa expresión de tirantez de su rostro—. Buenas noches.

Ella intentó sonreír, pero el nudo que tenía en el estómago se tensó aún más.

Él echó una mirada a su habitación antes de salir de la sala, deseando no imaginarla allí con su marido. También deseaba haberle preguntado por qué le había pedido a Abe que no se pusiera en contacto con él por lo de las cartas, pero ya había perdido la oportunidad.

Bajó las escaleras observando la casa de un modo distinto a cuando las subió. Ella encajaba allí; su padre había tenido razón años atrás y tal vez había llegado más lejos de lo que había creído nunca. El camino que había elegido la había llevado a ayudar a los demás, a hacer el bien y a dejar un legado.

Ella estaba destinada a algo mejor de lo que Sam podía haberle ofrecido entonces y allí estaba la prueba.

Capítulo Siete

Al día siguiente por la tarde, Dana se sentó en una silla frente al escritorio de Randall, en el despacho de la primera planta. No le pareció raro ver a Sam allí; él era lo suficientemente grande como para hacer justicia a tan enorme mueble.

Se sobresaltó al descubrir que deseaba tocarlo, ir hasta él y besarlo hasta perder el sentido.

–¿Hay novedades? –preguntó ella, adoptando un tono formal.

Él se reclinó sobre la butaca.

–No muchas. He buscado en todos los archivos y en las estanterías. Estaba a punto de empezar a buscar en las otras habitaciones –señaló una hoja de papel desenrollada sobre la mesa–. He encontrado un plano original de la casa y pensaba continuar por el desván.

–He sacado un par de cajas que tal vez quieras revisar. El resto son en su mayoría muebles antiguos y ropa que costarían una barbaridad en un anticuario. Nate quiere que te diga que todo está en orden por ahora.

A ella le gustaron sus socios: Nate Caldwell, un rubio y guapo californiano, el complemento perfecto para Arianna Alvarado, una belleza morena; el tipo de mujer que se hace cargo de todo. Sam ya había entrevistado al abogado y al contable de Randall, y se había llevado varias cajas de papeles a la casa por la mañana, antes de que llegaran sus socios. Ellos estaban trabajando en la biblioteca y

Sam en el despacho, el cuarto de al lado, desde la hora de comer.

–¿Desde cuándo les conoces? –preguntó Dana.

–Desde el campo de entrenamiento.

–¿Estabais en la misma unidad?

–Solíamos trabajar juntos –dijo, golpeando la mesa con los nudillos–. Me parece que no vamos a encontrar nada aquí –dijo, cambiando de tema–. Si ocultaba algo, no creo que lo dejara a la vista para que fuera descubierto más tarde.

–No esperaba morir tan joven.

–Es verdad, pero era consciente del posible daño. Si algo podía destruir su «santa» reputación, puede no haber una evidencia física.

Ella ya lo había pensado.

–Quieres decir que puede ser algo que nadie pueda afirmar o desmentir.

–Eso me temo.

No había modo de luchar contra eso.

–Hilda volverá pronto, Sam.

–No podemos dejarlo ahora –dijo, mirando su reloj–. Supongo que tendremos que darle un motivo para justificar nuestra presencia aquí. Supongo que nos quedaremos hasta tarde.

–Lo único que tengo que decirle es que estamos trabajando. ¿Le digo que prepare cena para todos?

–Eso estaría bien, gracias –y se inclinó sobre la mesa, colocando las palmas de las manos sobre ella, para estudiar el plano de la casa, moviendo los hombros para relajarlos.

Dana decidió probar suerte. Se colocó tras él y le puso las manos en los hombros, presionando con los dedos. Sam se puso rígido.

–No te apartes –dijo ella–. Tú estás haciendo mucho por mí.

Él se relajó poco a poco. A ella le gustó que no protestara, aunque le gustaba discutir con él. La noche anterior no había podido dormir, y no había sido por la amenaza, sino por el beso que no quería olvidar.

—¿Dormiste anoche? —preguntó ella, sin dejar de masajearle los hombros, también para satisfacer su necesidad de tocarlo.

—Un poco —dijo, sin dejar de estudiar el plano.

—Pudiste acostarte una hora.

—No me gustan las siestas.

Ella sonrió. Tenía un cuerpo espléndido; el hombre ideal con unos hombros y un pecho anchos y la cintura y las caderas estrechas. Era apuesto y ella deseaba apoyar la cabeza en su espalda y rodearlo con los brazos.

Él dio un salto y ella se retiró, creyendo que le había hecho daño, pero Sam le tomó una mano y la obligó a mirar el plano.

—Mira, hay un pasadizo secreto en la pared. No es extraño del todo y las paredes son lo suficientemente gruesas como para camuflarlo. La entrada está en esta sala, detrás de la estantería.

Dio unos pasos en esa dirección y golpeó la pared con los nudillos. Obtuvo un sonido hueco.

—¿Sabías algo de esto?

—No tenía ni idea —dijo ella, uniéndose a la búsqueda. ¿Lo sabría Randall? ¿Era un pasadizo secreto entre padres e hijos? Él había sido hijo único y no había tenido descendencia. ¿Por qué no se lo habría dicho? Si el plano estaba en su escritorio, seguro que lo sabía y lo había usado.

—Parece que va entre este despacho y la biblioteca y después baja. Tal vez lleve a la bodega que me has enseñado esta mañana. Puede que haya una salida al exterior por allí, o tal vez no.

—¿Crees que fuera una vía de escape?

—La casa se construyó en 1908... ¿quién sabe? Normalmente estos pasadizos están en las habitaciones, para las amantes –encontró un adorno de plata en la pared y lo giró. La pared se abrió unos centímetros–. Un picaporte de plata... sin duda tiene que ver con el apellido de la familia. Creo que he visto una linterna en uno de los cajones.

Dana encontró la linterna y se la pasó, siguiéndole al interior.

El pasadizo secreto, como todos, estaba oscuro. Ella cabía perfectamente, pero Sam tenía que ponerse de lado para pasar, iluminando con la linterna a su paso. El aire estaba seco y polvoriento. Dana se apoyó en las paredes para equilibrarse; eran de yeso sin pulir.

Ella estornudó.

–Esto está lleno de telarañas –dijo él–. El polvo del suelo está movido, pero no sé cuándo.

–No puedo ver dónde piso –dijo ella, intentando contener otro estornudo.

Él le dio la mano.

No estaba mal, pensó ella. Podía estar con él en la oscuridad un rato más. Volvió a estornudar.

–Arianna, creo que hay ratas en la pared –se oyó la voz de Nate, risueña.

–Sí, y parece que tienen alergia –añadió Arianna.

–Mira, es un altavoz –dijo Sam a Dana, encontrando otro más en el lado del pasadizo que daba al despacho. No parece alta tecnología de principios de siglo–. Nate –gritó él–, estamos en un pasadizo entre los dos cuartos. Si llega el ama de llaves de Dana, avisadnos.

–De acuerdo.

–Sigamos adelante –dijo él, dándole la mano de nuevo.

Avanzaron hasta llegar al final, pero no pudieron encontrar el resorte para abrir la puerta de salida a las escaleras.

–Nos estamos quedando sin pilas –dijo él, sacudiendo la linterna al ver que la intensidad de la luz disminuía–. Volvamos al despacho y me ocuparé de esto después.

Como no había sitio para cambiar de posición, Dana hizo de guía esa vez, aunque mucho más despacio. La linterna se apagó en el mismo momento en que oyeron a Nate y a Arianna presentarse a Hilda sin explicarle quién eran.

Colocándole una mano sobre la espalda, Sam detuvo a Dana.

–¿Dónde está la senadora Sterling? –oyeron preguntar a Hilda.

–Ha salido un momento –respondió Arianna–. Volverá en cualquier momento.

Dana sintió ganas de estornudar. Se agarró la nariz y se volvió hacia Sam.

–¡Ni se te ocurra estornudar! –dijo él.

La orden le hizo gracia. Intentó taparse la boca a la vez que la nariz.

–Creo que sí... ¿Qué vas a hacer para evitarlo?

Él la atrajo hacia sí, la envolvió con sus brazos hundiéndole la cara en su pecho para acallar el ruido y deteniendo el estornudo a la vez que despertaba algo muy distinto: deseo. Él se había desabrochado los dos botones superiores de la camisa, y la nariz de Dana tocó esa zona de piel descubierta.

–¿Se quedarán a cenar? –preguntó Hilda.

–No estamos seguros –respondió Nate–. Lo sabremos cuando vuelva la senadora.

Dana podía oír los latidos del corazón de Sam... sería delicioso dormirse oyendo algo así. Ella puso los labios sobre la zona del corazón. Él se quedó inmóvil pero los latidos de su corazón se aceleraron.

–Nunca se había marchado dejando a sus invitados en casa –dijo Hilda, desconfiada.

–Dijo que necesitaba un poco de aire fresco.

«Lo que necesito es a Sam». Lo rodeó con sus

brazos y sintió que él daba un respingo. Él le tomó la cara entre las manos y la miró. Era la posición perfecta para besarla, pero no se inclinó sobre ella. Ella sintió su respiración sobre la cara y se dio cuenta de que se estaba esforzando por contenerse.

Su resistencia sólo consiguió animarla aún más. Le rodeó la cintura con los brazos y se acercó todo lo que pudo a él, sintiendo su respuesta.

—Sam...

Él le cubrió la boca con las manos y después deslizó las dos manos por la espalda de ella, hasta su trasero, levantándola, sin que se notara el esfuerzo, lo que lo hizo aún más excitante.

—No somos invitados —decía Arianna en la habitación de al lado—. Estamos trabajando con ella en un proyecto.

Dana tragó saliva y se inclinó hacia atrás mientras Sam recorría su cuello con los labios, hasta su escote. Le apartó la blusa con la nariz y hundió la lengua entre el encaje del borde de su sujetador. Ella tocó la pared con la cabeza. Le era imposible mantener el contacto por encima y por debajo de la cintura a la vez, pero deseaba ambos.

—Traeré unas bebidas mientras esperan a la senadora —dijo Hilda.

Arianna respondió algo que Dana no entendió. Era como si la hubiera tragado la oscuridad, sólo sentía el contacto físico y nada más. Él le puso las manos en la cintura y, aunque ella pensó que la iba a apartar, lo que hizo fue sacarle la blusa, después desabrochársela y soltar en un instante el cierre delantero del sujetador.

Él dejó de tocarla un instante, con el pulso desbocado, y después le cubrió los pechos con las manos, buscando los pezones primero con los dedos y después con la boca. Su boca era cálida, húmeda y maravillosa.

–¿Qué desean? –preguntó Hilda.

«A Sam dentro de mí, aquí y ahora», pensó Dana, arqueando el cuerpo mientras él seguía acariciándole los pezones y con una mano empezaba a recorrer su cuerpo hacia abajo, siguiendo la cremallera del pantalón, y más abajo...

–Una taza de té estaría bien –dijo Nate.

Sam recorrió con el pulgar la costura de sus vaqueros deteniéndose cuando ella gimió, para hacer movimientos circulares al mismo ritmo que su boca sobre sus pechos.

–¿No desean comer nada? –preguntó Hilda.

–No, gracias. Así está bien.

«Muy bien», pensó ella, levantando las caderas. «No pares, no pares, no...»

–Sal de ahí en cuanto puedas, amigo –dijo Nate un poco después–. Ella sospecha algo y probablemente esté buscando a Dana.

¡Noooo! Estaba en el límite. Una sola caricia más, un solo movimiento más de su lengua sobre su pecho y... Pero no tenía de qué preocuparse. Él continuó hasta que la sintió temblar. Ella se mordió el labio inferior mientras llegaba al clímax. Había olvidado el poder, la violencia y el calor del sexo.

Dana intentó besarlo para demostrarle lo que significaba para ella, pero aunque él respiraba con la misma dificultad, empezó a apartarse.

–Vístete –ordenó él en un susurro.

Pero ella empezó a bajar una mano por su cuerpo, deseando poder verlo, pero contenta de no poder.

–Dana –el tono suplicante podía significar que continuara o que se detuviera.

Probando, ella ajustó su mano sobre él. Él se apartó rápidamente en un intento de controlar lo incontrolable. Maldijo y ella se sintió muy poderosa.

—Se acabó —dijo, agarrándola por las muñecas—. Se acabó. Vístete.

Sólo se oyó el roce de la tela, y después él le colocó las manos sobre las caderas y la obligó a avanzar. Se detuvieron en la entrada a escuchar, y unos segundos después abrieron la puerta unos centímetros. Al ver que no había nadie, entraron rápidamente y ordenaron las estanterías. Ella sintió su mirada mientras se arreglaba la blusa y el pelo. Su silencio era más elocuente que las palabras.

—Ni se te ocurra decir que ha sido un error —dijo ella—. Ni se te ocurra.

—Yo...

En ese momento se abrió la puerta del despacho y entró Hilda.

—Está en casa —pareció confundida un instante, pero pronto volvió a su papel habitual.

—¿Desea algo? —preguntó Dana, irritada, deseando saber qué sentía Sam.

—Me dijeron que había salido a dar un paseo.

—Y así es —repuso Dana.

—No la he oído llegar y no estaba aquí cuando llegué a casa —miró atentamente a Dana y luego a las estanterías—. He ofrecido un refresco a sus invitados.

—Muchas gracias. Se quedarán a cenar. Denos hasta las siete, por favor.

—Sí, señora.

Hilda salió, cerrando la puerta tras de sí.

—Sabe lo del pasadizo —dijo Sam—. Lo ha deducido todo, por las telarañas de tu pelo y tu súbita reaparición.

—¿Crees que usa el pasadizo?

—No recientemente, pero no sé en el pasado. El altavoz es moderno, pero pudieron instalarlo Randall o su padre.

—No sé cómo no me dijo lo del pasadizo. Creía

que lo compartíamos todo –suspiró–. Aunque yo también tenía mis secretos; nunca le conté que Harley intentó violarme.

Ella se detuvo después de pronunciar aquellas humillantes palabras en voz alta. El rostro de Sam se ensombreció. Ella seguía sin entender cómo deseaba ayudarla después de lo que le había hecho pasar entonces.

–Siento haber acudido a la policía entonces. Tendría que haberte creído cuando dijiste que el padre de Harley detendría la investigación. Nunca imaginé que al nombrarte como testigo te estaría poniendo en apuros.

–¿Qué ocurrió con Harley? ¿Nada?

–Cuando te marchaste, todo quedó en mi palabra contra la suya. El jefe de policía dijo a mis padres que Harley había recibido una buena charla acerca de que cuando una chica dice que no, es que no.

–¿Por qué estabas con él? Nunca te gustó.

–Me quedé después de clase en una fiesta del Consejo para celebrar la graduación. Después, él ofreció a un grupo de personas llevarlas a casa –tomó aire, visualizando la desagradable escena–. A mí me dejó para el final. Intenté salir del coche, pero me agarró por el brazo y me arrastró al bosque –cerró los ojos–. Le gustaba que me resistiera. No paraba de decir que sabía que yo lo deseaba y que dejara de actuar como si no fuera así. Dios. Mis padres me regalaron un coche al día siguiente por mi graduación. ¡Al día siguiente! Si lo hubiera tenido el día antes, no me hubiera llevado él a casa y... –se detuvo–. Si no hubiera ido a la policía, no te hubiera ocurrido nada.

–Sobreviví. Olvídate de eso, ahora tenemos otro asunto entre manos: saber quién quiere que salgas de la vida política.

Ella se admiró de su capacidad para concentrarse, su mente lógica y rápida, y la energía que irradiaba. Se había equivocado al no acudir a él desde el principio; no era un hombre que se achantase ante las dificultades, por no hablar de su atractivo, su fuerza y su ternura.

–¿Ahora qué hacemos?

–Abe va a hablar con algunas personas...

–¿Así es como mi jefe de equipo y tú vais a mantener este asunto en privado?

–¡No puedes resolver esto tú sola! Necesitamos ayuda de otras personas para investigar ciertas cosas. Abe es discreto y sólo llamará a unos amigos. Creo que tenemos que centrarnos en Harley, no podemos ignorarle después de lo de la fiesta.

–¡Oh! ¡Harley llamó al programa de Lilith el martes! Me envió la cinta, debe de estar en mi maletín. ¿Cómo he podido olvidar algo así?

–Voy a la biblioteca a ver a Nate y Arianna.

–De acuerdo –corrió escaleras arriba a buscar la cinta y un pequeño cassette para escucharla.

Al pasar delante de su retrato de boda colgado en su habitación, se detuvo a contemplarlo. No parecía una novia, sin velo ni vestido de princesa. Aquel traje rosa claro le había parecido adecuado para una boda en el juzgado. Randall no había querido esperar, y ella estuvo de acuerdo, aunque había lamentado no tener la boda de cuento, con amigos y familiares aparte de sus padres y Lilith para verla andar hacia el altar, con su Príncipe Azul. No había tenido nada de eso, pero en su lugar había adquirido mucha dignidad.

En el matrimonio había otras cosas aparte de la pasión, como había dicho a Sam, pero también había otras pasiones aparte de la pasión sexual. En cualquier caso, ella había aprendido a ser más controlada y fría, y al estar cerca de Sam se daba cuenta de que no había perdido la pasión por completo.

Bueno, aún había tiempo para cambiar algunas cosas, si eso era lo que necesitaba. Y en el piso de abajo había un hombre que la había protegido como su caballero en tres ocasiones sin pedir nada a cambio. Un hombre que volvía para encender en ella el mismo fuego que en el instituto y que la rechazó de un modo que nunca comprendió.

Tal vez él también tuviera miedo. Ella quería tentar su suerte y saber si la vieja pasión podía encender nuevas llamas. Empezaría aquella noche; se pondría algo más femenino, unas gotas de perfume, flirtearía con él... si él la dejaba, pero seguro que adivinaba que quería acabar lo que habían empezado en el pasadizo.

Sam miró a Dana cuando volvió con la cinta y el cassette. Se había cambiado de ropa y se había puesto una camiseta y un pantalón ajustado que le quitaban cinco años a su habitual apariencia conservadora, eliminando todas las marcas de su estatus político. Él había tocado aquel cuerpo, lo había saboreado, había escuchado sus gemidos... Se dio cuenta de que Arianna le había descubierto mirándola, y no había nadie mejor que ella para leer señales no escritas, por eso siempre estaba presente en las entrevistas.

Además, Arianna y Nate se habían enterado de su historia con Dana una noche hacía algunos años, cuando los tres creyeron que iban a morir. En las largas horas en que permanecieron a la espera de que les rescataran tras el bombardeo de su cuartel general, compartieron sus éxitos y fracasos, y Dana fue la protagonista de la historia de Sam.

Le irritaba que Arianna lo supiera y su frustración sexual con Dana había alcanzado límites insospechados, pero cuando escuchó la voz de Harley en la cinta, su rostro se ensombreció en un segundo.

—Quiero ayudar a una mujer a perder su frigidez —decía Harley.

Arianna se rió, pero a Sam no le pareció nada gracioso.

—¿Su frigidez? —repitió Lilith—. ¿A qué te refieres exactamente con eso?

—Ya sabes, es fría. Tal vez sea una causa perdida, no lo sé. Pero si yo no puedo ayudarla, nadie puede.

—Cuéntame algo de ella.

—La llamaré la princesa del instituto Prospector.

Pasaron dos segundos antes de que Lilith contestara.

—Puesto que el nombre que le das no parece muy cariñoso, ¿por qué estás interesado en ella?

—Me da pena ver como vive sin disfrutar de los placeres de la vida.

—¿Acaso tú podrías darle esos placeres?

—Por supuesto.

—Tal vez no le gustes.

Entonces fue él quien se calló.

—Eso no me parece un consejo muy profesional, «doctora» Lilith.

—Yo diría, querido oyente, que todo el problema está en tu ego, no en que esta mujer no sienta deseo. Me parece una causa perdida y mi consejo es que te apartes de ella.

—No puedo porque es mi destino. No estaré satisfecho hasta que no me ocupe de ella.

—De verdad, querido oyente, no puedo decirte cómo romper las defensas de esta mujer y mi consejo es que te fijes en otra persona más receptiva... Es el momento de pasar a publicidad.

–Perder su frigidez –repitió Arianna–. Vaya engreído.

–Veo que le conoces –sonrió Dana mirándola.

–Sí, a él y a muchos otros como él –respondió Arianna.

–Y todos van por ahí ahora sintiendo su virilidad dolorida –se rió Nate.

–Eso por la parte de «No» que no entendieron.

–¿Alguna vez dices «Sí», Ar?

Ella le tiró un bolígrafo y él lo atrapó en el aire.

–Chicos –los interrumpió Sam–, creo que es el momento de ver a nuestro amigo. Dana, creo que iré contigo al funeral, después de todo.

–Espero que no hagas una escena en el funeral como la que me dejaste después del baile.

–¿Sam montó una escena? –preguntó Arianna, abriendo mucho los ojos.

Los ojos de Dana chispearon.

–No es broma. Apareció en la sala, bailamos, tuvo un encontronazo con Harley y éste acabó en el suelo sin que nadie se enterara de cómo había pasado. Después desapareció de allí. Sólo le faltó la capa y fui yo quien tuvo que apañárselas con las consecuencias de sus tácticas de superhéroe.

–¿Qué quieres decir? ¿Qué hizo Harley? –le preguntó Sam, sin ver el brillo de sus ojos.

Era algo serio y no había calculado las consecuencias de la humillación pública. Vigiló su casa durante horas por si Harley la seguía, pero no había pensado que podía hacer algo en la fiesta.

–Estuvo tan arrogante como de costumbre –dijo Dana–. Me las arreglé bien, pero no estaba contenta contigo –ella sonrió–. Voy a llamar a Candi para decirle que vamos al funeral. Y a Lilith, aunque su marido no quiere que vaya a ningún lado en coche. Vuelvo en un segundo.

La puerta de la biblioteca no había acabado de

cerrarse, cuando Arianna ya estaba mirando fijamente a Sam.

–¿Qué? –preguntó él.

–Sigues loquito por la honorable Dana.

–¿Y qué?

–Que en el funeral tienes que actuar como si fueras su amante.

–¿Por qué iba a hacer eso?

–Eso fastidiará enormemente a ese Harley y así descubrirá sus intenciones. Algo me dice que no te importará del todo hacer ese papel, tal vez incluso lo repitas.

Nate se echó a reír y Sam empezó a pensar que Arianna tenía razón. Tenía que llevarlo al terreno personal para enfurecer a Harley, pero se sentía desgarrado entre el placer y la agonía. Podría tocarla, pero sería un juego, un papel, un trabajo.

–Puede aparecer la prensa –dijo Arianna.

–Es el funeral de un profesor en una pequeña localidad.

–Pero una mujer famosa va a asistir.

–No avisará hasta el último momento.

–Si os fotografían juntos –dijo Nate–, empezarán las especulaciones y si desapareces demasiado pronto de vista, la curiosidad será aún mayor.

–Lo sé, pero no me parece probable que todo esto salga de Miner's Camp.

–La declaración de la amiga de Dana salió de Miner's Camp –apuntó Arianna.

–Ya lo sé –los miró, valorando su reacción–. Pueden identificarme junto con la empresa, ¿tenéis algún problema con eso?

–Yo no –dijo Arianna, y Nate asintió–, pero, ¿y tú?

–No quiero causar problemas. Siempre nos hemos distinguido por trabajar en secreto y eso es importante para la gente que nos recomienda y que nos contrata.

–Si ella supiera a lo que te arriesgas, ¿te dejaría seguir adelante? –preguntó Arianna.

–Yo no se lo diré y vosotros tampoco. Es mejor que no sepa nada porque se le da muy mal mentir.

–¿Y está en política? –dijo Nate–. Yo creo que si te conviertes en una presencia constante al lado de Dana, no habrá ningún problema.

Nate tenía razón. Sam le haría un favor y después se alejaría de ella. Cuanto menos supiera, más protegida estaría de ciertas cosas.

Sam siguió trabajando en la biblioteca hasta altas horas de la noche. Dana les había invitado a pasar la noche y Sam había ido a su hotel a recoger algo de ropa para el funeral del día siguiente. Después de la cena, se encerraron en la biblioteca con los informes y el correo de Dana que había llevado Abe.

Sam no creía que la respuesta se encontrara en su pasado; la fuente parecía proceder de Harley o de alguien con aspiraciones políticas.

Por fin subió las escaleras, agotado. Había mandado a Dana a la cama una hora antes, cuando se empezó a quedar dormida en el sillón, y Nate y Arianna habían aguantado media hora más. Sam se había quedado meditando hasta que sus ojos empezaron a cerrarse también.

Al dirigirse a la habitación que le habían asignado, pasó por delante de la de ella. La puerta estaba ligeramente abierta. Se sintió tentado, pero finalmente agarró el picaporte para cerrarla.

–¿Sam?

¿Le había estado esperando? Abrió la puerta ligeramente pero sin mirar.

–¿Qué?

Ella salió a la puerta. Llevaba unos pantalones

de pijama de franela y una camiseta de tirantes que se ajustaba a su cuerpo como una segunda piel. El pelo suelto caía en cascada hasta sus pechos, y lo único que pudo hacer él fue cerrar los puños con fuerza.

—¿Quieres pasar? —preguntó ella.

—No.

—¿No quieres acabar lo que empezamos esta tarde?

—Buenas noches, Dana —dijo, incapaz de descifrar su expresión.

—Espera. ¿Iremos al funeral juntos o por separado?

Él se cruzó de brazos.

—Tenemos que aparentar que estamos juntos.

—¿Qué?

—Nate y Arianna creen que eso pondrá a Harley celoso y le hará descubrirse.

—¿Entonces tendremos que ir de la mano y esas cosas?

—Lo que requiera la situación.

Ella sonrió divertida. Normalmente las mujeres no bromeaban con él, pero le gustaba que Dana lo hiciera.

—¿Tal vez tengamos que besarnos? —preguntó ella, avanzando hacia él.

—Sólo si es necesario.

Ella se rió quedamente.

—Eres muy serio.

—Para eso me pagas.

Ella se quedó helada, como él había pretendido. Después se acercó aún más a él.

—Tal vez pudieras relajarte un poquito de vez en cuando, como hacen Nate y Arianna, y yo no me sentiría tan impotente.

—Espera sentada —dijo suavemente y en tono de broma para suavizar sus palabras.

84

–¿Y no crees que tendríamos que practicar la parte del beso? –sugirió ella, risueña–. Para que parezca que lo hemos hecho muchas veces. Esta tarde en el pasadizo casi nos saltamos esa parte, y lo del otro día fue tan rápido...

¿Estaba flirteando con él? Aquello podía ser peligroso. Sus sentimientos no tenía nada que ver con el enamoramiento inocente de un adolescente, sino con la atracción de un hombre por una mujer.

–Creo que tengo habilidad suficiente para que no tengamos problemas con eso –dijo fríamente.

–Pero yo no estoy tan segura por mi parte.

–Anoche lo hiciste bien –parecía que había pasado mucho tiempo–. Buenas noches.

–¿Sam?

Apenas había avanzado un par de pasos, pero el tono de urgencia de su voz le hizo volver.

–Dijiste que querías permanecer oculto. Esto podría estropearlo todo. ¿Estás preocupado por...?

Él la tomó entre sus brazos, la empujó hasta la pared de la habitación y la besó. La devoró, la absorbió. Sabía maravillosamente bien y hacía unos ruiditos de placer gloriosos. Ella se movió contra él hasta que sus cuerpos se ajustaron uno al otro y bajó las manos por su espalda hasta llegar a su trasero. Él hizo lo mismo.

Ella susurró su nombre entre besos hasta tres veces, pidiendo más. Él consiguió reunir todas sus fuerzas para resistirse y apartarse de ella.

–Ya hemos practicado –dijo él, antes de alejarse tan rápido como su excitado cuerpo le permitió. «Duerme, senadora Sterling, duerme si puedes». Él estaba condenadamente seguro de que no podría pegar ojo.

Capítulo Ocho

En el momento en que se bajaron del coche de Sam, todas las miradas se centraron en ellos. Sam intentaba analizar sus complicadas emociones de placer y dolor. Sólo en sueños había imaginado estar con Dana del brazo en público, pero el motivo era que su amigo había muerto. Era un momento agridulce.

Dana, a su lado, saludaba a la gente con un movimiento de cabeza. Él apenas reconoció a unos pocos y Harley no estaba entre ellos.

Una vez en la iglesia, Dana y él fueron conducidos a un banco enfrente del altar. Él se inclinó sobre ella y le dijo algo al oído. Era un gesto de intimidad, especialmente cuando ella en respuesta le ajustó la corbata. Una vez sentados, pudo relajarse.

El ataúd estaba cerrado y una fotografía de Ernie Giannini descansaba sobre él. Así debía ser recordado. Sam notaba el peso de la medalla en uno de los bolsillos de la chaqueta y empezó a sentir un dolor en el pecho que se extendió por todo su cuerpo.

El último funeral al que había asistido había sido el de su madre, en aquella iglesia, con sólo diez años. Se había sentado en el mismo banco, al lado de su padre, que olía a whisky y lo ignoraba. Aún recordaba cómo se había limpiado los zapatos él solo, sin la ayuda de su madre, y que su camisa estaba arrugada. No sabía planchar y por más que había intentado estirar la tela, las arrugas no desaparecían. Al intentar planchar la camisa, dejó una mancha marrón en la prenda que le hizo llorar de frustración.

Aunque había visto a los Giannini antes en la iglesia, nunca había hablado con ellos. Ellos le recogieron cuando su padre se olvidó de él después de la misa. No podría olvidar el olor a lavanda de Rosa y la voz consoladora de Ernest. Entonces le habían parecido viejos, pero sólo tenían cincuenta años.

Sam buscó la mano de Dana y se la puso en el regazo. Sintió su interrogación silenciosa, pero no respondió.

Rosa apareció por una puerta lateral del brazo del sacerdote, que la condujo hasta el banco de los familiares, en el pasillo opuesto a donde estaba Sam. Cuando ella lo vio, su cara se contrajo de dolor y se levantó. Sam se excusó ante Dana y acudió a abrazarla fuertemente.

–Has venido –dijo ella, aún oliendo a lavanda–. Gracias, Sam, esto significa mucho para mí.

–Si alguna vez necesitas algo, Rosa, sólo tienes que llamarme. Prométeme que lo harás.

–Cariño, claro que lo haré.

Cuando volvió a su sitio, Dana le susurró al oído:

–No sabía que estabas tan próximo a los Giannini –dijo, quitándole algo de la chaqueta–. Ahora entiendo que estuvieras tan bien informado.

Sam mantuvo la mirada fija al frente.

–Él me quería. Tras la muerte de mi madre, él y Rosa fueron las únicas personas que me quisieron –no podía creer lo que acababa de decir. Tenía un nudo en la garganta y empezaba a verlo todo borroso.

–Oh, Sam –dijo ella dulcemente–, cuánto lo siento.

Entonces se alegró de haber acudido, de haber

hecho feliz a Rosa. Se dio cuenta de que enfrentarse al pasado era la única manera de hacer sitio para el futuro.

Durante el servicio, varias personas quisieron hablar y despedirse del señor Giannini, y Dana fue la última. Estaba acostumbrada a hablar en público, pero fue su calor y su sinceridad lo que se ganó a la gente, no su cargo. En su corto pero elocuente discurso habló de su imagen del señor Giannini, su amabilidad y su filantropía. Cuando acabó, abrazó a Rosa antes de volver a su sitio.

Sam la rodeó con el brazo y le acarició el pelo con los labios. En algún momento había dejado de actuar y simplemente se dejaba llevar por sus sentimientos... y nada había cambiado realmente. Ella seguía siendo inalcanzable para él.

Tras el entierro, todo el mundo acudió al salón de actos de la iglesia a hablar y a comer algo. Dana no quería estar mucho rato hablando con la gente, pero estaba disfrutando tanto de sus atenciones, que no le importaba estar más tiempo con él en público. No estaba dispuesta a dejar escapar tan rápido el placer de tener su mano en la suya.

–Dana, sé que te apetece hablar con la gente, pero tengo que estar contigo. Siento no dejarte tener conversaciones privadas, pero ahora todos son sospechosos.

–Lo entiendo. Harley acaba de llegar.

–Sí, acabo de verle aparcar.

–Justo a tiempo. Se salta el funeral, pero llega a la comida y a la charla.

–O –dijo Sam–, se ha enterado de que estás aquí.

–Contigo –añadió ella.

–Es interesante que se sienta amenazado con tan poco.

Dana hubiera contestado, pero Rosa acudió a saludarlos y a aceptar más abrazos.

–He oído que has empezado a planear con la escuela una beca de matemáticas con el nombre de Ernie –dijo Rosa a Sam–, y que yo tendré que elegir al ganador cada año.

–Ya te daré más detalles. ¿Puedo ayudarte en algo? –preguntó él.

A Dana le pareció muy interesante que Sam cambiara de tema tan rápidamente. ¿Acaso aportaría él los fondos? ¿Y por qué no quería que se usara su nombre?

–Estoy bien por ahora –dijo Rosa antes de mirar a Dana–. Pero no sabía que estabais... juntos.

–Es un descubrimiento reciente.

–Entonces debes saber un par de cosas acerca de este jovencito.

–Rosa... –le advirtió Sam.

–¿Qué? El que prometió mantener tus secretos fue Ernie, no yo.

–En un matrimonio, lo de mantener los secretos afecta a los dos.

–Si no quieres oírlo, vete a dar una vuelta o estate calladito. Dana –dijo, dándole la espalda a Sam–. No conozco a nadie que haya llegado tan lejos como él. Podía haberse hundido en su desgracia, pero en vez de eso, se hizo a sí mismo y se tomó sus responsabilidades mucho más en serio de lo que el borracho de su padre se merecía.

–Por favor –dijo Sam–. Eso fue hace mucho tiempo.

Dana podía entender la incomodidad de Sam, pero el asunto la fascinaba.

–¿Ves? No puede aceptar un cumplido porque nunca los ha recibido, pero desde muy pequeño empezó a hacer todo tipo de trabajos para ayudar a pagar el alquiler y la comida.

–Todo tipo de trabajos que me daban los Giannini, mucho mejor pagados de lo que debían.

–Cada año se echaba más responsabilidad encima –siguió la mujer–, y después de marcharse, envió dinero a Ernie cada mes, para ayudar a cuidar a ese hombre que no merecía llamarse padre. Sam pagó su funeral y su entierro –le agarró el brazo–. No le debías ni eso, ni nada. Sé que te he avergonzado, Sam, pero la gente tiene que conocer la verdad sobre ti. Tienes el estigma de tu padre sobre ti, y no es justo.

–La vida no es justa.

–No me vengas con ésas, jovencito.

Rosa se disculpó al ver al sacerdote y al verla marcharse se fijaron en que Harley les miraba, y a sus manos entrelazadas, desde un rincón.

–Ni siquiera Harley se atrevería a montar una escena aquí –dijo Sam en voz baja–. Salgamos y nos seguirá.

En ese momento vieron llegar una furgoneta de una cadena de televisión de Sacramento, y de ella saltaron una reportera y su cámara. Harley estaba, muy convenientemente, fuera en ese momento.

–¿Vaya, quién será el responsable de esto? –dijo Dana, dándose cuenta de la repercusión que tendría para Sam–. ¿Qué hacemos ahora?

–Ya veremos.

–Sam, no puedo pedirte que hagas esto por mí. Sólo tienes que desaparecer hasta que se vayan las cámaras. Por favor. No quiero ser la responsable de sacarte del anonimato.

–Ya sabía que podía pasar. Y da igual dónde me esconda, Harley les dará mi nombre.

–Senadora Sterling –llamó la reportera con la cámara encendida–. ¿Tiene un segundo?

–Estoy aquí por un asunto personal y no haré declaraciones públicas.

—Sí, lo entiendo —miró sus notas—. Ernest Giannini era profesor.

—Un maravilloso profesor y un viejo amigo de la familia.

La reportera dirigió el micrófono a Sam.

—¿Conocía al fallecido?

—Todo el mundo que está aquí le conocía —dijo Dana mientras Sam permanecía callado—. Mi presencia aquí no es una noticia.

—Senadora, ¿ha tomado una decisión acerca de si se presentará a las elecciones?

—Acabamos de enterrar a un amigo y no tengo nada más que decir —repitió en el mismo tono.

—Será interesante ver los comentarios que añaden —dijo Sam cuando se alejaron. Harley acababa de detener a la reportera y ella estaba escribiendo algo en su cuaderno de notas.

—Espero que esto no haya estropeado tu carrera.

—La gente me olvidará.

Ella supo que había dicho eso para que no se sintiera culpable.

—Creo que estás subestimando el interés de la gente en mi vida amorosa.

Harley hizo notar su presencia en ese momento.

—Mira qué bonito. La Princesa y el Perdedor. Seguro que a Hollywood le interesa la historia.

—¿Estás celoso? —preguntó Sam.

Él hundió las manos en los bolsillos.

—Puedes creer que serás la elegida, señorita Dana, pero tengo que decirte que no eres tan popular como crees. Yo no me presentaría de nuevo si estuviera en tu pellejo.

—¿Estás dándome un consejo? ¿Tú? —dijo Dana, sintiendo que Sam se ponía tenso.

—Sólo te digo que te votaron por pena, pero esta vez será distinto —se inclinó sobre ella—. Sé algo sobre ti.

–¿Me estás amenazando?

–¿Yo? En absoluto. Sólo te recuerdo, zorra...

Sam le empujó contra la pared y le inmovilizó. Su sombrero de ranchero blanco cayó al suelo.

–Suéltalo –dijo Dana con urgencia–. El cámara...

–¿Has grabado eso? –gritó Harley al cámara que, de vuelta a la furgoneta, no se había enterado de nada.

Sam lo soltó y Harley recogió su sombrero del suelo para volver a embutírselo en la cabeza.

–Te sientes muy segura con tu guardaespaldas, ¿verdad?

–Pues lo cierto es que sí.

–Siempre fuiste una mojigata

–Y tú siempre fuiste idiota.

La gente empezaba a salir del edificio y Dana no quiso crear más rumores.

–Vayamos a despedirnos de Rosa, Sam.

Los hombres se lanzaron miradas retadoras antes de marcharse cada uno en una dirección. Sam y Dana hablaron unos minutos con Rosa y una vez en el coche, Sam se dirigió hacia el norte en lugar de hacia el sur.

–¿Dónde vamos? –preguntó Dana.

–Al venir dijiste que querías pasar por casa de tus padres –dijo él.

–Es verdad, lo había olvidado.

Él no dijo nada.

–¿Crees que es él? –preguntó ella.

–Desde luego, la sutileza no es su punto fuerte. Su amenaza de hoy era directamente a ti y eso no se corresponde con lo que ha pasado hasta ahora. A no ser que no esté solo en el juego.

–¿Quieres decir que se haya aliado con un enemigo político?

–Sí, aunque no es muy probable. En cualquier caso, ha sido una amenaza

–¿Por qué no le has dicho nada?

–Lo has hecho muy bien, Dana. Además, es su reacción ante ti, la que necesitamos.

–No puedo creer lo rápido que lo inmovilizaste.

–Se ha quedado un poco blando desde que no juega al fútbol –echó una rápida mirada en dirección a Dana y preguntó–. ¿Sabes a qué se refería cuando ha dicho que sabía algo sobre ti?

Ella miró fijamente a la carretera en vez de a Sam.

–Sí.

–¿Es algo que no me hayas contado?

–La verdad es que lo había olvidado –dijo asintiendo con la cabeza.

–¿Podría dañar tu reputación?

Acababan de llegar a casa de los padres de Dana.

–No lo sé. Tenía diecisiete años y los cargos fueron retirados.

93

Capítulo Nueve

La única vez que Sam había estado en casa de Dana fue la noche del baile, cuando acudió a buscarla. Entonces había pensado que eran ricos porque tenían cuadros en las paredes y muebles conjuntados. En aquel momento se daba cuenta de que era un hogar agradable pero de clase media, y que sólo le había parecido especial porque Dana vivía allí.

Se quitó la chaqueta y la corbata mientras Dana abría las ventanas de la sala.

–¿Quieres tomar algo?

–No, gracias –lo que quería era saber por qué había sido arrestada.

–Yo sí lo necesito.

La siguió a la cocina donde ella empezó a preparar limonada, pero era incapaz de concentrarse.

–Lo siento –murmuró ella.

–No pasa nada, Dana. No tienes que disculparte.

–No he dormido mucho y eso me pone de mal humor.

–Dispara. Te prometo que aguantaré.

Aquellas palabras parecieron ahuyentar todo el mal humor.

–Lo que me vendría bien es un abrazo –dijo ella, deseando hundirse en su pecho y sus brazos.

Él se dejó llevar por el momento, algo que parecía pasarle con demasiada frecuencia, y la atrajo hacia sí. Aun así, ella no se relajó.

–No sé qué haría sin ti –dijo ella.

–Espera a ver mi factura –se rió él.

–Sí. Menos mal que estoy podrida de dinero, porque el dinero puede comprar la felicidad, ¿no?

–Háblame de cuando eras feliz –dijo él, pasándole una mano por el pelo.

–El primer año en Berkeley. Alquilé una casita diminuta en el campo que me encantaba. Me encantaba estar en la universidad, el ambiente, el trabajo en la oficina de Randall, la gente que conocí. Era genial –ella suspiró–. Tus manos son increíbles. Podría dormirme aquí mismo.

–¿Por qué no duermes un rato? Yo puedo hacer unas llamadas de trabajo mientras y así descansarás.

–¿No te importa? ¿De verdad?

–No me importa.

Ella se apartó y él notó frío. Dana parecía frágil, aunque sabía que no lo era. Volvió a tomar el exprimidor.

–¿Qué haces?

–Te preparo una limonada.

–No me gusta la limonada.

–¿Y por qué no lo has dicho? –dijo ella, tirando sin cuidado el exprimidor dentro de un armario.

El mal humor había vuelto y decidió no recordarle que lo de la limonada había sido idea suya.

–Vuelve a tu momento feliz, Dana.

Un segundo después, ella se echó a reír.

–¿Sabes qué me hizo feliz? –él se encogió de hombros–. Sígueme y te lo enseñaré.

Ella lo llevó escaleras arriba hasta su habitación. Por aquel lugar parecía no haber pasado el tiempo desde que ella se marchó a la universidad. ¿Habría estado Randall allí? ¿Habría dormido con él bajo aquella colcha rosa y verde cubierta de ranas de peluche? Sam no podía imaginarse a Randall allí. Ella desapareció en un armario lleno de ropa y cajas y un minuto después apareció con una caja forrada con un papel de corazones rosas. La dejó sobre la cama y la abrió. De ella sacó un marco con una foto y se lo pasó con una expresión demasiado seria como para ser un recuerdo feliz.

Era la foto del baile; él con su esmoquin de alquiler y ella de rosa, como siempre. Aún se acordaba del tacto de la tela de su vestido, seda de imitación, no como la que llevaba en aquel momento.

—Fui muy feliz aquella noche, o la mayor parte de ella —dijo—. ¿Qué ocurrió? ¿Qué hice? Todo iba genial y de repente, cambiaste por completo. Era la cita perfecta.

Él no podía explicárselo sin hablarle de la conversación con su padre.

—Éramos muy jóvenes —dijo él.

—Dime qué ocurrió. Ya sé que tú sólo me invitaste a ir por lástima, pero yo...

—¿Lástima? ¿De dónde has sacado esa idea?

—Fue por eso, ¿no? Mi pareja se rompió una pierna y tú me invitaste a ir para hacerme un favor. Todo iba bien hasta que dejaste de bailar y de hablar conmigo. Ni siquiera me besaste.

—Dana, te aseguro que no fui contigo para hacerte un favor.

¿De verdad no sabía lo que sentía por ella? Tres días antes del baile, él había oído cómo le contaba a sus amigas, llorando, que su pareja se había roto una pierna y que no podría ir al baile. En cuanto se quedó sola, él la invitó a ir. Ella aceptó y él se sintió como en una nube.

—Siempre me gustaste —dijo Sam, sintiéndose un poco adolescente.

—¿Y por qué acabó tan mal?

—Nunca había besado a una chica y no quería hacerlo mal.

—¿En serio?

—Sí. Cada vez estaba más nervioso —aquello era

verdad en parte. Deseaba besarla, pero le asustaba estropearlo todo.

–Algo me dice que hay algo más que no me quieres contar –cuando sus miradas se encontraron ella frunció el ceño–. Esa noche tuvo que costarte una fortuna, Sam. Nunca me había dado cuenta de cuánto tuviste que trabajar para conseguir lo que tenías hasta esta mañana.

Él se encogió de hombros. Se había gastado hasta la última moneda de sus ahorros, pero no lo había lamentado.

Pero quería esa foto... ¿Cómo podía pedírsela?

Ella rebuscó un poco más en la caja y sacó otra foto.

–Esta copia es para ti. La compré para darte una sorpresa aquella noche, pero nunca te la di... creía que me odiabas.

–No.

Ella suspiró.

–No sé cómo sobrevivimos a la adolescencia. Todo es tan importante y tan serio, y desperdiciamos un tiempo precioso equivocados porque no pedimos explicaciones. Tenía que haberte preguntado qué había pasado aquella noche. Ojalá lo hubiera hecho.

–No hiciste nada malo. A mí también me hubiera gustado que las cosas fueran de otro modo, pero al final el tiempo lo pone todo en su sitio.

–¿Crees que lo de encontrarnos en la fiesta fue cosa del destino?

–Puede ser.

–Si el señor Giannini no hubiera muerto, hoy no estaríamos aquí a solas –dijo ella, desabrochándose dos botones de la chaqueta y dejando al descubierto una puntilla negra–. Muchas veces me siento sola, pero normalmente hay gente a mi alrededor.

–Yo estoy aquí.

—Sí.

Los recuerdos se agolpaban en la mente de Sam, y se iban transformando en deseo, en lo más profundo de su cuerpo. La recorrió con la mirada, sin importarle que ella lo viera mirarla. La deseaba, pero no como un niño, sino como el hombre que era y que sabía qué hacer con ella. La necesitaba en ese momento.

Se acercó a ella, tomó un botón de su chaqueta entre sus dedos y lo liberó del ojal. Ella no dijo nada y siguió mirándole con aquellos ojos negros y serios. Desabrochó la chaqueta entera y ella no se movió. Después se la quitó y la arrojó sobre una mecedora que descansaba en un rincón. El sujetador de encaje negro levantaba sus pechos y los moldeaba de un modo muy sexy.

Él le tomó las manos y se las llevó hasta los labios. Después la miró hasta estar seguro de que ella también deseaba aquello.

—Tengo protección —dijo él.

Ella pareció sorprendida y después se acercó.

—¿Habías imaginado que iba a pasar esto?

—No —pero no se fiaba de sí mismo para evitar que pasara, después de lo del pasadizo y del beso en su cuarto, tras el sueño erótico de la noche anterior, el más real que había tenido nunca.

Bajando las manos por su espalda, llegó hasta la cremallera de su falda y un segundo después estaba en el suelo. Ella llevaba un tanga y medias a la altura de los muslos. Al verla así, casi sintió dolor.

—No sé si podré volver a mirarte a la cara nunca más, senadora, sabiendo lo que llevas debajo de la ropa.

Ella sonrió ante la broma.

Seguro de no tener que detenerse esa vez, se lanzó a la carga, hundiendo los dedos en su pelo, buscando su boca con una pasión tanto tiempo contenida que casi tuvo miedo de hacerla daño.

—No pienses —dijo ella otra vez, al sentir que se retiraba, moviéndose contra él y colocándole las manos en la cintura—. Simplemente hazlo.

No necesitaba nada más. Tal vez se equivocara y fuera un idiota, pero la necesitaba y no pensaba dejarla marchar. No, después de lo que estaba sintiendo mientras ella le desabrochaba la camisa. La boca cálida, húmeda y suplicante, los tentadores sonidos que dejaba escapar. Su fragancia. La curva de su espalda cuando le ofrecía los pechos, el broche del sujetador, abierto. El terciopelo de sus pezones bajo su lengua y después en su boca, haciéndola gritar y ofrecerle el otro pecho. Más, más lejos, más alto. Sam se arrodilló para quitarle los zapatos y las medias y sintió sus manos sobre la cabeza cuando acercó su boca al delicado tanga. El exquisito dolor de sus dedos sobre su cráneo mientras él dibujaba los contornos de la prenda con la lengua. La suavidad de sus piernas.

La acostó sobre la cama y se quitó el resto de la ropa a toda velocidad para cubrirla con su cuerpo, deseando hacer que durara para siempre y sabiendo que no podría contenerse mucho tiempo. Él deslizó una mano sobre ella para comprobar su respuesta. Ella levantó las caderas para buscar sus dedos y gimió cuando entró en ella, respirando fuertemente ante su tacto. Ella estaba lista y él más aún.

Se detuvo un instante para ponerse la protección, lo suficiente para mirarla a los ojos y asegurarse de que ella estaba bien. Nadie lo había deseado tanto ni de aquel modo. Sus ojos brillaban y sus mejillas estaban teñidas de rojo.

—Sam —dijo ella. Había pronunciado su nombre como nadie antes

Él la miró a la cara mientras se unía a ella, vio en

ella reflejado el placer, sintió la urgencia de sus movimientos y el gemido que la sacudió al sentirse penetrada. Ella lo rodeó con las piernas, clavó los dedos en su trasero, levantándose más aún. Su clímax llegó lentamente, ganando fuerza con rapidez mientras sus gemidos llenaban la habitación y la cabeza de Sam. Cuando empezó por segunda vez, él se agarró fuertemente a ella y se dejó llevar, transformando su sueño en realidad. Nunca había sentido nada igual en su vida, nada tan perfecto, tan maravilloso y tan exquisito.

Excepto tal vez cuando ella se derritió en sus brazos, de vuelta a la tierra, susurró su nombre y se quedó dormida, confiando en él, el mejor regalo que podía hacerle.

Dana sintió un maravilloso dolor en todo el cuerpo al despertar. Había dormido dos horas en los brazos de Sam, aunque ya no podía sentir su calor a su lado. Al volverse, le vio completamente vestido junto a la ventana. Ella deseó poder ducharse con él y volver a hacer el amor antes de volver a casa, a la vida real, pero parecía que ya estaba en la vida real.

Ella se arropó con la sábana hasta la barbilla antes de decir nada. Se sentía aún más desnuda al estar él completamente vestido.

–Hola.

Él volvió la cabeza y tras un segundo de duda, fue a sentarse a su lado en la cama.

–¿Has dormido algo? –dijo, buscando en la expresión de su cara.

–No.

–¿Has trabajado?

Él sólo sacudió la cabeza.

–Las conversaciones pos coitales no son lo tuyo, ¿no?

100

–Una queja típica de las mujeres.

–¿Te arrepientes de que hayamos hecho el amor?

–Sólo en cuanto a lo que afecta a nuestra relación profesional –dijo él, tras pensar un segundo.

–No tiene por qué afectar. Yo no dejaré que pase.

–No podrás evitarlo.

–¿Lo sabes por experiencia?

–No –le tomó la cara entre las manos y la besó sin prisa, haciendo que a Dana le empezaran a picar los ojos y la garganta–. Pero sé cómo funcionan estas cosas.

Ella le agarró las muñecas y la sábana cayó hasta su cintura.

–¿Es acaso porque tú siempre das y yo sólo recibo? No me has dejado...

–Dana –le cubrió los pechos con las manos–. Eres una mujer fuerte y sexy. No siento eso para nada. Es sólo que ... complica las cosas.

–¿Quieres decir que vas a mantenerte alejado de mí? ¿Quieres decir que esta maravillosa experiencia no se va a repetir?

Desde el exterior les llegó el ruido de un coche aparcando en la gravilla de la entrada. Sam fue a la ventana mientras Dana empezaba a buscar su ropa.

–Un coche plateado –dijo.

–No sé de quién es –se puso el tanga al revés, pero no le importó. Le tiró el sujetador a Sam para que lo desenredara y empezó a ponerse las medias–. ¿Quién es? –dijo ella, con el aliento entrecortado, recogiendo el sujetador que él le ofrecía y girándose para que él le subiera la cremallera de la falda.

–No han salido del coche aún. Probablemente se pregunten quién ha aparcado delante de su casa. Muy bien, acaban de salir. Senadora, a no ser que me equivoque, tus padres acaban de llegar a casa.

Capítulo Diez

Una hora después de la puesta de sol, Dana dio un beso de despedida a sus padres y subió al coche de Sam. Un día podía cambiarlo todo. El día anterior se moría por hacer el amor con él. Deseo cumplido. Ahora le veía de otra manera, con más curiosidad, deseaba saber más de él.

La decisión fulminante de sus padres de volar desde Florida para llegar al funeral había interrumpido el momento de intimidad entre Sam y ella, y aún tenía que agradecer a los dioses de la lluvia la tormenta que les había retrasado dos horas en Dallas. Habían llegado a la iglesia justo después de que Dana y Sam se marcharan, y se quedaron varias horas con Rosa.

Sus padres no parecieron sorprendidos de verlos. Tal vez Rosa les había avisado. Sam había bajado a saludarlos mientras Dana se arreglaba el pelo y el maquillaje, e intentaba calmarse.

Sam había estado muy callado durante la cena, al igual que su padre. Su madre había dejado pocas oportunidades para meter baza en la conversación, pero aun así, resultaba extraño.

Su padre había llevado a Sam a dar una vuelta por la finca después de la cena. Habían estado unos quince minutos y Sam había vuelto con una expresión mucho más sombría. Deseaba abrazarle y decirle que todo iba bien, pero no tenía ni idea de por qué se sentía tan vulnerable.

Entonces, al mirarlo, se dio cuenta de que se estaba enamorando de él, sin que nada ni nadie pudiera evitarlo.

–¿Por qué fuiste arrestada? –preguntó él.

Ella se arregló la falda intentando no dar importancia a sus palabras.

–Por posesión de marihuana.

–¿Qué?

–Por posesión... –empezó ella, sonriendo ante su sorpresa.

–Ya te he oído, pero no te creo. Es imposible.

–Gracias por el voto de confianza. ¿Dónde estabas tú entonces?

–Ni idea. ¿Cuándo fue eso?

–El verano después de acabar el instituto. Ya te habías marchado.

–¿Qué ocurrió?

Ella volvió atrás en el tiempo. Era una noche de verano parecida a aquélla. Quedaban dos semanas para que empezaran las clases y el grupo se separara para siempre. Willow se iba a San Diego, Lilith y ella a Berkeley, y Candi se casaba una semana después.

–Decidimos darle una fiesta de despedida de soltera a Candi y fuimos todas a Sacramento. Volvimos temprano y pasamos por la fiesta que Marsha Crandall daba en casa de sus padres.

–Me acuerdo de ella. Unas fiestas muy originales.

–No sé cómo se me ocurrió ir allí, pero entre todas me convencieron. Yo suponía que Harley estaría allí y no quería encontrarme con él.

–¿Estaba en la fiesta?

–Sí, pero no se metió conmigo. Supuse que la charla de la policía había surtido efecto. Bueno, había un par de barriles de cerveza... yo no bebí, porque conducía yo, pero las otras sí.

–Déjame que adivine. La policía os detuvo en un

103

control rutinario al volver a casa. Notó el olor a cerveza en el coche y lo registró, encontrando la hierba que Harley había puesto a propósito.

—Yo también pensé eso, pero Lilith empezó a actuar de una forma extraña. Todas estaban asustadas por haber bebido, pero ella estaba histérica.

—¿No sabías que fumaba hierba?

—Sí, lo que no sabía era que la llevara encima.

—Es difícil de creer. En su programa tiene tolerancia cero por las drogas.

—La gente aprende de sus errores.

—¿Cargaste con las culpas por ella?

Ella asintió.

—¿Te dejó? —masculló un juramento entre dientes—. ¿Y es tu mejor amiga?

—Espera, hay más. Yo me había saltado un curso, así que la única que tenía los dieciocho años era Lilith. Ella no sólo había probado la marihuana, sino que había experimentado con otras sustancias. Al ser mayor de edad, las consecuencias podían haber sido terribles. Yo sabía que aquello sería definitivo y tuve razón, desde entonces no se ha vuelto a meter en problemas.

—¿Qué pasó después?

—Yo dije que le había quitado la hierba a alguien en la fiesta por su propio bien. La policía no me creyó puesto que me negué a dar nombres. Me llevaron a comisaría, me hicieron pruebas de alcohol y drogas que resultaron negativas, pero tuve que asistir a clases de rehabilitación. Como nunca me había metido en líos y pronto me marcharía a la universidad, el jefe de policía llevó el asunto con discreción y así acabó todo. Hicimos un trato: no interpondrían cargos contra mí si acudía al cursillo. Incluso si me hubieran condenado, los antecedentes desaparecen a los siete años.

—¿Cómo supo Harley lo de tu detención?

–Su padre tenía relación con el jefe de policía, supongo. Hoy es la primera vez que lo ha mencionado, pero nunca nos habíamos vuelto a cruzar hasta la fiesta.

–El único modo en que eso te podría afectar es por crear dudas a tus votantes, pero la marihuana ya no se ve como algo tan terrible –la miró–. ¿Qué hicieron tus padres?

–Estaban furiosos conmigo. Les conté lo mismo que a la policía y conseguí que sólo me dieran una charla acerca de pensar las cosas dos veces antes de actuar. Después de lo que te había pasado a ti por mis «buenas intenciones», me transformé en una ciudadana ejemplar.

–No puedes considerarte una delincuente por denunciar un intento de violación y encubrir a una amiga, Dana.

–Lo sé, pero ese verano maduré con rapidez. Mi madre me mira como a una extraña desde entonces –se preguntó si ése sería el mejor momento para preguntarle por la suya; en el coche no tenía que mirarla a los ojos al hablar–. ¿Cómo era tu madre?

El silencio era ensordecedor. Lo miró a las manos y vio que, aunque no había acelerado, sus nudillos estaban blancos de apretar el volante.

Maldición, pensó ella cerrando los ojos. Qué idiota había sido; su madre había muerto a causa de un accidente de tráfico.

–Él me culpó de su muerte –dijo de repente.

–¿Tu padre?

Él asintió y a ella se le encogió el estómago.

–Pero... yo creía que conducía él...

–Sí –dijo con voz grave–. Íbamos al cine porque era mi cumpleaños. Íbamos a hacer algo divertido, por una vez. No paraba de decirme que me callara, pero yo no podía contenerme a pesar de su mirada de odio. Le dijo a mi madre que hiciera que me callara y ella le respondió que era sólo que yo estaba feliz. Él la golpeó.

Se detuvo un momento con mirada sombría.

—Vi cómo su cabeza golpeó la ventanilla y oí el ruido que hizo.

El cambio de su tono de voz asustó a Dana. Él había vuelto a aquel horrible momento. Ella le puso una mano en el brazo.

—Sam —él no respondió—. Sam, tras esta curva hay un área de descanso. Quiero que pares allí.

—Estoy bien.

—Pero yo no. Párate.

—No tenías que preocuparte —dijo él mientras detenía el coche.

—Cuéntame qué ocurrió después.

Después de una pausa él continuó, con la mirada fija a través del parabrisas.

—Yo me desabroché el cinturón de seguridad para ayudarla, me incliné sobre su asiento y me golpeó en la cabeza, perdiendo el control del coche. Nos salimos del carril y chocamos contra un coche, por el lado donde estaba mi madre. Tenía muchas heridas internas y rotura múltiple de huesos.

—¿Había bebido?

—Siempre lo hacía, un par de cervezas como mínimo, pero no estaba borracho como otras veces. Siempre estaba furioso y en esas ocasiones era aún peor. Yo solía esconderme.

—¿Lo creíste cuando te culpó?

Él asintió.

—Oh, Sam.

—Me lo recordaba cada día. Cada día.

Dana quería consolarlo, pero él ni siquiera la miraba. Ella sabía que no le gustaba que lo vieran cuando se sentía vulnerable. Aquello hizo que sintiera más pena aún por él.

–No fue culpa mía –dijo Sam en voz baja, como para convencerse a sí mismo.

–No, claro que no.

Él salió del coche y se alejó unos pasos. Se detuvo con los brazos cruzados y la cabeza baja y ella lo siguió hasta ponerse frente a él.

–Odiaba a ese canalla y todas las noches soñaba con matarlo, aunque nunca le pegué, ni siquiera cuando fui lo suficientemente grande para hacerlo. No merecía la pena.

–Eras lo bastante inteligente como para saber que eso te hubiera cambiado.

–Otra lección de mi madre –dijo y levantó la cabeza, mostrándole su corazón–. La quería.

Dana rompió a llorar.

–Y ella también te quería a ti.

–No llores por mí, Dana.

Pero ella no podía parar, deseando ayudarle a llevar la carga del dolor que había soportado tanto tiempo. Él le acarició el pelo.

–Sssh, no te preocupes. No llores.

–Es horrible, es trágico –dijo, atragantándose con las palabras–. Es sorprendente cómo has reconducido tu vida desde entonces. Eres increíble.

Sus manos seguían acariciándole la cabeza suavemente, pero ella no pudo más y se abrazó a él. Él se quedó quieto, sin intentar zafarse de su abrazo consolador.

Se había enamorado de un hombre destinado a romperle el corazón. Había querido a Randall, pero no podía compararlo con aquello; Randall había supuesto un reto intelectual y profesional, amistad y cariño, pero Sam la retaba en todo: emociones, perspectiva vital, pasión… era tremendo, porque habían pasado muy poco tiempo juntos y ella ya sabía que era el amor de su vida.

Por fin la abrazó, pero no con fuerza; le acarició el pelo con los labios. Parecía tranquilo y relajado.

Ella se secó las lágrimas y se apretó más contra él, sin dejarle marchar. Lo amaba y lo tenía claro. No creía que aquel pequeño detalle lo sorprendiera.

–Te he mojado la camisa –dijo ella al cabo de un rato.

–Añadiré los costes del tinte a la factura.

Ella se rió.

–Qué sensible eres –dijo él–. No creo que lo sepa mucha gente.

–No es una ventaja entre los políticos, especialmente para las mujeres.

Los dos oyeron un pitido y él sacó su móvil del bolsillo.

–Un mensaje de Nate. Ha llegado una tercera nota.

–¿Qué decía?

–*El lunes todo el mundo sabrá lo que hizo Randall* –él la miró–. ¿Pasa algo el lunes?

–Tengo que entregar un premio a Lilith en una cena.

–¿Con mucha gente? –preguntó él.

–Varios cientos. Con periodistas acreditados de varias televisiones y periódicos.

–Entonces tenemos dos días.

–Sin nada concreto –dijo Dana, interrumpida por el móvil de nuevo.

–Otro mensaje– Sam lo leyó–: *Una pista creíble.*

Capítulo Once

El teléfono despertó a Dana a la mañana siguiente. Ella agarró el auricular a la vez que miraba el reloj. ¿De verdad eran las nueve? Se sentó de un salto y contestó.

—¿Tienes algo que contarme?

—Buenos días a ti también, Lilith —dijo, volviendo a tumbarse.

—¿Qué? Oh, buenos días. ¿Qué...?

—¿Qué tal estás? —la interrumpió Dana.

—De mal humor. Mi marido lleva tres días sin dejarme alejarme de la cama más allá del sofá. Y mi mejor amiga tiene novio pero no me lo cuenta y me tengo que enterar por las revistas.

—¿Hay fotos? —dijo, para hacer tiempo.

—De hecho, sólo hay una foto y un pie. Estás de la mano con Sam y dice: La senadora Dana Sterling asistió al funeral de Ernest Giannini, un amigo de la familia de su ciudad, Miner's Camp, California. A su lado, Sam Remington, también originario de la ciudad.

—¿La foto es buena? —estaba jugando con Lilith hasta que pudiera controlar sus emociones.

—Oh, estáis muy bien, agarrados de la mano.

Dana no podía contarle a Lilith que Sam sólo estaba ayudándola. Confiaba en ella, pero estaba segura de que se lo contaría a su marido y no quería que se enterara nadie más.

—¿Te lo estás pasando genial con esto, verdad?

109

—Pues la verdad es que sí —dijo ella, sin poder evitar la sonrisa.

—Dijiste que no ibas a volver a verlo.

—Cambié de idea —dijo, bajando la voz—. Es muy divertido.

—Sam Remington, ¿divertido?

—Me hace sentirme viva, Lilith, y hacía mucho tiempo que no me sentía así.

—¿Eso es todo?

—¿Qué quieres decir?

—¿Te interesa románticamente o es otra cosa?

Dana deseó poder decírselo. Su ayudante, avisada por ella, la había llamado para decirle que la cadena de noticias de Sacramento no había dicho nada del funeral.

—Nos hemos visto unas cuantas veces desde la fiesta —era verdad.

—No me dijiste nada cuando estuviste cenando en mi casa.

—Sólo nos habíamos visto una vez. De todos modos, a ti no te gusta y tal vez esto no siga adelante. Por eso no quería que se supiera.

—¿Y por qué te dejas fotografiar con él de la mano? No parece propio de ti.

Lilith tenía razón. Lo cierto era que no sólo habían ido de la mano para provocar a Harley, al final habían hecho el amor.

—Me gusta —le dijo a Lilith—. Y eso es todo lo que puedo decir acerca de este tema.

—¿Estás segura de que eso es todo?

—Lilith, por Dios. Dame un respiro. A mí tampoco me gustaba Jonathan al principio y me pediste un voto de confianza. Ahora te pido yo lo mismo. Además, tantos nervios no pueden ser buenos para el bebé —el teléfono emitió un pitido intermitente y ella lo agradeció—. Tengo otra llamada. ¿Puedes esperar un segundo?

110

–No, no te preocupes. Si eres feliz con Sam, yo soy feliz. Hasta pronto.

–¿Nos vemos en la cena?

–Si mi marido, el guardián de la celda, me deja salir de la prisión, sí. Un beso.

Dana cambió a la otra línea.

–¿Sí?

–Buenos días.

Era la llamada que deseaba.

–Buenos días, Sam.

–¿Acabas de despertarte?

–Sí. ¿Y tú?

–Yo también. Nate me acaba de llamar para decirme que nuestra foto ha salido en las revistas.

Ella no pudo deducir por su tono de voz qué pensaba de ello.

–Lilith me lo acaba de decir, pero yo no lo he visto.

–Esto me plantea un problema, porque no puedo entrevistar a Jordan James si cree que estamos saliendo juntos. Sacará conclusiones rápidamente, así que Arianna le entrevistará en mi lugar y estaremos en contacto a través de un sistema de escucha remota.

Jordan James había trabajado con Randall desde la universidad de Stanford y los rumores apuntaban a que se presentaría como oponente de Dana para concurrir a las elecciones en el mismo partido.

–¿Crees que funcionará?

–No hay más remedio que probar. ¿Alguna novedad por tu parte?

–Te echo de menos. Eso es nuevo para mí –silencio–. Hilda siempre se va desde el domingo por la noche hasta la mañana del miércoles –dijo ella, disgustada ante su silencio pero decidida a echar abajo todas las barreras–. Si vuelves pronto esta noche, me gustaría hacerte la cena.

–Te lo diré más tarde.

Él pareció distraído y confundido a la vez y ella intentó no tomárselo mal.

–Muy bien –dijo animadamente.

–Si tienes que ir a algún sitio hoy, deja que Nate te lleve.

–Sí, señor.

–Sólo queda un día, Dana.

Sam colgó el teléfono y pensó en sus palabras: le echaba de menos. Estaba sentado en el borde de la cama, con las manos sobre los muslos, sin saber cómo sentirse. No estaba acostumbrado a las muestras de cariño ni a lo liberado que se sentía tras haberle contado lo de su padre.

En el viaje de vuelta apenas habían hablado y al llegar a casa tampoco la había besado, pero había recogido en su casa a Arianna para ir al aeropuerto y no estaba dispuesto a besar a su cliente delante de sus socios.

Arianna había aprovechado el viaje para dormir, y él había aprovechado el sueño de Arianna para pensar en el sexo que había compartido con Dana, en su cara, sus gestos, la suavidad de su piel y cómo se había entregado a él libremente, sin límites, para acurrucarse después a su lado y dormirse.

Él la tuvo así mucho tiempo y no se levantó hasta que no se sintió a punto de dormirse también. No con su coche aparcado en la puerta. Luego su precaución resultó útil para que sus padres no les encontraran desnudos en la cama.

Había vuelto a sentirse un adolescente cuando el padre de Dana se le llevó fuera para hablar.

–¿Entonces? –preguntó su padre–, ¿os volvisteis a encontrar en la fiesta?

–Así es –dijo Sam, intentando ser educado.

–Mi niña ha llegado muy lejos.

–Sí, señor –Sam decidió sacar el tema primero y pillar a su oponente por sorpresa–. Justo como predijo la noche del baile.

Su táctica pilló al señor Cleary con la guardia baja y permaneció en silencio un minuto.

–Nos gustaba Randall. Era fiable y era bueno para ella.

«¿Y yo no? Ya no me puede hacer daño con tanta facilidad».

–Parece que tuvo un matrimonio muy apacible –dijo Sam: «seguro que el fiable Randall no la hizo gemir como yo».

El señor Cleary miró a Sam inseguro de qué decir. Tal vez pensó que Sam admiraba la unión de Dana, pero para Sam, la palabra «apacible» nunca iría bien con la de «matrimonio». ¿Cómo se podían pasar cincuenta años siendo «apacible»?

–Sí, eso creo –dijo por fin el padre de Dana.

Al cuerno con el tacto, pensó Sam. Iba a acabar con aquella conversación en un instante.

Se detuvo y esperó a que el señor Cleary se detuviera también.

–Señor, comprendo su cariño por su hija, pero se equivocó al advertirme que me alejara de ella hace quince años, y si eso es lo que piensa hacer ahora, sería más sensato guardarse sus palabras. No sé qué es lo que tiene contra mí, pero yo también he llegado muy lejos. Y su hija ya es bastante mayor como para decidir por sí sola.

Se sintió liberado. Esperó lo que le pareció una eternidad la respuesta a su discurso.

–Ernie decía que eras todo un carácter –dijo el señor Cleary al fin con una sonrisa.

Le ofreció su mano y Sam se la estrechó con orgullo. Sí que había llegado lejos.

Sam se frotó las manos olvidándose de la escena.

Miró a la pared de la que había descolgado a Zo–onna para regalársela a Dana. Su compañero, el valeroso guerrero Heita con la cara quemada por el sol en el campo de batalla, aún seguía allí. Parecía más fiero sin el equilibrio de la paz y la pureza de Zo–onna. No lamentaba haberle regalado la máscara a Dana, pero no se había dado cuenta de lo importante que era para Heita hasta que ya no estuvo.

Siete horas después, Sam escuchaba desde un coche camuflado la conversación que Arianna estaba teniendo con James Jordan en su casa de Hollywood Hills. Ella le había dicho que estaba realizando una auditoría de la última campaña de Randall y él intentaba convencerla de que era él último hombre honrado de Estados Unidos. Parecía que ella le gustaba y no le pidió identificación alguna. Sam pensó que no era muy listo; ni siquiera se preguntó por qué trabajaba un domingo.

Lo que les llevó a sospechar de él no fueron las cuentas de la campaña, sino que parecía ser un firme oponente de Dana dentro de su propio partido y que conocía a Randall lo suficiente como para saber cuáles podían ser sus secretos.

–¿Participó la señora Sterling en muchas campañas para recoger fondos? –preguntó Arianna.

–No era la señora Sterling en ese momento.

–¿Pero fue un punto a su favor?

–Podía haberlo sido si él hubiera vivido más y se hubiera presentado de nuevo. Empezaba a decir que iba a dejarlo. Iba a cumplir veinte años en el Congreso y era el momento de dejar paso a los jóvenes.

Sam resopló en el coche. Randall era un político de raza y no hubiera abandonado nunca. Su influencia hubiera sido aún más sólida en Washington para entonces. Dana había dicho que incluso había pensado en presentarse a las elecciones presidenciales. Con su carisma y su experiencia, podía haber ganado.

–Sé que esto no tiene nada que ver con la auditoría –dijo Arianna en tono conspirador–, pero, entre nosotros, ¿qué oportunidades tiene la senadora Sterling de ser reelegida?

–Si se presenta –respondió él al cabo de un momento.

–¿Acaso está eso en duda?

–Ella aún no ha tomado una decisión.

–¿Quiere decir que no se va a presentar? –preguntó Arianna, inquisitiva.

–Yo no digo nada.

Debió de hacer algún gesto, porque Arianna dijo:

–Entiendo, no puede decirlo.

–¿Podríamos discutir este asunto cenando esta noche, señorita Alvarado?

Arianna tenía un cuerpo perfecto que no dudaba en utilizar en sus investigaciones, con gran éxito, lo que no hacía sino acrecentar su cinismo por los hombres que «tenían el cerebro en los pantalones». Se había informado sobre Jordan James y su debilidad por las mujeres de pecho voluminoso, así que había acudido a la entrevista con un traje formal, pero con la blusa un poco más abierta de lo que aconsejaba la prudencia. Sam había visto a hombres hechos y derechos transformarse en idiotas babeantes en su presencia. Él también sabía apreciar los esfuerzos de una mujer por atraerle, como cuando Dana se desabrochó la chaqueta dejando ver el encaje del sujetador.

–¿Le vas a dar el tratamiento completo, Ar? –sonrió Sam.

115

–Sí, por supuesto –respondió ella–. Me encantará cenar con usted, pero tengo que volar a Sacramento esta noche para completar mi informe. Sin embargo, estoy libre a la hora de comer, siempre que no hablemos ni una palabra de la auditoría...

Sam se rió. Lo tenía en el bote. Ella llevaría la voz cantante y para el final de la noche, Jordan James se iría a casa tan caliente como un soldado después de unas maniobras y habiendo cantado toda la información sin siquiera enterarse.

Arianna era un arma letal, y Sam se alegraba de estar de su lado.

Capítulo Doce

Esa noche, Sam escuchaba sólo a medias el relato que Arianna le hizo a Nate de los acontecimientos mientras cenaban. Habían acabado de revisar los papeles del abogado y del contable de Randall, y no habían encontrado nada susceptible de ser la causa del chantaje.

Normalmente, en el transcurso de sus investigaciones, Sam encontraba algo que el sujeto no deseaba revelar, si seguían buscando podrían encontrar algo así, pero, ¿de qué le serviría? Randall no podía ser la causa del chantaje, el motivo tenía que estar en Dana: alguien no quería que se presentara, y tenía que saber por qué.

La puerta se abrió interrumpiendo la representación de Arianna de los movimientos de James Jordan para llevarla a casa y a su cama.

—No sabía que habíais vuelto —dijo Dana desde la puerta. Pareció molesta.

—Hilda nos dijo que estabas trabajando y que no te molestáramos —dijo Sam levantándose a por otra silla—. ¿Te quedas?

—Gracias —dijo ella, estudiando sus ojos al sentarse.

Él logró resistirse a besarla, por más que lo deseaba. Ella volvía a parecer frágil, tal vez por falta de sueño o la preocupación, pero él necesitaba, deseaba verla fuerte de nuevo.

—¿Cómo ha ido todo? —preguntó aceptando el vaso de vino que le pasaba Nate.

—Habla mucho —respondió Arianna.

—Y también toca —se rió Nate.

Arianna le dio un codazo y Dana se quedó muy sorprendida.

—Jordan se ha enamorado —explicó Sam a Dana.

—Lo intentó. Pero no creo que sea el hombre que buscamos —dijo Arianna—. Parece bastante recto. Si quisiera apartarte del juego, hubiera hablado contigo para convencerte por el bien del partido, o cualquier cosa parecida. No me parece que tenga sentido que sea él quien está haciendo esto. Echa de menos el sueldo que tenía como jefe de campaña de Randall y su vida no tiene demasiado interés en este momento. Eso es todo, creo yo.

Dana hizo girar el vaso sobre la base, pensando en Sam.

—¿Y ahora qué? Debes de tener planes o Arianna no hubiera vuelto aquí tan rápido.

—Nate y ella se van a quedar aquí hasta mañana, por si acaso, pero ahora mismo no sé qué más podemos hacer, aparte de esperar a ver qué pasa. ¿Tú has pensado en algo?

La desesperación se reflejó en sus ojos.

—No.

Arianna se levantó y vació su vaso de un trago.

—Me voy a dormir, chicos —dijo—. ¿Puedes acercarme al hotel, Nate?

—Claro —contestó él, masticando rápidamente un trozo de queso.

—¿No os quedáis aquí? —preguntó Dana.

—Gracias, pero ya hemos abusado bastante —dijo Arianna, abrazándola—. La cena es mañana, ¿verdad? Estaremos allí, y si nos necesitas antes de eso, ya sabes.

Nate les dio las buenas noches y se quedaron solos.

Ella no dijo nada.

–¿En qué estabas trabajando?

–¿Qué? Oh, en el discurso para la cena de mañana –tomó un sorbo de vino. Empezaba a recuperar el color.

–¿Qué pasará si no hemos resuelto todo esto para la cena? ¿No acudirás?

–Por supuesto que sí.

–¿Incluso si la persona se presenta allí?

–No pienso rendirme al chantaje.

–¿Incluso si deshace en un momento todo por lo que has trabajado?

–Incluso –respondió ella, y él admiró su coraje.

Ella frotó una mancha de la mesa con el dedo. Sam la miró con curiosidad; parecía preparar algo.

–¿Hacer el amor conmigo ayer, significó algo para ti?

«Todo». Sam se guardó sus sentimientos para él. Aún tenía trabajo que hacer. Ella interfería por el simple hecho de que no podía evitar que le distrajera.

–Claro que sí.

Se inclinó hacia ella, pero ella se apartó. Había pensado demasiado su respuesta.

–No hace falta que lo digas por obligación –declaró, apartando su silla de la mesa–. El jueves reíamos y nos gastábamos bromas y ahora apenas me miras.

–Claro que te miro, pero tengo mil cosas en la cabeza, senadora.

–Me gusta cuando me llamas así de forma graciosa.

–¿Graciosa? ¿Yo? –preguntó, para aligerar la tensión.

–Sí, y divertido, retador, intenso.

–Me haces parecer mucho más interesante de lo que soy.

–Me he dejado sexy. Y lo competente que eres,

mantienes tus promesas, eres protector –le pasó los dedos por la camisa–. Puedes interrumpirme cuando quieras y corresponderme si quieres.

Ella empezaba a ponerse nerviosa; no estaba en el Senado y se sentía sobre arenas movedizas.

Tal vez él fuera la causa de que ella se sintiera insegura. La relación terminaría cuando acabaran con el caso, mejor antes que después. Su relación había nacido de una situación muy particular y a ella se habían unido los sueños de adolescencia. No era una combinación prometedora.

–Siempre te he admirado –dijo él por fin, sabiendo que no era lo que ella quería oír–. Creo que eres terriblemente sexy, y no sé cómo puedes dudarlo después de lo de ayer.

–¿Tanto?

–Sí.

–Quédate esta noche.

–No puedo –ella le retiró la mirada–. Tengo que trabajar y revisar todo eso. Me he dejado algo.

Se oyó un golpe en la puerta y Dana se apartó un paso de él.

–Entre.

–Señora –dijo Hilda con la mano aún en el picaporte–. La cena está lista.

–Gracias. Puede marcharse cuando quiera, yo me ocuparé de los platos.

–Esta noche no voy a Stockton, señora. Mi hija y los niños han ido a Disneyland. ¿Hay algún problema en que me quede?

–No, claro que no. ¿Puede servir la cena?

–No cuente conmigo, Hilda –dijo Sam rápidamente–. Me voy dentro de unos minutos.

–Ni siquiera puedes quedarte a cenar.

No le había oído aquel tono de voz más que en los debates televisivos con otros candidatos, pero Sam entendía por qué se sentía atraída hacia él: el pasado, los recuerdos. Era algo natural, pero no real y no podía durar mucho tiempo.

–Te llamaré por la mañana.

–Estaré en la oficina.

–¿Y lo de las fotos?

–Yo me ocuparé –dijo ella, mirándolo levantarse y recoger su maletín–. Entonces, ¿lo hiciste por pena o por aprovechar el momento?

–No hagas esto, Dana –respondió, viendo fuego en sus ojos–. Ocurrió sin planearlo, sin motivo.

–¿Sin futuro?

–No puedo darte respuestas ahora –tenía que salir de allí, no podía soportar el dolor que veía en sus ojos, así que salió de la casa lo más rápidamente que pudo.

¿Cómo iba a protegerla si mezclaba los sentimientos y el trabajo?

Dana estaba confundida. Para ella, hacer el amor había sido un paso adelante con él, pero para él parecía lo contrario.

Hilda llamó a la puerta antes de entrar a avisar de que la cena estaba lista.

–Ahora no tengo hambre, gracias. Lo siento –la mujer dio un paso atrás, pero Dana la detuvo–. Desde que la conozco sólo dejó de tomarse sus días libres la semana que Randall murió.

–Sí me voy a tomar los días, pero me voy a quedar aquí.

Dana la estudió; no había hecho caso a Sam cuando planteó la posibilidad de que Hilda estuviera implicada en el chantaje.

–Me gustaría pagarle un viaje por la costa –dijo Dana–. Ha trabajado mucho estos días.

–Si quisiera irme, me lo pagaría yo misma –se marchó sin más.

Poco habitual, pensó Dana, incluso el tono beligerante de su voz. Aquello la hizo sospechar.

Dana hundió la cara entre las manos. Estaba tan cansada que no podía pensar con claridad; su trabajo era agotador, pero nada comparado con el torbellino emocional en el que se encontraba.

Tal vez debiera continuar en política y olvidar tener una relación, una vida. Era demasiado doloroso cuando morían o simplemente se iban. Pero aquello era ridículo. Quería volver a casarse y tener niños, una de las razones por las que quería dejar la política.

Subió las escaleras hasta su cuarto, tomó un baño relajante y se puso el albornoz. Cerró de un golpe el cajón donde descansaba el negligé rojo que había comprado hacía unos días.

Desde la pared la miraba Zo–onna, en el lugar donde antes había estado su foto de boda. La descolgó de la pared y se sentó en la cama con la máscara en el regazo. ¿Dónde la había encontrado? ¿La habría comprado especialmente para ella? Aquel tesoro era un pago demasiado elevado por haberle guardado la medalla aquellos años.

Su generosidad no dejaba de sorprenderla, sobre todo habiendo crecido en una casa donde eso no existía. Su regalo más grande, sin embargo, había sido compartir su pasado con ella.

Dana se levantó de un salto. Había confiado en ella, le había contado lo peor de su pasado. Aquello, de algún modo, era más íntimo aún que el sexo.

¿Cuál podía ser su mayor temor? ¿El rechazo? Ya lo había sentido de su padre, y tal vez fuera aquello lo que le alejara de ella. Tal vez necesitara que ella lo dijera primero.

¿Qué hora era? Más de las doce... sacó del armario unos vaqueros, una camiseta, una sudadera ancha y un gorrito de punto, se lo puso y se miró al espejo. ¿La reconocerían vestida así? Se soltó el pelo y se puso las gafas de leer. Daba igual si veía borroso, sólo tenía que ir del coche hasta su habitación.

Agarró el bolso y las llaves a la carrera y sacó su viejo Mustang del garaje, el que le regalaron sus padres por su graduación. Dejó el coche directamente al aparcacoches dando el número de habitación de Sam y salió corriendo escaleras arriba con la cabeza agachada, esperando que no la reconociera nadie.

Sola en el ascensor, le sorprendió su reflejo en el espejo. Parecía alegre y esperanzada, y así se sentía. No pretendía seducirlo, sólo darle a conocer sus sentimientos. Esperaba que él se sintiera tan alegre como ella.

Su puerta estaba al final del pasillo y justo cuando ella llegó allí, la puerta se abrió. Él la miró, en vaqueros y camiseta, con las llaves en las manos.

—¿Vienes directamente de Woodstoock? —debía de parecer una hippie.

—Sam —dijo, intentando contener sus sentimientos—, ¿puedo entrar?

Él dio un paso atrás, invitándola a pasar y guardándose las llaves en el bolsillo a la vez, antes de cerrar la puerta.

—Sam —empezó de nuevo, ¿y si la rechazaba?—, puedes aceptar o rechazar lo que vengo a ofrecerte, pero no vas a marcharte de esta ciudad sin saber lo que siento. Yo...

Él le colocó los dedos sobre los labios, y antes de que se diera cuenta, la había puesto contra la puerta y la estaba besando profundamente, con una desesperación que la dejaba sin aliento. Él le quitó el gorro y las gafas y los dejó sobre una silla.

—No podía trabajar —dijo, entre los besos—. No dejaba de pensar en ti, de desearte. Ahora mismo iba a buscarte. Siento lo de esta noche –dijo, quitándole la sudadera y tirándola al suelo.

–Yo también –dijo ella, ayudándole a desnudarla. Lo que tenía que decir podía esperar. Necesitaba aquello, lo deseaba.

–No quería que ocurriera esto. Necesito concentración, porque se me está escapando algo gordo, y sé que es porque no puedo dejar de pensar en ti. Pero te necesito.

–Me parece muy bien –dijo ella, sintiendo una oleada de calor.

–Bien –dijo él, abrazándola antes de retirarse y empezar a desnudarse ante ella.

–Deja que lo haga yo esta vez –dijo ella, empujándole a la cama.

A ella le gustó cómo la miró, esperando, sin cerrar los ojos cuando se puso a horcajadas sobre él. Le gustó su sabor y la dureza y suavidad al mismo tiempo. La lengua de Dana notaba su calor y él se movía con golpes cortos y fuertes, con los puños cerrados sobre la sábana. Eso también le gustaba, y los sonidos que hacía.

Ella le ofreció placer con el corazón lleno de amor y sin sentirse obligada; él no se marcharía sin saber qué era ser amado por ella. La detuvo antes de que ella pensase parar poniéndole una mano en la cabeza.

–Quiero estar dentro de ti –dijo, arrastrándola sobre él, atrayendo su boca hacia la de él y besándola durante una eternidad, el beso más largo que había recibido nunca.

Cuando no pudo contener el aliento por más tiempo, se incorporó y se quitó la camiseta. No llevaba nada debajo.

–Qué poco propio de una senadora –dijo él, alargando las manos hasta cubrir sus pechos y jugar con sus pezones. La atrajo hacia sí hasta que pudo saborearlos–. Dana, tus vaqueros me están matando.

–Lo siento –dijo ella, apartándose.

–No es que me duela, es que al frotarte sobre mí... es más de lo que puedo soportar –le bajó la cremallera y le quitó los pantalones–. Huy, senadora... tampoco llevas braguitas.

–Tenía prisa.

–¿Y las botas de montaña? ¿Cuándo fue la última vez que las usaste?

–En la universidad.

–El look campestre te sienta bien, pero ahora será mejor quitarte todo eso.

La tumbó en la cama boca arriba y se acomodó entre sus piernas, hundiendo su lengua dentro de ella, acariciándola y haciéndola sentir algo que nunca antes había sentido. Otra vez la llevó hasta niveles de placer nunca alcanzados y pronto estuvo suplicándole. Él controló el momento hasta que la dejó explotar. Y fue tan intenso que casi quedó inconsciente. Pero aún lo necesitaba; se incorporó y lo obligó a tumbarse sobre la espalda para sentarse sobre él.

–¿Protección? –dijo ella, mosdisqueándole el lóbulo de la oreja.

–En el cajón de arriba de la cómoda.

Ella fue a buscarlo, sintiéndose observada y deseada. Cuando se dio la vuelta hacia él con la caja en las manos, él la detuvo.

–Para –dijo él. Ella temió que no quisiera seguir, pero sólo quería mirarla, un juego muy erótico–. Ven aquí.

–¿Puedo ayudarte en algo? –dijo ella, mientras le colocaba el preservativo.

Él la levantó por las caderas y la puso sobre él,

obligándola a bajar lentamente, mientras ambos contenían el aliento. La ayudó a encontrar el ritmo perfecto para los dos y sus ojos se perdieron.

—Te quiero —dijo ella, mientras sentía la explosión con él en su interior.

Él se detuvo un segundo y luego la atrajo hacia sí, aún unidos, hasta que encontró su propio placer, con el aliento entrecortado y los músculos tensos. No se relajó dentro de ella, sino que se levantó enseguida al baño. Dana suspiró, tranquila. Le daba igual si él se enfadaba por lo que había dicho, no iba a dejar que la echase de allí. Se arropó con la sábana hasta los hombros. Él volvió con una toalla alrededor de la cintura y un albornoz en la mano. Se sentó en la cama y le pasó el albornoz, que ella ignoró.

—Esto era lo que me temía.

—No pienso disculparme, es lo que siento —dijo ella sonriendo serena.

—Te sientes atraída por mí por las circunstancias.

—¿Por eso no puedo dormir ni comer? —sus sentimientos eran suyos y ella los conocía mejor—. No son las circunstancias, es amor.

—Soy el primer hombre con el que has estado en años, eso es todo.

—Engreído. No he estado con nadie porque nadie me ha interesado hasta que llegaste tú. Tenía que decírtelo porque ésta es la última noche que estaré contigo y no pienso pasarme la vida reprochándome no haber sido sincera, pero no espero nada de ti.

—Creo que deberías vestirte y marcharte a casa.

—No me voy a ningún sitio —dijo ella, arreglando las almohadas—. Voy a quedarme aquí y voy a hacer el amor contigo dos veces más por lo menos, y voy a hacerte gemir.

Por fin consiguió borrar la expresión fatalista del rostro de Sam.

–¿Gemir? –dijo, interesado

–Sí –afirmó sentándose y dejando caer la sábana hasta la cintura–. Sé que estás confuso y que por un lado me quieres echar de aquí por cómo he irrumpido en tu mundo. Pero por otro quieres acostarte conmigo ahora mismo, porque hacer el amor con alguien que te ama es lo más maravilloso del mundo –lo abrazó y lo besó tiernamente–. Y por otro quieres pasar la noche en mis brazos hablando. Habrás asustado a muchas mujeres, pero no puedes asustarme a mí.

–Tengo que revisar mis notas –dijo mientras ella empezaba a quitarle la toalla y trepaba sobre él–. Hay algo...

–Más tarde –susurró ella–. Mucho más tarde.

–Esperas mucho de mí tan pronto–dijo mirándola

–Claro que sí –se rió ella cálidamente–. Esta noche eres mío.

Capítulo Trece

Desde luego, ella le hizo gemir.

Dana se durmió sonriendo contra su pecho, con las piernas entrelazadas con las suyas, como si hubieran dormido así siempre. El perfume de Dana se mezclaba con el jabón de la ducha que habían tomado juntos, pero seguía oliendo a Dana.

Él había perdido la cuenta de cuántas veces le había dicho que le quería, y al final él acabó poniendo su miedo en palabras:

—Así sólo consigues empeorar las cosas.

—¿Para ti o para mí? —él sospechaba que para los dos, pero ella lo había mirado a los ojos y había seguido—: Esto es lo que yo siento, y tú no puedes cambiarlo. No busco nada, pero, ¿es esto suficiente para ti?

Él estaba dentro de ella en ese momento, así que no era el momento de las reflexiones lógicas, aunque sí le parecía que aquello era suficiente.

Tenía que acabar el trabajo para poder valorar las cosas con claridad. Antes de que ella llegara no había podido concentrarse en las pruebas pensando en cómo se había marchado de casa de Dana, pero ahora ella estaba allí, segura a su lado.

Sam se levantó con cuidado de la cama y la arropó. Ella no se despertó. Sam se puso el albornoz que había quedado en el suelo y se sentó a la mesa de la salita para revisar los papeles del caso.

Volvió a recorrer la lista de sospechosos aportada por Abe, junto con las razones que tenían para estar allí y para su eliminación de la lista. Las tres mujeres con las que Randall había tenido una relación duradera, también estaban allí, pero dos estaban casadas y la tercera desaparecida. En otra lista, Sam había anotado los nombres de las personas que pudieran tener motivos personales contra Dana, más que políticos. La lista era corta y Hilda estaba la primera. Dana le había contado la discusión que habían tenido aquella noche. Después estaba Harley, pero él representaba una amenaza de otro tipo. Sam se quedó helado... una amenaza distinta... pero relacionada con la primera. Aquello tenía sentido.

–Deberías estar demasiado cansado como para pensar –dijo Dana desde la puerta con una voz somnolienta terriblemente sexy.

–¿Desea algo la senadora? –dijo, apartando los papeles y decidido a no contarle nada aún.

–Ya que estás levantado... –empezó a desatarle el albornoz.

–Eres insaciable.

–¡Qué suerte tienes! –exclamó, echándole los brazos al cuello.

Cuando Dana llegó a su oficina a las siete de la mañana, gimió al ver la montaña de papeles que se habían acumulado sobre su mesa desde el viernes. Encima de la mesa de María había otra montaña similar, que pronto llegaría también a su mesa. María, que había llegado unos minutos antes, le llevó un café y charlaron brevemente sobre el fin de semana hasta que llegó Abe pidiéndole una corta reunión a puerta cerrada.

Tras la marcha de Abe, Dana se sentó a pensar sobre la noche anterior en el hotel de Sam. Había conseguido romper algunas de sus barreras, pensó, pero no todas. Por la mañana volvía a estar silencioso, dándole vueltas a algo que no quiso decirle. Le había dado un beso de despedida a Dana inesperadamente fiero antes de acompañarla al coche a las cinco de la mañana y después la siguió en su coche hasta casa. La cena empezaba a las seis, se serviría la comida a las siete menos cuarto y después se entregarían los premios. Él la llevaría en coche hasta allí.

«¿Qué pasará después de esta noche, Sam?» La pregunta la atormentaba. Si no ocurría nada, él se marcharía y si descubría quién estaba tras las amenazas, Abe se ocuparía de ello y él... se marcharía.

Ella no ganaba de ninguna forma. Había mentido al decir que se conformaba con lo de la noche anterior, pero no podía retenerle contra sus deseos.

María entró para avisarla de que tenía una visita.

–Hay un hombre a la entrada que desea verla. Dice que es un amigo. Su nombre es Harley Bonner, pero no aparece en la lista de contribuyentes a la campaña.

Por supuesto que no. Ni había hecho aportaciones ni era un amigo.

–¿Puedes decirle a Abe que venga, por favor? –pidió a María. «Dejaremos a Harley esperar».

–¿Quieres llamar a Sam? –preguntó Abe cuando le hubo contado lo que ocurría.

–Quiero hacerle esperar, pero no tanto. Además, sé que Sam está ocupado con algo.

–Puedo quedarme yo.

–No creo que hable sin tapujos si estás delante, pero podemos dejar abierta la línea entre mi intercomunicador y el tuyo. Y grabar la conversación.

–Es ilegal si no se lo dices –ella lo miró–. De acuerdo.

Dana esperó a que Abe lo dispusiera todo y después hizo pasar a Harley. Llevaba su sombrero blanco de ranchero, camisa blanca de cowboy y pantalones vaqueros ajustados. Parecía mucho mayor que ella, demasiado gordo y arrugado. Resultaba increíble que hubiera sido un chico guapo y popular en el instituto.

–Hola, Dana –dijo amablemente, con el sombrero entre las manos.

–Siéntate, Harley –dijo ella, sin levantarse ni ofrecerle la mano, extrañada por sus buenos modales.

–Bonito lugar –comentó él, mirando a su alrededor.

–De mis siete despachos, éste es mi preferido –dijo, recordándole su posición–. ¿Qué quieres?

–Empezamos mal en la fiesta del instituto.

Dana se echó para atrás en su butaca, con un bolígrafo entre los dedos.

–¿Acaso crees que algo puede empezar bien entre nosotros?

–Ha pasado mucho tiempo.

–Algunos recuerdos permanecen para siempre.

–Sea como fuere, la razón por la que quería hablar contigo era para hablarte sobre la proposición de ley en la que has estado trabajando en el Senado.

–¿Cuál de ellas? Trabajo en muchas a la vez.

–La relacionada con el comité de agricultura.

–¿Te refieres al subcomité de Marketing, Inspección y Promoción de la Producción al que pertenezco?

–Supongo.

–No parece que te hayas estudiado bien la lección.

–Ya sabes a qué me refiero, así que no me hables con esa superioridad.

–¿Es la ley de comercio, la que abre puertas para la venta de ganado en mercados extranjeros?

–Justo.

–¿Qué pasa con ella?

–Quería recomendarte que votes a favor de ella cuando vayas a Washington. Quería asegurarme.

–¿Crees que voy a darte esa información después de cómo me acosaste en el funeral del señor Giannini?

–Siento eso, pero nuestra relación personal no tiene nada que ver con esto. La proposición es importante para la industria ganadera, muy fuerte en este estado, y tú representas nuestros intereses.

–Mi voto no es el único.

–Por lo que he oído, hay un empate y tu voto puede marcar la diferencia. Te lo estoy preguntando con educación. Mucha gente depende de que tú tomes la decisión correcta.

–¿Y si no lo hago? –«veamos hasta dónde puede llegar».

–Dañará mi negocio, y dañará Miner's Camp y a mis trabajadores.

–Nada de lo que puedas decir puede influir sobre mí. Nada.

Él se levantó y ella cruzó tranquilamente las manos sobre el regazo.

–Mira, señorita, si piensas votar «no» sólo para fastidiarme...

–Te das demasiada importancia. Votaré lo que crea conveniente tras haber analizado la situación –Dana se levantó y le forzó un poco más–. Creo que ya llevas demasiado tiempo aquí.

–¡No olvides que sé algo de ti que puede interesar a mucha gente! –dijo él, poniendo las dos manos sobre su escritorio.

–Ésa es una amenaza muy vieja.

–Ten cuidado o lo lamentarás.

Abe entró a toda velocidad en cuanto salió Harley.

–¿Quieres que le detengamos?

–No tenemos motivos. No ha concretado la amenaza. ¿Lo has grabado?

–Vine hacia acá en cuando empezó a amenazarte. Voy a comprobarlo.

–De acuerdo. Llamaré a Sam para que venga a escucharlo. Gracias, Abe. Es bueno tenerte cerca.

–Lo has llevado muy bien, senadora. Lamento que no te quedes con nosotros.

Sam escuchó la grabación desde el teléfono de su coche. Su odio contra Harley se acrecentaba a la vez que aumentaba su respeto por Dana. El Senado iba a perder a un miembro muy competente.

–¿Sam? ¿Has oído todo eso?

–Sí. ¿Cómo sabe que los votos están repartidos?

–Los lobbies hacen encuestas informales. ¿Crees que puede tener algo que ver con las cartas?

–No lo sé. Tal vez ha ido a comprobar si estabas demasiado asustada como para ir a trabajar. Ahora que sabemos que está en la ciudad, podemos evitar que diga nada.

Sam se imaginó la cara de Dana cuando la llamó «señorita».

–Seguro que salió de tu oficina con la cola entre las piernas.

–No creo que la tenga lo suficientemente larga como para eso –Sam se rió–. ¿Y tú qué haces?

–Espero para entrevistar a una persona.

–¿A quién?

–Ya te lo contaré. Tal vez no tenga nada que ver en absoluto. Llámame si me necesitas.

–De acuerdo.

–Dana... Gracias por lo de anoche.

Su momento de silencio le dio tiempo a Sam para recordar los detalles.

—El placer fue mío.

Ella no le había dicho que le quería por la mañana; no lo había repetido después del sexo. ¿No era eso típico de los hombres?

Sam echó una mirada al retrovisor al oír que un coche aparcaba frente a la bonita casa de estilo normando en la que vivía la conservadora, tradicional y elegante Lilith Perry Paul.

Él salió de su coche y se dirigió hacia ella, que seguía sentada al volante. Probablemente le había visto.

—Creía que tenías que guardar reposo —dijo él cuando ella bajó la ventanilla. No vio miedo hacia él en sus ojos, pero tal vez sí cautela. Se preguntó por qué.

—Ideas de mi marido. El médico me acaba de decir que estoy bien. ¿Qué quieres, Sam?

—Respuestas.

—¿A qué preguntas?

—¿Te ha amenazado Harley?

Al ver que apartaba la mirada, Sam supo la respuesta. Además, había estado tan mal que había guardado en cama durante un embarazo normal, según Dana.

—¿Harley Bonner? —dijo ella recuperándose—. No. ¿Por qué iba a hacerlo?

—Sólo tú puedes responder a eso. ¿Algún asuntillo de drogas? ¿Te ha hecho chantaje?

—Sam, mi vida es un libro abierto.

—Dana pensaba lo mismo.

—¿Harley está chantajeando a Dana?

—Eso parece.

—¿Cuánto dinero quiere?

Pillada. Lo normal era que le hubiera preguntado el motivo.

—No quiere que se presente a las elecciones de nuevo.

134

Lilith volvió a apartar la mirada, agarrándose firmemente al volante.

—Ésa es la cuestión. No estamos seguros.

—¿Seguro que es Harley?

—Tiene todas las papeletas —«¿qué pasa, Lilith? ¿Sabes algo?»

—Sabía que pasaba algo, lo sabía. Incluso le pregunté a Dana si... —le dolía que no hubiera confiado en ella.

—Lilith — ella lo miró inexpresiva—. Dana me ha dicho que no te gusto, pero sólo me preocupo por protegerla. Haré lo que sea necesario.

—No puedo decirte nada, Sam. Lo siento —¿no podía o no quería? No estaba libre de culpa, eso estaba claro—. Tienes que marcharte.

—Te veré esta noche en la cena.

Lilith pareció sorprendida un segundo antes de asentir con la cabeza.

Ya en el coche, Sam pensó que tenía otro nombre para la lista, pero, ¿cómo decírselo a Dana?

Capítulo Catorce

A Dana le encantaban las cenas de gala; el tintineo de la plata sobre la porcelana, el olor de las flores, el brillo de las joyas y el esmoquin de los caballeros. Randall decía que era su arma secreta en los actos sociales para recoger fondos, puesto que estaba claro que disfrutaba más que nadie y a ella le enorgullecía lo que habían hecho juntos, no sólo como esposos, sino como compañeros.

Aquella cena estaba organizada por la Asociación de Mujeres Trabajadoras, así que había muchas más mujeres que hombres y el tono de la conversación era un poco más alto y más ligero. Durante la cena, salmón con arroz pilaf y verduras al vapor, Dana habló con la presidenta de la asociación y con Claire Cavanagh, actriz ganadora de un premio Emmy por su papel en una conocida serie televisiva de abogados. Ella era el centro de atención de la velada.

Dana pudo relajarse un poquito al verse en compañía de aquellas mujeres inteligentes y brillantes.

Sam, Arianna y Nate estaban allí, bastante más serios y preocupados por su integridad física de lo que Dana creía necesario. Al fin y al cabo, las amenazas no habían sido contra su persona. Los tres se comunicaban por aparatos de alta tecnología, pero no habían advertido al guardaespaldas de Dana ni al personal de seguridad del hotel.

El premio de Lilith sería el último en entregarse. Dana había escrito un discurso de una página que había dejado sobre la tarima en una carpeta para no tener que llevarlo desde la mesa cuando fuera su turno. Resultaba divertido hablar de su juventud con Lilith.

Los discursos empezaron con el premio a Claire Cavanagh por su papel en la serie, y después presentaron a Dana. Ella se levantó y fue hasta la tarima sonriendo a Lilith. Cuando abrió su carpeta vio que la primera página era una hoja de color crema como la de las tres cartas anteriores. En ella alguien había escrito:

Última oportunidad.

Estaba allí, en la sala, y la vigilaba.

Dana buscó a Sam por la sala.

—Siento decir esto —dijo al micrófono, mirándolo—, pero le he dejado mis gafas a un amigo para que me las guardara y se me ha olvidado pedírselas —era la señal de alerta acordada.

Sam acudió rápidamente al estrado forzando una sonrisa y ella le pasó la nota con discreción. La leyó y le indicó con un gesto que siguiera con el discurso, a la vez que le pasaba las gafas.

—Buenas noches —empezó a leer—. Me alegra haber sido invitada a presentar este premio esta noche, puesto que no he tenido que investigar sobre el destinatario para escribir la introducción. Conozco a Lilith Perry desde que se trasladó con su familia a mi ciudad, Miner's Camp, en séptimo curso. Como necesitaba amigos, decidió instalar una mesa en el jardín de su casa con un cartel en el que ponía: *Se dan consejos por veinte centavos.* Supuso que eso atraería a la gente hacia ella.

La sala estalló en risas.

Dana se quitó las gafas y se volvió hacia ella, como si lo que iba a decir no estuviera planeado.

—Tus tarifas han subido un poco desde entonces.

Más risas.

–Su logotipo era parecido a las máscaras de teatro griegas, una sonriente y otra triste, y funcionó, porque a la vuelta de la compra, pedí a mi madre que me dejara en casa de Lilith. Yo fui su primer cliente.

Dana contó cómo pidió a Lilith consejo sobre cómo atraer a un chico que le gustaba, entre las sonrisas de la audiencia y su propia inquietud por saber que el chantajista estaba allí.

–Lilith me escuchó, meditó y por fin, hablando como el Dalai Lama desde lo alto de su montaña, emitió su consejo: «Saca pecho», me dijo.

La audiencia estalló en carcajadas y ella vio que Nate y Arianna salían a toda prisa de la sala. Sam seguía vigilando de pie, con los cinco sentidos puestos en todo lo que ocurría en la sala.

–Cualquiera que escuche el programa de Lilith sabrá que sigue dando los mismos consejos.

Necesitaba beber algo, pero le temblaba demasiado la mano para levantar el vaso.

–Lo que la gente no sabe es lo que Lilith hace por la comunidad –volvió a ponerse las gafas y empezó a detallar los logros de su amiga para acabar diciendo–: Y como ha descubierto que tiene mucho tiempo libre, ha decidido tener un bebé para no aburrirse.

Dana finalizó su discurso preguntándose qué pasaría después. Levantó el premio, un cristal tallado en forma de llama y decidió acabar con todo aquello.

–Me complace entregar el Premio Cass Schroeder por los Servicios Prestados a la Comunidad a mi mejor amiga y la mejor persona del mundo, Lilith Perry Paul.

La audiencia se puso de pie y Dana estuvo a punto de dejar caer el premio al dárselo a Lilith.

–Dana... –su amiga estaba más seria de lo que Dana la había visto nunca.

Y Dana sólo deseaba gritar, quedaba tan poco tiempo... los agradecimientos de Lilith, la despedida de la presidenta de la asociación y todo acabaría.

Dana abrazó a su amiga y volvió a su sitio. Apenas pudo escuchar las palabras de agradecimiento de Lilith. Miró a Sam, con el pulso acelerado e incapaz de oír nada, ensordecida por los latidos de su corazón. Lilith volvió a su sitio y Sam apareció tras ella. Se inclinó para hablarle y la gente debió de pensar que era un gesto de cariño.

¿Había acabado todo? ¿Era una broma? ¿Un farol?

—No ha pasado nada —susurró ella, confundida.

—Tengo que hablar contigo —dijo él en voz muy baja.

Dana se levantó y él le colocó un brazo alrededor de la cintura, que ella agradeció. Cuando pasaron al lado de Lilith, él se inclinó sobre ella y le pidió que les acompañara.

—¿Qué ocurre? —preguntó, nerviosa—. ¿Dónde está Jonathan?

—Pronto lo verás.

¿Estaban ambas en peligro? ¿Había sido Harley después de todo? Él era el único denominador común entre las dos en el que podía pensar Dana.

Sam las llevó a lo que parecía un almacén vacío y cerró la puerta.

—Sam, Lilith necesita una silla.

Sam se llevó la mano a la frente y maldijo en voz alta, haciendo que Dana se sobresaltara.

—¡Incluso ahora piensa en ti primero! —gritó Sam a Lilith.

—¿Qué ocurre? —preguntó Dana, mirándolos confundida.

—¿Se lo vas a contar tú o lo hago yo? —dijo Sam a Lilith, mostrándole las cartas sin que ella dijera nada—. Están escritas en el mismo papel que la invitación a la fiesta que diste por la elección de Dana que tiene enmarcada en la salita.

—No... no —Dana se sentía invadida por las náuseas, la incredulidad y el horror.

Lilith siguió mirando las cartas. Después echó los hombros hacia atrás y miró a Dana, entre beligerante y devastada.

—Lo siento.

—¡No! ¡Es imposible! —agarró a Sam—. ¡Estás equivocado! ¡Lilith nunca me haría algo así! Tú... tú me lo dirías si tienes algún problema, ¿verdad? —dijo, mirando a su amiga.

—Harley me amenazó con contar lo de las drogas —dijo Lilith con lágrimas en los ojos—. Quería dos cosas por su silencio: dinero y que te convenciera para que no te volvieras a presentar. Quiere que gane otro candidato que ha prometido ayudarlo; está al borde de la bancarrota —dijo, sin detenerse a tomar aliento.

—Eso no es cierto —replicó Sam—. Lo he comprobado.

—Eso es lo que me dijo, y el dinero representa poco comparado con mi carrera.

—Sé lo que sería —dijo Dana, que empezaba a pensar con claridad—, y también sé que tú no me harías esto. Jonathan sí, pero tú no —se miraron una a la otra y Lilith empezó a temblar. Dana le agarró los brazos para equilibrarse las dos—. ¿Sabías lo que estaba haciendo? —«¡dime que no!»

—A su modo, intentaba protegerme —susurró ella, sin mirarla a los ojos, temblando.

Dana no podía creer el dolor que sentía, que le había producido la persona con la que había compartido tantos momentos de su vida, y que ahora era una extraña. Pero embarazada.

—Lilith sigue necesitando una silla —Sam no parecía querer salir de allí—. Cuéntamelo, Lilith.

–Harley vino a verme después de la fiesta y me amenazó con contar a la prensa todo lo que había ocurrido en tu coche –dijo, en un mar de lágrimas.

–¿Cómo lo sabía?

–Yo le había comprado la hierba a un amigo suyo. Le conté todo a Jonathan. Soy lo que soy y estoy donde estoy gracias a él, y no hay nada que no podamos compartir. Le dije que le contaría todo a mis oyentes antes de que lo hiciera Harley. Desde luego, yo no quería implicarte.

«¡Pero me implicaste!» Dana estaba muy confundida.

–¿Estabas enferma de verdad?

–Enferma de preocupación. No paraba de preguntarte si pasaba algo. Actuabas de forma extraña, pero lo negabas, y al final acabé convenciéndome de que era yo, que no aceptaba tu asunto con Sam, o lo que sea vuestra relación. Después, Sam vino a casa y me preguntó si Harley me estaba chantajeando. Cuando me dijo que a ti te estaba haciendo lo mismo, supe que tenía que ser Jonathan. No me disculpo por él, Dana, pero comprendo que lo hizo por protegerme, ¿entiendes el sentimiento de desesperación?

–Sí. Desde que recibí la primera carta. Pensé que Randall había hecho algo horrible, pero sabía que no lo hubiera ocultado si eso hacía daño a alguien inocente.

–Yo no lo sabía –insistió Lilith–. No me lo imaginaba hasta que Sam me lo dijo. Jonathan no me lo negó. Él no tenía nada en contra de Randall, pero se le ocurrió que así te provocaría para anunciar tu decisión, de un modo u otro, y así sabríamos a qué atenernos. Lo único que quería era que hicieras pública tu decisión.

–Entonces... como no tenía intención de cumplir la amenaza, ¿no ha pasado nada?

–No, claro que no. No intento justificarle, sólo explicarte lo que hizo.

–¿Pensaste en acudir a mí? Tal vez pudiera haberte ayudado.

–¿Qué? –Lilith la miró como si se hubiera vuelto loca–. ¿Después de que cargaras entonces con todas las culpas? Sería incapaz de volver a pedirte nada.

–Éramos amigas, Lilith –eso lo decía todo por parte de Dana.

–¿Éramos? –repitió Lilith, asustada.

–Tenías que habérmelo dicho. Has podido hacerlo hoy.

–Pensé que había acabado todo, que Jonathan lo había dejado –dijo ella, llorando otra vez–. Pensé que si te lo decía, te haría más daño que otra cosa y, puesto que el plazo era hoy y no sucedería nada, pensarías que había sido alguna broma pesada. Era la opción más cobarde, pero sabía que nunca te había gustado Jonathan... –se detuvo, sabiendo que eso no tenía sentido. Después continuó más serena–. No tenía ni idea de que pensaba dejarte esa nota. Si lo hubiera sabido, le hubiera dicho que eres demasiado fuerte como para dejarte vencer por amenazas.

Se detuvo un momento y respiró hondo.

–Le contaré todo a mi audiencia –dijo, poniéndose las manos sobre la tripa–. Espero que lo entiendan y si no lo hacen, tendré que vivir con ello.

–Decirlo puede dañar tu credibilidad –repuso Dana–, pero te hará más humana.

La puerta se abrió y entró Jonathan seguido de Nate y Arianna. Sam llegó después con dos sillas. Jonathan no miró siquiera a Dana, fue directo a Lilith.

–¿Estás bien?

–Sí –dijo, apartándose de él.

–Marchaos –dijo Dana, sabiendo que no tenía nada más que decirle.

–¡Ni hablar! –rugió Sam.

Ella se volvió hacia él y contestó con voz serena:

–La decisión es mía.

–De acuerdo –sus ojos eran de hielo.

Dana entendió que estuviera furioso. Había peleado y había ganado, pero los culpables quedaban en libertad sin ser juzgados.

–Creo que ya no somos necesarios –dijo Arianna a Nate una vez que se hubieron marchado Lilith y Jonathan–. Senadora, espero que nos volvamos a ver.

–Lo mismo digo –añadió Nate.

–Gracias –respondió Dana. No pudo decir nada más.

Dana y Sam se encontraron solos. Nunca hasta entonces le había visto en aquel estado de furia controlada. Sus ojos parecían de acero y su mandíbula de granito.

–Dana.

Había esperado una acusación, frustración o ira, pero no la ternura con que pronunció su nombre. No podía asociarla a su expresión. Cerró los ojos y notó que él se acercaba.

–¡Sam! ¡Era mi mejor amiga! ¿Cómo pudo hacer algo así?

Él la abrazó para evitar que cayera en el abismo que se empezaba a abrir a sus pies. Ella luchó contra las lágrimas; no quería mostrarle su debilidad.

–Llora –dijo él, admirando su coraje–. No te preocupes de nada más.

Y ella se dio cuenta de que no sólo lloraba por Lilith, sino también por Sam, que ya no tenía ningún motivo para permanecer a su lado.

Capítulo Quince

Dana no dejó de mirar a Sam en todo el camino hasta su casa. Apenas hablaron en el coche. Él no sabía qué decir; había acabado el trabajo y era el momento de hablar de cosas importantes.

–Sabía que encontrarías al culpable –dijo ella por fin.

–Yo no estaba tan seguro –replicó él–. Estuviste genial en la cena.

–Estaba aterrada.

–Ser valiente no significa no tener miedo, sino saber controlarlo. ¿Por qué no te vuelves a presentar?

–Tenía treinta años cuando gané –dijo, cautelosa–, la edad mínima para formar parte del Senado, pero aparte de mis estudios y de ser la mujer de Randall, no tenía méritos propios.

–Tenías estudios superiores y años de experiencia. Y lo has hecho muy bien.

–Pero eso es todo. Ya lo he hecho y lo he vivido. Ahora tengo que prepararme más y dejar a los que llevan en esto más tiempo que yo. La mayoría de los senadores trabaja mucho para llegar a esta posición, y hay un resentimiento generalizado porque yo llegué al cargo por la puerta de atrás. No quiero que me lo reprochen.

–Podrás con ello.

–No quiero tener que hacerlo.

–¿Qué harás entonces?

–Lo que siempre he deseado. Enseñar en la universidad –se inclinó hacia él–. No le he dicho nada a nadie de esto, pero pienso volver a presentarme al Senado dentro de otros veinte años.

–Buena idea –dijo él, complacido.

–Sí. Me gustaría seguir fiel a mis principios, y dejar un legado a la siguiente generación.

Él no dijo nada.

Unos minutos después llegaban a casa de Dana. Él no apagó el motor.

–¿No entras? –dijo ella en voz baja.

–No puedo –respondió él, esperando que lo entendiese.

–Lo sé –musitó, y después, añadió con más intensidad–: ¿Por qué no?

Porque le obligaría a darle respuestas que no podía darle, que ella no quería oír. Él no creía que lo que ella sentía fuera real, pero sabía que aún no estaba preparada para darse cuenta.

–¿Por qué dejaste que Lilith y su marido se marcharan?

Ella frunció el ceño ante el cambio de tema.

–No tenía ningún sentido castigarles por lo que habían hecho. ¿Estás enfadado conmigo por eso? Tenías que haberme dicho que sospechabas de Lilith.

–No podía, no estaba seguro. Quería estar equivocado, quería que fuera Harley.

–Yo también.

Ella le puso la mano en el brazo y él deseó que no lo hubiera hecho. Sabía que sus sentimientos eran efímeros, que tenía toda la vida por delante, como en el instituto y que todo aquello era fruto de la situación de confusión y misterio que habían vivido juntos.

–Hay algo que he deseado saber desde hace mucho tiempo –dijo ella.

–¿Qué?

–¿Por qué estabas en el bosque aquella noche?

–Había ido a despedirme –al tener que evitar a su padre, la había esperado en la calle. Cuando Harley aparcó en una zona boscosa, creyó ver a Dana a su lado y decidió seguirlos.

–¿Despedirte? ¿Antes de la ceremonia de graduación?

–Las clases habían acabado. Estaba oficialmente graduado y no quería aguantar ni un día más.

–Después yo fui a la policía –dijo ella–. Y Harley y sus amigos fueron a por ti –él se encogió de hombros–. ¿Por qué viniste a la ceremonia? Todo el mundo pudo ver que te habían pegado.

–Para demostrarle a Harley que no me había vencido. Pero...

–¿Pero?

–Tú no me miraste siquiera –aquello fue lo peor. Dolorido y enfadado, le había dejado la medalla para que no le olvidara. Con ella se cerraba el círculo y tenía que despedirse.

–Te dije que lo hice por protegerte. Supuse que después podría explicártelo, pero te marchaste. Después apareciste en la fiesta y quise arreglar las cosas, pero me enamoré de ti.

–Ha sido una reacción ante la situación –dijo Sam–. Nadie se enamora tan rápido. Te sientes dependiente y eso es todo.

–No soy una adolescente, y si digo que me he enamorado, es que es así.

–Dana, lo de anoche fue genial, ya te he dado las gracias por ello –él sólo quería que se fuera.

–Compartiste tus secretos conmigo, tu dolor –dijo ella con serenidad–. Has hecho que deje de mirar al pasado y empiece a mirar al presente. Puede parecer muy rápido, pero es real.

–Tengo que irme a casa.

–¿A casa? ¿A Los Ángeles? ¿Ahora? –él asintió–.

Pero son más de las once... para cuando acabes de hacer las maletas en el hotel...

–Mis maletas están en el maletero del coche.

–Lo tenías todo planeado, ¿verdad? –dijo ella, helada–. Nunca pensé que fueras un cobarde.

–Me alegro de que te hayas enterado por fin –dijo él, con frialdad–. Anoche me dijiste que te conformarías.

–Pensaba que nos darías una oportunidad cuando acabáramos con todo esto y volviéramos a nuestra vida normal.

–Ya te he dicho, Dana, que estás imaginándote lo que no es. Teníamos un asunto a medias. Punto.

–¿Y qué ocurre si mis sentimientos no son efímeros como dices?

–Yo no siento lo mismo –respondió él sin dudar un instante.

Podía decirlo más alto, pero no más claro. Sintió el ardor de las lágrimas, pero se negó a llorar.

–¡Que te vaya muy bien! –dijo, abriendo la puerta del coche.

Si él dijo algo, ella no lo oyó. La puerta de la casa parecía lejísimos, pero se propuso llegar hasta ella como fuera. Él no arrancó el coche hasta que no entró; protector hasta el final.

¿Acaso había confundido el amor con algún tipo de dependencia, lujuria o deseo? Ella pensó que podía haber compartido su vida con él. Su pasión. Un verdadero compañero para discutir y hacer las paces, para tener niños... que la amara.

Sam la hubiera retado, hubiera creído en ella, podría haberle confiado sus miedos, podrían haberse amado profundamente ¿Por qué él no quería todo eso?

–¿Señora?

–Hilda. ¿Qué hace levantada? –dijo ella, secándose las lágrimas.

147

La mujer se acercó a ella.

–El señor Caldwell vino a buscar algo de su salita de parte del señor Remington. No pude localizarla en el hotel, pero no me gustó dejar que se lo llevara sin su permiso.

–No se preocupe, no pasa nada –suspiró Dana. Quería estar sola–. ¿Eso es todo?

–¿El señor Remington no está con usted?

–No. ¿Por qué? –estaba llegando al límite de su paciencia.

. –Me preguntaba cuántos desayunos tenía que preparar.

–Para mí sola. Siempre sola –lamentó enseguida su tono–. Estoy muy cansada. Me voy a dormir

–Esperaba que se quedara más tiempo.

Dana, con un pie en el primer escalón, tardó un momento en reaccionar.

–¿Por qué?

–Bueno –dudó Hilda–, no parece el mejor momento para hablar de ello, pero esperaba que él fuese el elegido.

–¿Por qué?

–Porque la hacía feliz. Y porque estoy lista para jubilarme. No quería dejarla sola.

Dana se dejó caer en las escaleras. Miró fijamente a Hilda, sorprendida.

–Ni siquiera creía gustarle.

–Sí me gusta, señora –dijo Hilda con una media sonrisa que sorprendió a Dana–. Por eso sigo aquí, esperando a que encuentre a su hombre y se case. No quiero dejarla sola, pero desearía pasar mis últimos años con mi familia... mis nietos. Pero me quedaré hasta entonces, señora.

–Claro –dijo Dana, viendo cómo Hilda desaparecía por el pasillo. Después hundió la cara entre las rodillas intentando contener una risa histérica.

Un minuto después se levantó y acabó de subir

las escaleras hasta su cuarto, haciendo una lista mental: 1. Contratar una nueva ama de llaves, probablemente necesitaría a tres personas para sustituir a Hilda. 2. Olvidar a Sam. Al llegar a la puerta de su habitación miró el interior y corrigió: 1. Vender la casa y comprar otra más pequeña. 2. Olvidar a Sam.

Capítulo Dieciséis

Sam llegó por fin a casa, agotado, tras un mes de trabajo intensivo en la Costa Este. Lo único que deseaba era cenar, una ducha y doce horas de sueño.

Cerró la puerta tras él, dejó caer su maleta y el maletín al suelo y fue derecho a la cocina para sacar una cerveza de la nevera y un filete del congelador. Tomó un largo trago de cerveza y se dirigió a su despacho. No tenía mensajes nuevos, sólo los que había guardado de Dana. Ella le había llamado dos veces, a casa en lugar de al móvil, suponiendo que no estaría allí para responder. En el primer mensaje se disculpaba por la intromisión de los medios de comunicación, que especulaban sobre su ruptura antes incluso de que llegaran a estar juntos, y sobre su identidad.

Sam apretó el botón del contestador para volver a oír el segundo mensaje, que había dejado hacía dos semanas: «Te quiero, Sam. Es lo único de lo que estoy segura».

Aquel mensaje le había llegado al alma, no sólo por lo que decía, sino por cómo lo decía.

Presionó con el dedo el botón de Borrar, se dirigió a su habitación, se desvistió y se metió en la ducha. Estaba cansado: cansado de trabajar, de estar solo y de echar de menos a Dana. Cansado de decirse a sí mismo que no era así. La veía en sus sueños, se sentía vacío sin ella entre sus brazos y no podía imaginársela con otro hombre.

A la mañana siguiente les diría a Nate y a Arianna

que iba a ir a buscarla, si ella no lo rechazaba, y si eso suponía dejar la empresa, lo haría.

El timbre sonó justo cuando acababa de salir de la ducha. Nunca llamaba nadie a su puerta y lo último que necesitaba en aquel momento era hablar con desconocidos. Maldiciendo se puso una camiseta y unos boxers y abrió la puerta con violencia. Todo su cuerpo se quedó paralizado excepto por el brinco que dio su corazón.

—Dana.

Estaba preciosa. Llevaba el pelo suelto con un corte nuevo que aligeraba el estilo senatorial, grandes pendientes de aro, un jersey rosa que dejaba ver un poco de su escote y pantalones ajustados a sus largas y esbeltas piernas.

—¿Puedo entrar? —preguntó ella, dubitativa.

Con la mano en el pomo de la puerta, él se echó hacia atrás para dejarla pasar. Ella vio la maleta en el suelo.

—¿Vienes o te vas?

—Acabo de llegar. Llevo un mes fuera —la miró mientras ella estudiaba la sala.

—Es bonito —dijo, volviéndose hacia él con una sonrisa forzada—. Va contigo.

Sam cerró la puerta e intentó decir algo coherente. Maldición, estaba preciosa. Se le pasó por la mente que a lo mejor había hecho bien alejándose de ella. Ella lo había superado, era evidente... ¿había sido realmente algo efímero?

—¿Tienes hambre? —dijo él, sin prisa por hablar de cosas realmente importantes, temeroso de las posibles respuestas—. Iba a hacerme un filete.

—Gracias, pero no. No me quedaré mucho rato —«quédate para siempre», pensó él—. Tenía que decirte algo en persona. ¿Podemos... —miró el sofá de cuero—... sentarnos?

Él hizo un gesto para que pasara ella delante y

Dana se acomodó en el borde del asiento, dejando una bolsa de papel a sus pies.

–¿Te has enterado de que Lilith confesó su pasado a sus oyentes? –preguntó ella.

–No parece que haya tenido consecuencias negativas.

–No ha presentado cargos contra Harley.

–También me he enterado de eso –Sam supuso que aquello era una táctica para romper el hielo y que ella ya sabría que se había mantenido informado acerca de Lilith y Harley.

Ella suspiró.

–Esto es más difícil de lo que había pensado.

Entonces él comprendió la razón por la que ella estaba allí, por la que estaba diferente y tan nerviosa.

–Estás embarazada –dijo, mirándole el abdomen, deseando besarla allí, tocarla...

–¡No! –dijo ella, sobresaltada–. No, siempre usamos protección. ¿Por qué dices eso?

Él sacudió la cabeza, sin pronunciar sus deseos y sus fantasías.

–Imaginé que tenía que ser algo muy importante para hacerte venir aquí en persona.

–Lo es –dijo ella, frotándose las manos contra los muslos. Después sacó un paquete de la bolsa y lo puso sobre su regazo.

Era Zo–onna. Iba a devolverle la máscara. No quería su regalo.

–No puedo quedármela, Sam. Sabes que no puedo. Es un regalo muy caro con un significado especial para ti –declaró, tomándole la mano–. Arianna me dijo que te habías gastado una barbaridad en comprar la pareja.

–Es un regalo –dijo él, retirando la mano–. ¿Y cómo sabe ella que te la di?

–Nate vio la máscara cuando fue a buscar la invitación de la fiesta de Lilith a mi casa y se lo contó a Arianna.

—No tenían que meterse en mis asuntos.

—Se preocupan por ti.

Él se levantó y se apoyó contra la chimenea. Había tardado demasiado en darse cuenta de lo que sentía por ella... y en decírselo.

—No pienso aceptar la máscara.

—Tienes que hacerlo —dijo ella, levantándose y acercándose a él—. No puedo quedármela.

—Es importante para mí que la tengas. Tenía que saldar cuentas contigo. Tu padre... —se detuvo. No podía decírselo, ni siquiera para justificarse.

—Mi padre nos estropeó el baile, me lo dijo hace poco. Estoy muy avergonzada por lo que hizo aquella noche, Sam, lo siento —sus pupilas se dilataron—. ¿Sabes por qué lo hizo?

—Me imagino que por el modo en que te miraba —estaba loco por ella.

Ella sacudió la cabeza.

—Me dijo que era por el modo en que yo te miraba a ti.

Sam se quedó helado. No podía creérselo. ¿Cómo no se había dado cuenta?

—¿Es verdad?

—Pues sí.

—Es normal, te quiere y quería lo mejor para ti. Yo no era lo mejor.

—Se equivocó. Has hecho muchísimos sacrificios por mí —dijo, sin dejar que la interrumpiera—. Me llevaste al baile y mi padre te apartó de mí, me salvaste de Harley y te pegaron porque fui estúpida.

—Tú...

—Déjame acabar. Viniste al funeral conmigo, tu foto apareció en todos los periódicos, y perdiste tu anonimato, tu bien más preciado. ¡Y no quieres mandarme la factura de tus servicios!

–¡Pasé la noche contigo! ¿Cómo voy a aceptar tu dinero después de eso? –se pasó una mano por el pelo–. ¿Qué clase de hombre crees que soy?

–Justo lo que yo digo –repuso ella con calma–. No... no te merecía ni te merezco, y acabo de comprenderlo. Por eso te traigo a Zo–onna.

Él la miró sorprendido.

–¿Quieres decir que no eres lo bastante buena para mí? –dijo, intentando comprenderla.

–Sí que lo soy. Estaríamos bien juntos, pero entiendo que no puedas perdonarme; después de esos sacrificios, no has obtenido nada a cambio.

–¿Nada? –repitió él, incrédulo–. Te he querido desde que tenía diez años y fuiste la única persona que se acercó a mí. El único motivo por el que iba a clase todos los días era para verte. Competir contigo en clase me daba ánimos para ser mejor estudiante y mejor persona. La noche del baile fue la mejor de mi vida, incluso después de lo de tu padre –le tomó la cara entre las manos y la miró a los ojos–. Rescatarte de Harley me hizo sentirme útil, a pesar de los esfuerzos de mi padre por hacerme creer lo contrario y ayudarte a resolver el caso de las amenazas me ha dado la oportunidad de mostrarte lo que soy ahora.

–¿Me quieres? –Dana se había quedado en la primera frase.

La besó con una ternura increíble.

–Te quiero –dijo–. Siento haberte hecho daño. No podía creer que te hubieras enamorado de mí con esa rapidez.

–¿Lo crees ahora? Me he sentido muy mal sin ti y no puedo seguir esperando y soñando.

–Te creo. Creo en lo que tenemos –le daba igual si eso afectaba a su trabajo. No pensaba dejar marchar a Dana–. No hubieras esperado mucho más. Iba a buscarte, pero siempre me ganas.

–Yo estaba más desesperada que tú.

—Imposible –dijo abrazándola–. ¿Viniste sin saber si estaba aquí?

—No del todo. Arianna me dijo que volverías hoy.

—¿Vas a casarte conmigo?

Ella le estrujó tanto entre sus brazos que casi perdió el equilibrio.

—No podemos vivir juntos sin estar casados, sería un mal ejemplo.

—Entonces está decidido.

Ella echó la cabeza hacia atrás para mirarlo a los ojos.

—De eso nada. Eso no ha sido una proposición formal sino una negociación.

La agarró de la mano y la llevó hasta la habitación, recogiendo la bolsa de Zo–onna de paso. Al llegar sacó la máscara de su envoltorio y la colgó junto a la otra.

—Heita le da la bienvenida a casa.

—El guerrero –dijo ella, mirando a Sam–. He estado estudiando.

—No ha sido el mismo sin Zo–onna –tras una pausa, declaró–: Yo tampoco he sido el mismo sin ti. Te quiero, Dana, con todo mi corazón. Quiero tener hijos contigo. Quiero hacerte una casa donde tú quieras.

—Aquí me parece bien. Voy a pedir una plaza en la universidad de Los Ángeles.

Él se quedó en silencio, tragó saliva y tomó una bocanada de aire.

—¿Quieres casarte conmigo y ser mi amor para siempre?

—Sí. ¿Quieres tú discutir conmigo y hacer las paces y ser mi amor para siempre? –preguntó ella.

—¿Qué pregunta es ésa?

—Es muy importante para mí. Es vital.

—Lo siento. Perdóname –miró hacia la cama–. ¿Podemos hacer las paces?

Ella se echó a reír y le rodeó el cuello con los brazos.

—Vámonos a Las Vegas esta noche.

—Lo siento, pero me parece que no va a poder ser. Tú necesitas una boda de cuento.

Sus ojos se llenaron de lágrimas mientras lo abrazaba con más fuerza aún.

—¿Cómo lo sabes?

—Porque he visto tu habitación en casa de tus padres. Necesitas la iglesia, las flores y el vestido de princesa. Es tu última boda y tiene que ser perfecta.

—¿No te importa el espectáculo?

—Sólo te veré a ti.

Él le secó la lágrima que había empezado a rodar por su mejilla.

—Vamos a la cama. Tengo un regalo de compromiso para ti.

—Esperemos a la noche de bodas —la cara de sorpresa de Dana lo hizo sonreír—. Supongo que podrás organizar la boda más rápidamente si estás motivada.

Ella echó la cabeza hacia atrás y se echó a reír. Nunca la había visto tan alegre.

—Pienso volverte loco este próximo mes.

—¿Un mes?

—Es probable.

Todo su cuerpo reaccionó.

—Al cuerno —dijo él, e hizo lo que había deseado desde el momento en que la vio en la fiesta: tomarla en sus brazos, besarla y llevarla a la cama—. Podemos empezar la cuenta atrás a partir de mañana.